# 走出中原盆地

范永海 / 著

天津出版传媒集团
百花文艺出版社

图书在版编目（CIP）数据

走出中原盆地 / 范永海著. -- 天津 : 百花文艺出版社, 2024. 6. -- ISBN 978-7-5306-8904-2
Ⅰ. I267
中国国家版本馆 CIP 数据核字第 20244AX755 号

**走出中原盆地**
ZOUCHU ZHONGYUAN PENDI
范永海　著

**出 版 人：** 薛印胜
**责任编辑：** 郑　爽
**策划编辑：** 彭　雪
**装帧设计：** 悟阅文化
**出版发行：** 百花文艺出版社
**地址：** 天津市和平区西康路 35 号　**邮编：** 300051
**电话传真：** +86-22-23332651（发行部）
+86-22-23332656（总编室）
+86-22-23332478（邮购部）
**网址：** http://www.baihuawenyi.com
**印刷：** 成都市兴雅致印务有限责任公司
**开本：** 787 毫米 ×1092 毫米　1/16
**字数：** 262 千字
**印张：** 16.5
**版次：** 2025 年 1 月第 1 版
**印次：** 2025 年 1 月第 1 次印刷
**定价：** 78.00 元

如有印装质量问题，请与成都市兴雅致印务有限责任公司联系调换
地址：成都市金牛区沙河源街道陆家桥社区
电话：028-83181689
邮编：610000

# 序

白马

在这春暖花开的季节，我能为战友、文友范永海的散文集作序，心中充满欣喜。

永海是名正营职转业军官，与我相识十余年。他是一个勤奋的人，也是一个优秀的干部。他从战士到考上军校，从排长到营教导员，从地方基层政府的普通干部到区管科级领导干部，过程中无不凝结着他的辛勤汗水，也印证了他出众的综合能力和优秀的素质。他主管武装工作，分管卫生健康，其先进事迹多次被市区媒体报道，还被评为“2023年定海区最美退役军人”。他想出散文集，来到我办公室，说请我作序，我满口答应。

不过，当他把十多万字的电子书稿发来时，还是让我思绪万千。一个乡镇干部，犹如一根针，平时都在干“穿千条线”的活，在出色履行好本职工作的同时，还能抽时间坚持写作，初心不改，而且还结出硕果，非常难得。《走出中原盆地》这部散文集分为

《亲情乡恋》《回味军旅》《行走笔记》《感悟沉思》和《岁月拾零》五辑，其中收录的作品犹如一曲曲激昂而深情的乐章，让我们一同去品味、去欣赏。

在这部散文集中，我们可以看到他对亲情乡恋的深情回望。他的文字如诗如画，将家乡的一山一水、一草一木描绘得如梦如幻。那些熟悉的场景，那些温馨的回忆，都化作了他笔下的文字，让我们仿佛置身于那个纯真而美好的时代。“春天来临，满树的槐花就会绽放，花瓣雪白无瑕，朵朵挂满枝头，娇小而繁多，一串一串，仿佛一夜间枝头上就有了大片的云。”“那时的南阳大地像被金子裹住一样，麦子熟透了，黄澄澄的一片，厚实地覆盖着田地……这是一个成熟的季节，每一粒麦子都蕴含着深深的喜悦。”字里行间流露出对家乡的思念与感恩，让我们感受到了他内心深处的那份柔软与温情。《乡愁》《童趣》《我的村庄，我的爹娘》等篇目，用最温情的文字写出了对家乡的思念、对童真的留恋、对爹娘的感恩。亲情是人生岁月长河中最温馨的情感。在他的笔下，外婆恩重如山，小姑婆慈祥善良，父亲憨实肯干，母亲勤俭持家，岳父勤劳善良，表舅精明能干且知恩图报，堂舅们家族观念深厚，女儿活泼可爱，儿子有短跑特长却有时调皮不听话。他把老家的过年情景描述得像一首赞歌，把节日咀嚼得越来越有味道，把中原大地的端午节写得很具地方特色。母亲离世，他用最深沉的心情和最哀伤的语言奏响了哀悼母亲的乐章。同样，对其他亲人的离世，他无一不以文悼念，说明他对亲情的看重和对生命的敬畏。学校则是他学习的乐园，人生进步的阶梯。

《回味军旅》一辑中则是一段段热血沸腾的故事。在这些篇章中，我们可以看到他如何在军营中磨炼意志，如何在挑战与困境中坚守信念。他的文字如同一面镜子，反映出军旅生涯的艰辛与荣耀，让我们感受到他那份坚韧不拔的精神和对信仰的执着追求。他写道：“是啊，人生的道路艰难曲折，但我愿意‘衣带渐宽终不悔’，决不‘为伊消得人憔悴’，用知识充实青春，让自己的青春无悔！”他以独特的视角描绘了军旅生涯中的点点滴滴，既有艰苦的训练，也有战友之间的情谊，更有深入灾区抗洪抢险的场景。他的文字中充满了对军人的敬仰和对军旅生涯的怀念，让我们看到了一个不一样的军人形象。从军路上，他始终都在思考，都在拼搏，都在与困难和命运做斗争，在思考中成熟，在拼搏中升华，在斗争中胜利！“执着的追求能换来硕果，辛勤的汗水能浇开艳丽的花。”他爱好文学，能够坚持不懈、积少成多，创作出不少优秀的散文、诗词及小小说。

《行走笔记》一辑是他对世界的独特观察和感悟。他的文字如同一扇窗，让我们领略到他旅行所到地的风土人情和人文历史。他在旅行中收获了无数的美好回忆，将这些回忆化作文字与人生感悟，传递给每一位读者。他写道：“人这一生，要走很多条路，有笔直坦途，也有羊肠阡陌；也要登许多座山，有美景相随，也有坎坷崎岖。无论如何，路要自己走，山要自己爬，苦要自己吃，别人可以帮助你，但最终还是靠自己。仰望星空，回望留下的脚印，我们一直在坚持中跋涉，在前进里坚守，只要你愿意走，踩过的都是路；只要你不回避不退缩，生命的掌声终会为你响起。”这些文字如同明珠般闪耀着智慧的光芒，让我们在欣赏美景的同时，也感受到他对生活的热爱与追求。

《岁月拾零》这一辑，则是他人生旅途中的点滴回忆。这一辑里的篇章如同珍珠般散落在岁月的长河中，每一颗都闪耀着独特的光芒。在这些回忆中，我们可以看到他如何在成长中逐渐成熟，如何在生活中学会感悟与珍惜。他写道：“在成长的路上，贫穷是一笔巨大的财富，它磨炼了我的意志品质和性格特质。让我在困难和挑战中学会了坚韧不拔，在压力和竞争中学会了适应并超越自我。”“然而现在我明白，生命是无常的，没有人可以预知未来。我唯一能做的就是珍惜现在所拥有的一切，珍惜每一个瞬间。”这些文字让我们感受到了他对生活的感恩与敬畏，也让我们明白了人生的意义在于不断成长与超越。

《感悟沉思》一辑中，我们还可以看到他如何在生活中坚守理想信念，如何在工作中履职尽责。他写道：“不忘那些为民续命的人，致敬那些为国捐躯的人！愿以吾辈之青春与热血，捍卫这盛世之中华！珍惜当下，团结奋进，为中国梦而砥砺前行。”“坚持责任意识，必须守正创新、敢于担当。汲取盛会营养，提升能力素质，做好本职工作。”“要抓好自身的教育，做出表率。立足本职，勇担职责使命，焕发干事创业的精气神，把各项任务落实到位。叫破嗓子不如做出样子，我始终如一做到先干一步。”这些文字让我们感受到了他对理想的执着追求和对信念的坚守，也让我们明白了只有坚守信念，才能在人生的道路上不断前行。

他的散文集如同一部优美的诗篇，让我们在欣赏文字的同时，也感受到了他对生活的热爱与追求。

他的作品集出版，可喜可贺。愿他在文学的道路上越走越远，愿他的散文集成为他人生中的一份宝贵财富。同时，我也希望他的作品给读者以启示与感悟。

文学点亮生活，文学丰富人生，让文学成为我们生命中不可或缺的一部分。

在这篇序的最后，我想用一句话来概括这部散文集：这是一部充满深情、热血、智慧和追求的心灵交响篇章，这也是这部作品集的价值所在。

愿我们都能在生活的旅途中书写属于自己的精彩篇章。

是为序，并与永海共勉。

2024年3月20日

（白马：舟山市作协主席、三毛散文奖评奖办主任）

# 目录

CONTENTS

## 第一辑 亲情乡恋

第一辑

# 亲情乡恋

# 思念外婆

时届清明，翠柏凝春，早已郁郁葱葱，芳草茵茵，遍布舟山大地，山花烂漫，更显春意盎然。在这个祭祖思亲的日子里，我想起了我的外婆，她老人家虽已作古，但依然活在我的心间。记忆的闸门被思绪打开，迷蒙中外婆微笑着轻轻走来……

那是儿时一个暖暖的春日，外婆坐在阳光下穿针引线，一丝不苟地为我缝补衣服。外婆叫住放学归来的我，一边给我试穿衣服，一边爱抚着我的头：“我的大孙娃，一定要好好上学，长大后做大军官挎‘盒子’（手枪），娶个大眼睛双眼皮的媳妇，那样外婆才高兴呢！”外婆是 1992 年的春天去世的，当年我高考名落孙山后携笔从戎，两年后考上了军校，毕业后成了一名军官。外婆啊，您的遗愿早已实现，您一定是含笑九泉的！2006 年我回老家探亲时去您的坟上还过愿，还带着您的外孙媳妇，她虽不是大眼睛却是双眼皮，您看见了吗？外婆，您走得太早了，还没享过清福呢！每想至此，我的心便隐隐作痛。

爹是“倒插门”女婿，我是在外婆家长大的，和外婆的感情很深。外婆是位慈祥的老人，她永远微笑着，就像四月的春风和灿烂的阳光一样，呵护着我们姐弟四人成长。那时家里穷，家里养的鸡下了蛋一般都不吃的，除了留几个招待客人外，都被拿到街上卖了买日用品，但凡我们姐弟几个过生日，她总会记得煮一个给我们吃，更多的是想给我们增加营养。妈是独生女，外婆年轻时有精力和条件照顾了几个我的表舅表姨，所以他们成家立业后对待外婆特别好，来看外婆时总会带一些营养品，再留下五元或十元钱。外婆总舍不得吃那些东西，用一个小罐子装起来，一点一点地拿给我们。那些钱她也是舍不得多花，总是一点点地攒起来，攒差不多了就到街上扯块布给我们做件新衣裳。而她自己却省吃俭用，衣服洗得发白了也舍不得换件新的，破了补补再穿，她总是说：“我老太婆穿破点没关系，你们穿得不好，在学校里要被笑话的。”曾记得，有多少个夏夜，我们睡觉时，外婆用蒲扇赶走蚊蝇；有多少个冬天，外婆总给我们穿得暖暖的。有多少段时光，我们坐在外婆的旁边，一边剥苞米，一边听她讲民间传说和狼外婆的故事。有多少次因调皮挨揍，被外婆紧紧揽在怀里……犹记得那次，邻居家办喜事，外婆去帮忙，回来后从怀里拿出两个大苹果，用刀切好，我们姐弟四人一人一半，那甜美的味道一直甜到了心里，可现在再也吃不出那种味道了。

妈妈从小娇生惯养，在做饭方面差点劲，所以我是吃着外婆做的饭长大的。生产队期间，人们大都吃不好，有时还吃不饱，特别是春天青黄不接时，让一家人吃饱成了外婆的大问题。她会想办法把洋槐树的花儿和榆树上的嫩叶采下来，裹上苞米粉（或面粉）上笼蒸熟，然后拌上蒜泥就成了家里的主食，更是美味佳肴。但是这样的日子也就两个星期左右，等花期一过，就不能吃了，外婆总会默默感叹：“花儿呀，为什么不多开些时间？”外婆吃苦耐劳，60 岁左右还要去地里干活，因为地里活忙，有时饭做晚了，她会赶紧做一点让我们吃了先去上学。农忙季节，有时我们赶不上吃晚饭就空着肚子去上晚自习，下课回来总会看见外婆坐在灶房等我们，饭已被热了好几遍。外婆看着我们大口大口地吃完，然后收拾完毕才去睡觉。

外婆生在旧社会，新中国成立后念过几天夜校，识字不多但通情达理，人缘很好，爱助人为乐，会简单地捏脚推拿，从不收钱。为此，远近十里八乡的人们都念她的好，外婆去世时距我家很远的外人也来吊孝，眼泪汪汪的。我们姐弟几个在外婆的“蜜糖罐”里慢慢长大，对外婆的离世更是伤心。外婆终日劳作，终因积劳成疾患上了脑血栓成了偏瘫。爹不惜老本看好了她的病，不幸的是三年后外婆又因为脑出血而猝死。后来，家里的生活条件不断得到改善，我们姐弟四人有三人是大学毕业而且都有一份好工作，日子过得都不错。可是她老人家没有赶上好时候，过早离开了我们。外婆是一名普普通通的农村妇女，更是一个好人，好人会有好报的。

外婆作古二十一载，无限哀思静静诉。思念之情深几许，唯有天知晓。

音容笑貌似春风扑面，含辛茹苦是一生写照。呵护孙辈如冬日暖阳，抚养之恩比大海还深。时光飞纵情未了，依稀见梦中，醒来泪盈盈，天若有情天亦老，此情绵绵无绝期。外婆，您在天国还好吗？我在异地以文遥祭，您灵觉到了吗？

发表在舟山市定海区文联杂志《望潮》2013年第2期

# 我的村庄，我的爹娘

春节前，我携妻儿回老家探亲。下了高速，我开着私家车在马路上欢快地跑着。我的村庄，我的爹娘，我又回来看望你们了！我内心轻轻呼唤着。

我的老家在河南南阳市北的一个农村——大马营，据说三国时期曾是曹军安营扎寨的地方，因此而得名。我有13个年头没有在老家过年了。家乡变化太大了，新修的路交织在一起，很难分辨，从一条新路下去，竟然找不到村的入口，物换景移，我不禁感慨万千。

到家了，68岁的娘亲在院中择菜，看见我们回来，那爬满脸庞的皱纹舒展开来，儿子扑上去叫奶奶，老人顿时喜上眉梢。爹去外面放羊了，人老了，可他总闲不住，知道我们要回来，他专门宰杀了一只羊。小侄女、小侄儿从后院来看我们，儿子一会儿就和他们玩熟了。年初四，妹妹一家四口从周口赶回，住在市里的姐姐一家三口也来了，整个农家小院洋溢着许久未有的浓浓亲情。子孙一大群围在老人周围，两位老人乐得合不上嘴。爹娘辛苦了一辈子，养育了我们姐弟四人，爹在最无奈时扛过水泥袋，挣的都是血汗钱。爹娘现在最需要这份天伦之乐。

每次回老家探亲，都要感受被岁月冲刷的苍凉。村西大路旁边两排挺拔的白杨树早都不见了，南水北调中线工程横穿大路后像一条长龙延伸向东北方向，清澈的运河水欢快地流淌着……难道这就是所谓的“三十年河东，三十年河西”吗？带着妻儿去村中看儿时老屋的位置，给他们讲当年的邻居、小伙伴的故事。在村南头，当年读书的小学已经换成了民房，校舍早已不见了。我却从记忆空间深处看见了校门的屏风墙上写着“好好学习，天天向上”“努力实现四个现代化”，两排土墙瓦房便是教室，下课的钟声响了，小伙伴们冲出教室，有的踢沙包，有的跳皮筋，有的推铁环……

我这个人怀旧，对一些旧家具颇有感情。我上高中时经常骑的那辆“永久”牌自行车，后来弟弟也骑着它上完了高中。现在它已被扔在院中的墙角处，上面积满了尘土，当年它可是八面威风的“功臣”。走进儿时住过的房间，默默地看着，老床边的水泥缸早就换成了木书桌。那些水泥缸早被历史的尘土封住，静静地躺在院中的角落里。它们可是当年家中的重要物件！里面存放粮食，上面用来看书写作业。我知道，它们清楚地记得当年有多少个夜晚，我坐在灯下苦学细读。

村西潺潺的小河呀，你是我童年的水上乐园！你为什么早在几年前就干涸了？还记得我这个放牛的孩子吗？猪草打好了，牛悠闲地在河边吃着青草，你的怀抱里却多了一群光着屁股戏水打闹的顽童……光阴似箭催人老，我 18 岁参军入伍，现在已过不惑之年。那美好童年时光中无忧无虑的欢笑声，浪漫的野花，茵茵小草，片片白云，还有那三月的柳笛……这一切都像一首歌回响在我耳边，似一幅画展现在我眼前。儿时村上的南大坑（池塘）、罗坟坑、北荡子都是碧波荡漾，人们成群地在水塘边洗衣服，群鱼畅游着。可美景早已不存在了，往日的池塘或是成了臭水坑，或是被垃圾填埋后盖上了民房。村上人口不断增多，楼房多了高了，私家车也在逐年增加，可村上的规划建设没搞好，比较凌乱，卫生也比以前差。我心里有一种难以言状的悲伤，我的村庄啊，这究竟是一种进步还是一种倒退？谁该为这些买单？

儿时，我的村庄流传着一个神秘的传说：在村周围有一条带形“风水宝地”，地气分布在三个“眼”上，中间的眼被黄姓家族祖坟占去了，另外两个一直没找到，如果谁家坟占到，将惠及子孙后代。黄姓家族从晚清到现在出了不少文官武将和文人。后来，据说另外两个眼一个被我外公的坟占到，一个被杜姓人家占到。我 7 岁时外公去世，坟址是爹定的，听说是爹在梦中有仙翁给指点的。外公去世后不久，他的一个朋友从远方来我家才知道故友已驾鹤西去。那人是个风水先生，他去坟上看了看，又拿“仪器”东照西对，然后对外婆说外公埋在风水宝地的“左龙砂”，后人要出文人，因显血光之气，故还要出武官。现在看来，这些不过都是迷信之说。

外公生前村上有别姓人家想在此处建房，爹坚决反对，外公去世后，爹就坚决把坟放在此地，一是为了赌气，二是为了应验仙翁托梦。外公下葬时，那个家族来阻挠，于是打斗开始了，黄姓家族凭着人多势众，把对方打得头破血流。可这些事情当时外婆没有事先和那个风水先生说过，他是怎么算到血光之气呢？是迷信吗？我 18 岁那年，外婆去世时要和外公合葬，当打开坟墓时，我亲眼看见了外公的棺材成了传说的“金丝盘棺”，还有两条大黄蛇盘在上面。后来我当了军官，姐姐和妹妹大学毕业后成了教师，爹见人就说这都应验了传说。还有村民说，娘是独生女，所以地气就惠及我们姐弟身上。是巧合还是怎样？谁知道！杜姓人家的祖坟据说是埋在风水宝地的“右虎砂”，结果四个儿子中有三个是做官的，孙辈中也是人才济济。

我依依不舍地离开了老家。魂牵梦萦的故乡啊，我深深地眷恋着你，因为你是我的根呀！我的村庄啊，你给了我童年的欢乐和少年的勤奋，愿你更加繁华美丽！生我养我的爹娘啊，教会我吃苦耐劳、坚忍不拔和知恩图报，愿二老健康长寿！这些精神财富一直伴我在人生道路上，脚踏实地一路走来。

发表在《散文百家》杂志2016年7月下旬刊
荣获“第三届中外诗歌散文邀请赛一等奖”
收录在《2016年中外诗歌散文精品集》

# 一筐馍的恩情时常让我记忆犹新

——思念小姑婆

小姑婆静静地走了，永远离开了人世间，离开了所有她爱和爱她的亲人。七月初七，本是织女和牛郎相会的日子，听说93岁高龄的她却在当天下午驾鹤西去。难道是冥冥之中的安排，她急着要去天堂和早逝的姑爷相会吗？

听到她老人家去世的噩耗，突然感觉心里像是被什么东西狠狠地揪了一下，疼得禁不住热泪盈眶：今年春节回老家探亲时还去看望她，短短半年多便阴阳相隔，下次回去只能去坟头祭拜了……小姑婆高龄仙逝，算是喜丧，从此外公兄妹五人全作古。她是外公的妹妹，在兄妹中排第五，外公还有两个哥哥和一个姐姐。

小姑婆和我是同村人，她是个慈祥的老人，非常爱后辈，喜欢帮助别人，对亲戚们都很好，在村上有口皆碑。我7岁那年外公去世，原本还算丰厚的家境因给外公治病而败落，当时可以说是家徒四壁、一贫如洗。当时恰逢生产队期间，农村人要靠挣工分吃饭，我兄弟姐妹四人都还小，外婆要在家照顾我们，爹妈去地里干活挣工分，等生产队粮食丰收后，每家按工分总数领取口粮。大人越少的家庭分到的粮食就越少，全年粮食肯定不够吃，特别是春天青黄不接时，吃不好甚至吃不饱是常有的事，家境较好一点的当时能吃上花卷馍（一层小麦面和一层杂粮面混合起来做成的馒头），较差的只能吃玉米面做的黄窝窝头和红薯面做的黑窝窝头。我清楚地记得，有好几次，小姑婆把自己家蒸好的馍用竹筐装好送给我家吃，还有姑爷去世周年时，她把亲人们送去的祭祀油馍（条）拿出一筐送到我家里。这份恩情让我时常记忆犹新，对当时饥肠辘辘、食欲难挨的我来说，犹如雪中送炭、春风送暖！只要我家中有事，小姑婆会马上过来帮忙，包括1992年外婆去世和后来家中建房子，当时她全然不顾自己年事已高。“滴水之恩当涌泉相报”，每提到她老人家，我心中都有种说不完的感动。我当军官后特别是转业地方工作这五六年，只要是回老家探亲，总忘不了买上鸡蛋、蛋糕、牛奶等营养品，带上妻儿去看望她。小姑婆总是紧紧拉着我的手不停地嘘寒问暖，还急着给儿子拿零食吃。

人这一辈子要记住一句话：“看人长处，帮人难处，记人好处。”在你处于顺境时，别人帮衬你就是锦上添花；在你困难时，别人伸出援助之手，那就是雨中送伞。在春风得意的时候，别人帮你，你不一定会记得对方，在有难的时候你受到了帮助，你会记一辈子人家的好。所以，人这一生要常怀帮人之心，帮助别人，娱乐自己；要常怀感恩之心，回馈家人、朋友和社会，每天拥有阳光，每天都有朋友相伴，终生都有幸福相随。

听爹妈和弟弟说，小姑婆的葬礼很风光。四班响器在家门口吹吹打打，时而弹奏时而合乐，四世子孙满堂祭拜，亲人们在灵柩前哭丧，一拨人刚走，一拨人又进。她葬在大马营村庄北边胡家老坟地，和姑爷合墓，送葬队伍有近400人，浩浩荡荡，引来许多村民围观。

秋天了，让微凉的秋风送去我深沉的哀思吧。小姑婆，天堂里一路走好！有姑爷和您相伴，您不会孤单的，还可以到外公外婆那里去串门聊天……下次回老家探亲，我一定会到坟头给您烧纸钱。那一筐筐的白馍、花卷馍、油馍又一次映入我眼帘，来风了，阵阵馍香飘过来，香在心里了……

2017年9月9日发表在“齐鲁文学”微信公众号

2017年9月17日发表在《舟山日报》

# 父爱如海

大海是浩瀚的，父爱如大海一样宽广而深远，作为军人，我体会得更深。小时候在父爱的“蜜糖罐”中无忧无虑地茁壮成长，直到现在心里还甜丝丝的。父亲是个地地道道的农民，淳朴善良、勤劳能干，对我们姐弟四个严中有爱、爱中有情。父亲几十年来含辛茹苦地养育了四个儿女，如今我们羽翼丰满展翅高飞了，可他老人家已是两鬓挂霜，满脸沧桑，平日里只有母亲陪伴他守着家，遥望着一份份亲情。

父亲读书不多却通情达理，经常教育我们要好好学习，好好做人。1992年我高考落榜后携笔从戎，当我怀着对绿色的向往笑着同家人告别时，一向坚强的父亲眼圈红了，他紧握着我的手说：“大娃儿，范家没孬种，去当个好兵！”之后便默默看着我，我读懂了父亲眼神中的期望和祝福。军营十四载，我由一名列兵成长为一名上尉副营职军官，除了个人努力外，我一直感谢父亲的眼神。

记得 1997 年 10 月，姐在电话中向我告知了家中的情况，父亲的生意不景气，加上母亲大病缠身，他老人家的心如雪上加霜。我马上给父亲寄了 3000 元，又写了一封安慰信。不久，父亲回信了，听姐姐说不大动笔的父亲拿本字典足足写了一个上午，最后还让母亲来检查把关。至今我依然记得那充满爱意的文字：“永海吾儿，工作忙吧？百事百顺吗……家里一切由爹承担，你在舟山要安心工作……爹妈不愿花你的钱，我们不怕苦不怕累，我多挣钱医好你妈的病，供你弟妹好好上学……听说你那里海潮大，要注意身体，最后祝海儿永远心情快乐！”五十几岁的父亲在怎样爱着他的儿子！每每想到此，我都会泪流满面，我没有理由不安心在海岛干事业。

养育之恩，当涌泉相报，作为戍边军人不能常尽儿女之孝，每次向父亲表示歉意时他总是那句话："自古忠孝两难全，爹懂这个理。"我总觉得欠父亲的太多了，每次探亲总会给他老人家带几件礼品，逢年过节总要多寄几百元表表孝心，现在是每月给父母寄生活费。我有九个春节没在家过了，每次吃年夜饭时父亲总会多打一碗饺子放在桌子上默默地看上一阵子才会吃饭。今年春节我又无法回老家探亲，但我知道，父亲在远方肯定又会用那种特殊的方式表达他的爱子之情了。

父爱如海，父爱如山，父爱是永远难以割舍的亲情！

2007年1月21日发表在《舟山日报》

# 父子情

爹真的老了，背明显驼了，刀刻般的皱纹几乎爬满那张黑中透红的脸。去年探亲在家，看见爹时心中不免一阵酸楚：爹太累了，该歇歇了。可是他老人家仍忙个不停，妹妹大学没毕业，弟弟在深圳打工，他放心不下呀。

爹的童年是灰色的，他 6 岁时爷爷就去世了，一年后奶奶改嫁，生活的经历塑造了爹倔强的性格，15 岁他就走南闯北外出谋生了。几十年来，爹妈辛辛苦苦养育了四个儿女，可如今我们人各天涯，平日里只有妈陪着爹守着那份孤独。

我小时候在父爱的“蜜糖罐”中长大，每逢我们姐弟几个生日，爹总忘不了让外婆和妈煮几个鸡蛋或做点好吃的，现在回想起来心中仍甜丝丝的。唉，可怜天下父母心哪！我是 18 岁才知道爹的生日的，那年我携笔从戎，离家远行时记下了那个特殊的日子：农历九月十三。

老家在遥远的北方，那里的冬天漫长而寒冷，风发起威来刀子般刺人，给爹买件棉大衣和一双毛皮靴成了我的一个心愿。于是当兵半年后，我开始从每月 29 元的津贴中节约开支，日积月累，一年多竟存了 200 多元。1994 年 9 月，肩上挂“两道杠”的我回家探亲，临行前买了棉大衣和毛皮靴。在家的二十几天里，帮助爹妈干些农活，陪二老说说话，让他们感受到那份浓浓的亲情。归队前的晚上，我第一次为爹过生日，拿出在炊事班学到的手艺，做了一顿可口的饭菜。晚饭时，我双手捧出礼物，真诚地对爹说：“爹，冷时穿上它，就当儿子在身边。”爹的眼圈红了：“大娃儿，津贴那么少，难为你了……不过也算爹没白疼你。”爹的惊喜之情溢于言表。爱是需要得到理解和回报的，那一刻，爹和我都是幸福的。

爹的生日一点点近了，该向爹表示点什么？姐打电话告诉我：“爹近段时间身体不太好，低血压病又犯了，如果你能回来看看便是给他老人家最好的礼物。”我知道，爹是通情达理的，他常说“长守在爹妈身边的儿女没出息”，但他同样需要亲情。可作为军人，我只能又遗憾了。我给爹寄了600元钱和一封平安信。绿色的天使啊，希望你早点把这份祝福传给远方我慈爱的父亲吧！

2000年9月26日发表在《舟山日报》

2000年10月荣获舟山市“父亲的生日”主题征文一等奖

# 陪父母喜游桃花岛

2011年3月中旬，父母来舟山小住三个多月，这是我当军官后他们来舟山时间最长的一次。回老家之前，我想带他们到桃花岛游玩。桃花岛是舟山群岛的一颗明珠，是金庸笔下的世外桃源。二老辛苦了大半辈子，是该享福了，除了物质享受外，精神关爱也很重要。阳春三月，正是桃花盛开的季节，桃花岛美不胜收，此次旅行自然是一件充满诗情画意的赏心乐事。

从普陀墩头码头坐快艇，约25分钟便到了桃花岛。出茅草屋码头，坐上公交车前往桃花寨。一路上，阳光明媚，春意盎然，远处海天一色。路边绿树成荫、芳草萋萋，田野里的油菜花开得金灿灿的。车子在马路上行驶着，不时有小鸟惊起扑棱着翅膀飞向天空。我们的心情格外舒畅。

大约15分钟，便来到了桃花寨景区。一进大门，只见一片桃花盛开，花团锦簇，游人络绎不绝。桃花品种繁多，各有特色，有白如雪的，有粉如霞的，还有红如胭的。最令我们喜欢的便是那白色的桃花，一簇簇，花瓣如雪如云，中间的花蕊更是娇小可爱，宛如一颗金色的五角星。置身于花海之中，闻着淡淡的清香，真是让人心旷神怡。沿着小路往里走，一会儿上坡，一会儿下坡，看了桃花石、含羞观音、东海龙王三公主的“炼珠洞”和海龟巡游石。再往里走，有石桥、假山、水池和长廊。这里的桃花比大门口还多，一丛丛，一簇簇，千姿百态，美得让人眼花缭乱。站在桥上向远处眺望，只见水面上铺满了桃花。走近水池，只见池水清澈透明，池底的鹅卵石静静地躺着，映着蓝天白云的倒影。沿着曲折蜿蜒的长廊走到尽头，竟然发现了一棵古老的桃树，树下竖着一块牌子上书“千年古树”。我迫不及待地拿出相机，让父母在古树前合影留念。

离开桃花寨，来到了安期峰。沿着崎岖不平的山路向上爬，只见漫山遍野长满了银杏树、松树和枫树……这里简直就是一座天然的植物园。来到半山腰，有一块巨石耸立在山崖上，看上去摇摇欲坠，令人胆战心惊。据说这是安期生炼丹时从炼丹炉里飞来的仙丹变成的。安期峰云雾缭绕，险峻挺拔。站在山顶上，俯瞰四周，只见群山连绵起伏，云雾缥缈，山路时隐时现，游人在山下显得很小。山下的大海碧波荡漾，游船点点，海浪一波接一波地向岸边涌来。父亲感慨道："这就是人们常说的仙境吧！"

最后，来到了射雕影视城。这是一个仿古建筑群，雕梁画栋、古色古香。此时正值午后，城内游人络绎不绝。临安街上，酒肆、茶楼等一应俱全，让人仿佛穿越到了宋代。此时此刻，我眼前仿佛出现了金庸笔下《射雕英雄传》里的情节：全真教丘处机道长因杀了朝廷奸人而被官兵追杀到牛家村；黄药师持玉箫来到临安街，与太湖美女阿衡一见钟情；郭靖和黄蓉手拉着手在桃花岛上谈情说爱，卿卿我我……一刹那，我感觉自己仿佛也变成了一名侠士，佩带着宝剑，行走在临安街巷中。父亲坐在蒙古包大帐内的大帅将台上照了相，我们一起去看了杨铁心和郭啸天的家，进了黄药师庄和黄蓉楼，还进了归云庄，最后还在临安街上逛游了十余分钟。累了，父母坐在长椅上微笑地看着远处的"东邪船埠"。那一刻，我感受到他们的满足和幸福。我也知道这不仅仅是一次简单的游玩之旅，更是我们之间的一次亲密接触和心灵交流。

游玩了一天，傍晚返回沈家门。游玩时，看着年迈的父母兴致勃勃的样子，我不由得感慨万分：时光荏苒，不知不觉间二老已经年过花甲了，但他们的精神状态依然不减当年！

这次游玩，我们一起观赏了美景，感受到了大自然的神奇和美好，共同度过了愉快的时光，也更加珍惜彼此之间的感情。我相信，这些美好的回忆将会成为我们一生中最珍贵的财富。

2017年11月5日发表在"中国散文网"

# 哀思悠悠，念母泪滂沱

2022年1月21日，农历辛丑年腊月十九，上午约8点30分，母亲突然走了，走完了她76年的人生历程。我接到父亲的电话后惊呆了，旋即心被揪得生痛：怎么会呢？母亲患有高血压，可一直在吃药，且血压平稳……

那天是大寒翌日，气温骤降，天降小雪。早饭后，母亲到院外的老式厕所去，可能受冷过度导致血管收缩，最终引发心肌梗死而去世。等父亲发现时已晚了，找人抬到房间，叫来村医时说她的瞳孔已放大，而那时救护车还在一公里之外。

我的娘亲呀，新房内暖和，卫生间里坐便器、拉手一应俱全，您偏偏白天要到外面去，新建的楼房您没住满两年，如今只有父亲孤零零一人居住了。

母亲突然离世，全家人都很伤心。好长时间，父亲整晚睡不着觉，他一直自责害了母亲。因为考虑年前一直是雨雪天气，他在腊月十六这天叫人拉土，给两个爷爷、四伯五伯他们的坟添了土。“添老坟，进新人”，不年不节的，这犯了他们那代人忌讳。我也深深自责，如果不早点叫弟弟把那老式厕所推倒，或者将当时新房一楼的卫生间改造成蹲坑，母亲是不是就不会出事了？但人生没有假设。姐姐也在自责，恨自己前一天没有提醒母亲穿厚棉衣。

春雨淅沥，轻轻敲窗。我迎来了春天，母亲却在最寒冷的冬日永远走远。母亲离世“五七”将至，在这个特殊的夜晚，我坐在电脑前，思念如这春天的细雨，一次次浇湿了心头，直到成“洪灾”……

母亲姓黄，名宗莲，又名秀莲，小名兰英，1946年11月30日（农历十一月初七）出生在豫宛北蒲山镇大马营村。黄姓为村上大姓，先祖由南阳金华镇迁入，已繁衍十五世，现人口有两千余，母亲是第十二世人。外祖父黄有章无儿，招父亲范吉才做上门女婿。母亲于1971年结婚，26岁时生下姐姐，先后生育两子两女。把四个子女抚育长大成人，父母可谓是含辛茹苦。记得我上一年级时，一次母亲挎着竹篮拉着我到蒲山街上卖鸡蛋，那时11个鸡蛋只能卖一元钱，母亲为了多卖一点钱，提高了价格，但苦等了一个上午也没人买，只好拿回家。第二天，母亲拉着我到三四公里外的新店街上，10个鸡蛋就卖一元钱，她高兴坏了。买完油盐，母亲最后狠心拿出两角钱买了四个水煎包，给我吃一个，余下三个带回家，她自己却舍不得吃。

母亲是一个普通的农村妇女，在针线活和做饭上一般，她最大的优点就是吃苦耐劳，尤其是在田地里干活踏实能干。在生产队期间，我清楚地记得，滑头的社员经常在地里干一会儿活就跑到河沟边睡觉或打扑克，老实巴交的母亲从不偷懒，一直在地里干活，天气热时身上衣服湿透也不肯停，为此，她多次被生产队评为“劳动模范”，被奖励一个白瓷缸和一块白毛巾。在这方面，母亲为我们姐弟四人树立了榜样，我学生时代的努力学习和参加工作后的勤奋肯干应该受了她的影响。1984年土地联产承包责任到户后，母亲积极性更高了，像黄牛一样，常常披星戴月干农活，和犁铧般的父亲一起耕耘着生活，养活着一家老小七口。粮食够吃了，可缺少钱花，父母便开始种西瓜、蔬菜，母亲还拉着小板车，一个村一个村去叫卖。两年时间，用赚得的钱建好了三间钢筋水泥砖平房。母亲又开垦了一块块荒地，种植南瓜、丝瓜和扁豆，到了秋天，摘了很多南瓜、丝瓜和扁豆，存放在床头，可以吃很长时间。

“树欲静而风不止，子欲养而亲不待。”人生苦短，遗憾此生陪母亲的时间太少。我15岁到石桥镇南阳四中读高中，前两年每星期回家一次，高三时半个月回家一次。1992年7月我高考名落孙山，当年冬天18岁的我参军入伍，在之后的29年（约10440天）间，包括探亲休假和事假等，同母亲共同生活的时间只有490余天；最长一次是我当营教导员时，父母来部队家属楼住了三个多月。后来听姐姐说，母亲回家到地里放羊时，同别人说她在舟山时把这辈子饭店里的饭菜都吃完了，还说去看了不少景致。仔细回想，那时双休日我多次带父母去普陀山、朱家尖和桃花岛等地游玩，基本上每个星期下一次饭店，让他们多享些口福。人在外，不能常尽孝，只能从钱上给予补偿。从 2002 年开始，我每月给父母寄生活费，从 200 元到 300 元，再到 500 元，最后到 600 元，逢年过节另寄 1000 元或 2000 元。

当我还在娘胎里的时候，家境贫困的母亲无法增加太多营养，只盼腹中的胎儿发育得更好一些。在我出生的时候，母亲阵痛如临一场灾难，哇哇哭声换来她的笑颜。在我幼小的时候，母亲用甘甜的乳汁精心喂养我慢慢长大。小时候，母亲是我的保护伞，为我遮挡风雨。记得一年级时我和一个伙伴打架，他的家人来告状，父亲要打我，母亲为了保护我和父亲大吵一架，把我紧紧揽在怀里，任凭父亲雨点般的拳头打在她身上。在我遇到挫折时，母亲总是鼓励我坚强前行。“儿行千里母担忧。”当兵时，母亲如挂在天边的一张满弓，将牵挂之箭时刻射向军营。在我参加抗洪抢险的时候，母亲如一个虔诚的信徒，日日夜夜祈祷我平安归来。在我当军官的时候，母亲如一位导师，反复叮咛我要爱兵如子。在我转业退出现役的时候，母亲如一位哲学家，告诉我“人挪活”的道理。在我任职地方干部的时候，母亲劝我不要忘了本分，更不能拿公家的一针一线。在我想家的时候，母亲总是对我说“回来吧，吃妈做的蒸面条”。在我每次回老家探亲的时候，母亲总是围着我们忙个不停，看着子孙，她喜笑颜开。近几年，每次打电话回家，母亲总是说：“大娃儿呀，你也上年纪了，写东西不要熬夜，注意身体，血压不能高起来。”母亲，您一直想到苏州和杭州看看，可由于种种原因，一直没有实现。去年八月份回家探亲，想带您和父亲到西安旅游，可因为一些事情没去成。如今这都成为永久的遗憾。

写到这里，已是热泪盈眶。悲而作歌曰：

母逝将五七，春雨淅沥沥。
默默两眼泪，思念成洪雨。
游子浙东南，故里豫宛北。
抬头西北望，千里路茫茫。
安眠村庄北，运河过坟堆。
亲朋烧纸祭，叩拜少四人。
往昔回老家，见儿笑开颜。

如今打家电，再无母应声。

母亲，您出事时，我在千里之外，没能给您送终，姐弟四人都没有到场送终——其实也无法送终啊！我们遗憾呀，哪怕侍奉您一段时间，哪怕听您说几句遗言也行呀，可是您就这样匆匆走了，只留下无尽的思念。我一家四口坐飞机回家晚了，没有赶上那晚的报庙，您会原谅大儿吗？我一下飞机，看到满天飞舞的雪花，那是为您哀悼吗？母亲，那晚守灵，弟弟守前半夜，我守后半夜。我裹着您生前盖过的被子，躺在父亲右边——您睡过的地方，短暂休息。恍惚间，我感觉好像是儿时躺在您的怀抱，感受着您的温暖……跪在您的灵前，一声声叫着娘亲，点燃的火纸一张张在眼前慢慢化成灰，和着眼泪，化成哀思……

《礼记》载："众生必死，死必归土。"母亲，我们按您生前的愿望和大堂舅的叮嘱，打造了一口上好的柏木棺材，在您火化后再入殓。按风俗，我先在棺材底撒一层草木灰，然后"铺金"（金色的垫被），手捧着火化后的碎骨，放端正，空隙处填满火纸和您生前喜爱的衣物，再"盖银"（银色的被子）。亲属们做最后一次瞻仰后，管事者大呼"盖棺"，那时，悲壮激昂的唢呐响起，众亲放声大哭。出殡时，又是雪花飞舞，苍天也为您送行。我扛着柳树杆白纸路幡，弟弟抱着您的遗像随后，我的儿子——您的长孙扛着花筐路幡在后，全体送丧眷属手持"哀杖"（木棒缠白纸）紧随。"老盆"（灵前祭奠烧纸所用的瓦盆）摔碎前，我跪在雪地上，泪流满面，任凭双手冻红。一路上，响器声、哭声、鞭炮声，声声不断，管事者不断撒纸钱、烧"买路钱"。

母亲，您葬在了爷爷坟的左下边，头朝西北，脚向东南——朝向我目前生活的舟山。母亲，有爷爷、三爷、四伯、五伯他们和您做伴，您应该不会孤单吧。1981年春天，62岁的外公作古。1992年春天，67岁的外婆过世。这次您去了天国，同外公外婆团聚了……

母亲，您这样走了，有人说您积德好。您没有生过大病，没有吊过针做过手术，没有卧床不起，也没有受过其他病罪。父亲说您走前的那晚还吃了两碗牛肉面条。可是，离家火化前，我为您洗脸净手，发现您的指甲上有泥土，当时您晕倒在地抓不到东西时，经历了怎样的痛苦和挣扎呀！母亲，有人说您有福气，有两儿两女、两孙子三孙女，也是儿孙满堂呀。

母亲，这辈子我们母子一场，如果有来生，我还做您的儿子，再行孝，再带您去看山水……

安息吧，母亲！愿您在天堂里一切安好。

一稿写于2022年2月22日晚，二稿写于2022年3月6日晚
发表在舟山市定海区文联杂志《望潮》2022年第3期
2022年3月10日《西部散文选刊》网刊推介

# 岳父的菜地

眼下，在许多人看来，身体健康同吃有很大关系，吃得越“土”越好，越“自然”越放心。于是流行吃土鸡、土鸡蛋和土猪等，农家种的蔬菜便自然成了家庭餐桌上的珍品。住在城市里还能经常吃上自己家种的蔬菜是很多人的梦想，我就有这个口福。

定海长岗山脚下的陆家湾很多家都有菜地，岳父有两块紧靠住房的小菜地。从客厅后窗或厨房看出去就是一片菜地，再远一点是茂密的青竹林和长岗山的植被。说真的，我经常有种“住在山脚下，绿色入眼帘，突闻犬吠声，群鸟林上飞”的赏心悦目之感。目前岳父的菜地里满眼是一片丰收的景象，青青的黄瓜带着白白的小刺挂满架子，红中泛青的小西红柿压弯了细枝，细长的紫茄一个个垂着，玉米正吐着“花线”，还有绿油油的花生、韭菜、茭白……菜地虽小，一年四季却有不同的风景和收获。

我每年都要用这块菜地种点自己喜欢吃的小菜，比如荆芥和苋菜。我是河南人，从小就喜欢吃荆芥，在老家时，夏天吃凉拌面时有三种东西少不了：蒜汁、黄瓜丝和荆芥。今年五月初，我在岳父的菜地里整理了一小垄地，用小耙子把土翻好、打碎，撒下了姐姐从老家寄来的荆芥籽，然后浇足水。此后每天傍晚都去浇水，十几天后看见一片新绿，三个星期后便可以吃它的嫩芽了。现在基本上每天都可以吃，一直可以吃到下霜，而且百吃不厌。新鲜的叶子主要凉拌吃，比如荆芥拌黄瓜、辣椒丝拌荆芥和凉拌荆芥，加上盐、醋、味精和香油，翻调均匀便可享用了。或者把荆芥切碎，加面粉、鸡蛋及调料和成面糊，烙成煎饼，味道也很鲜美。荆芥又名假苏、姜芥、荆菜，属唇形科多年生草本植物，气味芳香。叶子可以泡茶喝，再放点白糖去火效果不错。荆芥还有发汗解表、祛风功效，主要治疗感冒风寒、无汗、头痛等症。中原一带很早就有食用荆芥的习惯，《唐本草》始收入菜部，宋代苏颂《本草图经》记载其“辛香可啖，人取作生菜”。

家里一年四季吃的蔬菜百分之七八十都是菜地里自产的，这要归功于勤劳的岳父。岳父是地道的菜农出身，种了一辈子的地，老了还是闲不住，他老人家白天在外面做小工，每天傍晚还要给他的菜地浇水、施肥或除草。他常说，自己种的菜吃着放心，吃不完还可以卖钞票。每天晚上，劳动了一天的岳父大口地喝着老酒，吃着自己种的菜，有种说不出的满足感，酒足饭饱后便打着嗝去看电视。

有时我想，岳父种着的不仅仅是块菜地，还种下了一个农民对土地的眷恋，种下了一片田园风景，种下了一份大自然馈赠的收获和希望！“种瓜得瓜，种豆得豆。”我们做人做事不也一样吗？只要你诚实做人、辛勤做事，就会有人欣赏你，你就会在你的岗位上闯出一片新天地。丰硕成果最终属于那些辛勤耕耘之人！

2014年7月19日发表在《舟山日报》

# 从岳父身上品人生百味

丁酉年农历七月二十三晚 7 时 40 分左右，正值台风“泰利”来临，岳父李忠孝永远离开了人世间。俗话说“好人不长命，坏人长戚戚”，这句话用在岳父身上很合适，他勤劳善良，常被亲邻夸赞，却没有赶上过 68 周岁生日，只差一个多月。老人家的离世，我们家人是有心理准备的，是万恶的肺癌夺去了他的生命，否则以当前的生活条件，只要不患绝症，老人一般活到 80 岁基本没问题。从确诊处于肺癌晚期到去世还不到三个月，这让人感到生命有时真的很脆弱，世事真的难以预料！虽然现在医疗技术很发达，但目前还没有生产出癌症晚期的有效治疗药物。到最后差不多只能听天由命了，这是他人生的悲哀与无奈。每个人的人生都有悲哀与无奈，无非是内容与表现形式不同罢了。

当晚我在单位准备抗台风，接到妻子电话后急忙请假，回到家时看到岳母她们正在给已断气的岳父穿寿衣。等几个亲戚和邻村会做丧事的洪师傅来到家里，大家一起按照定海的风俗里三件外三件地继续给岳父穿寿衣，然后在客厅设灵堂，横放一扇旧门板当灵床，上吊白色蚊帐，前放一张灵桌，上放供品、香炉和蜡烛台等，灵桌正位放把大椅子。夜间 11 点 40 分左右，洪师傅带我和襟兄夫妇去村口的三岔路口焚烧岳父断气前用过的草席、换下来的内衣裤、枕头、空调被等物品。在汽油和风力的作用下，那些物件很快熊熊燃烧起来，我望着随风飘去的浓烟不禁双眼湿润，心中滋味难以言表。

妻子三姐妹守灵到天亮。第二天亲友陆续来家里吊孝，亲友拜祭三次后点上三炷香，妻子她们就会陪着哭上一会儿，此时请来念经的几个老太婆会渐渐加大声音并敲打木器或摇铃，增加了悲伤的气氛。考虑到台风影响，第三天上午便将岳父的遗体送到舟山市殡仪馆去火化，女儿女婿们都头戴草冠、身披（扎）白孝布、脚穿白鞋，其他亲戚都头戴白孝布。在亲人的哭声中，岳父的遗体被推进火化间，那时我心情沉重，恍惚看到岳父的音容笑貌正渐渐远离……约40分钟后，工作人员把骨灰装进骨灰盒。殡仪馆的墙上有一条标语非常震撼人心——人生有终点，服务无止境。细想的确如此，人无论是高官厚禄或平庸无常，无论富贵贫贱，到最后都会走到终点。傍晚，岳父在上海的外甥赶来吊孝。前半夜大姨子和小姨子两姐妹守灵，后半夜我和那个外甥一直守到天亮。

第四天出殡，早上天还下着毛毛细雨，送葬车队走到大约一半路程时，天竟然放亮了，大家都说岳父有福气、是干净人。在临城公墓地，经过一番走场仪式，下葬好骨灰盒。前一天，我特意买了两瓶劲酒，又拿出从老家带回的一瓶赊店白酒，让师傅放在骨灰盒旁边，同时还放了四季衣服各一套，以及他喜欢的鞋子、帽子和手套等物品，用以寄托哀思。

岳父小时家里很穷，他只读了一年的书，很小便开始干农活，十三四岁就开始挑担子，也修过水库，因此养成了勤劳的品格。60多岁还要去打小工，打工之余种菜，家里吃的蔬菜百分之七十都是他种的。因为年轻时用力过度，不到20岁，他的背就微驼了。生活的艰辛和岁月的沧桑便浓缩在那背上了。

人生都有遗憾，听说岳父年轻时的遗憾是没有儿子，因生养三个女儿经常被村民歧视，这在农村以前吵架时便被用来揭短和骂人。庆幸的是三个女儿都很孝顺，大女婿和我也如同半个儿子。岳父在医院住院期间，晚上都是两个女婿轮流陪护，去世的前一个晚上，我整夜陪在床前照顾，只断断续续睡了两三个小时。岳母曾对着他的遗像说：“老头呀，女儿女婿对你很好，你也去北京、厦门和华西村等地方游玩过，应该没什么遗憾了吧！”我以前当军官，转业后在地方也是干部，这也成了岳父的骄傲，听说他曾在一起干活的老头中间显摆。近几年岳父的遗憾是小女儿因家出事而婚姻生活不幸福，所以老人家可能因此纠结在心上。他这一生的遗憾是酒没喝够、烟没抽够。六七月份在医院治疗时，他对医生说抽了四十多年烟，喝了五十几年酒。因为前些年身体不适，在医生的建议下，他开始戒烟，他戒烟也只有两年多，酒是今年的5月份才基本戒掉。可以说他生前是嗜酒如命，早上一袋舟山黄酒，中午和晚上各两袋。烟酒舒服了他的感官，娱乐了他的精神，是生活的动力，但无节制到最后可能就是索命的无形刀，6月底，CT检查出他的肺部黑黑的，且上半部分已溃烂。假如他不抽那么多的烟，不喝那么多的酒，也许不会患上肺癌，但人生没有假设。

岳父生前爱热闹，因当时怕台风影响，出殡前没有做道场。五七忌日时，家里出钱请人做了两天的道场，做道场的六人时而吹打乐器，时而念经，很是热闹。我写了一首诗来祭奠他："'泰利'来临泰山逝，风雨交加亲朋泣。五七忌日转眼至，度亡道场慰慈灵。秋雨蒙蒙天作泪，哀思无尽情深深。勤劳善良乡邻夸，阿翁菜园谁再耕？本是农民眷土地，托体山林归自然。"

生老病死是人生的自然规律，伴随着母亲分娩阵痛，人都是在自己的"哇哇"哭声中来到这个世间；伴随着生命个体终止呼吸，人又在亲朋好友的"呜呜"哭声中离开这个世界。这印证了"人是光溜溜地来，又几乎赤条条地去"的说法。所以，人生就如一场舞台，不管演出是否精彩，终有一天要谢幕；人生亦如一次旅游，不管沿途风景是否迷人，终有一天要到终点站。世事沧桑是人生写照，悲欢离合和酸甜苦辣是人生百味。活着，就要善待自己！

2018年1月4日发表在"中国散文网"
发表在舟山定海文联杂志《望潮》2018年第2期

# 家有二孩

我下班回到家，一进门便对沙发上坐着玩的女儿伸出双手：“妞妞，来，爸爸抱！”六个多月的她马上冲我咧嘴一笑，同时一双小手兴奋地舞动着。一股暖流顿时在心里流淌，我走上前一把抱起她，一天的疲惫竟然在那一刻烟消云散。古语说：“水有源，木有本，父母者，人子之本源也。”看着这个小天使，想着是我们夫妻俩生命的又一次延续，不觉间心中陡然又生出柔柔的爱意。

二孩政策全面放开后，要不要生二孩一下子成了全社会的热点话题，我家也不例外。2016年元旦刚过，刚39岁的老婆便给我吹枕边风，想再生一个孩子，并列举了有两个孩子的N种好处。说实在的，刚开始我不想再要了，7岁的儿子正读小学一年级，刚脱离“苦海”不久，不想再跳入“火坑”了。后经多次商量，我又征求老家的爹妈和姐姐的意见，最后决定要二孩。有时心想马上事就成，老婆到医院拿掉节育环刚三个月便怀上了，两人都喜上眉梢。美中不足的是，老婆第一次检查时被医生告知绒毛膜促性腺素与孕酮都偏低。于是老婆吃孕酮片等药以提高指标，上下班小心谨慎，生怕有什么问题。“不怕一万，就怕万一。”在怀胎两个月的时候，老婆还是不小心患了重感冒，不停地咳嗽，又不敢吃药，怕会导致胎儿发育不正常，但最后不得不流掉，为此夫妻俩大哭一场。我心如刀割，当时回到家后还莫名其妙地骂了正在说笑的外甥，并摔破了东西。医生当时劝我们等身体养好后再去怀。

2017年3月，老婆又有喜了。这次我们非常小心，一有情况马上到妇保医院检查，吃保胎药，还住院调养了两次，后面胎儿发育一直很正常。12月

7日晚上7时50分，女儿顺产出生。儿子一直想要个小弟弟，当时他在产房外面得知妈妈生了个小妹妹时，噘着嘴说：“那也好嘛……”有儿有女，凑成了一个“好”字，全家人都很高兴，老家的爹妈在电话中说：“儿子你真有福气。”12月10日下午，忙里偷闲，满怀激情的我在医院写了诗《喜得千金》和词《蝶恋花·弄瓦之喜》。

## 喜得千金

大雪节气却无雪，四十大三又当爹。二孩政策放开好，中年喜得小棉袄。

## 蝶恋花·弄瓦之喜

大雪节气阳光好，吾妻待产，阵痛频频扰。十月怀胎苦煎熬，一朝分娩小棉袄。

雏凤降枝飞吾家，佳人转世，血脉紧相连。吾要精神重抖擞，用心抚养小宝宝。

在微信朋友圈发出喜得千金的喜讯后，亲朋好友的祝福电话、微信和短信雪花般飘来，都说：“你老婆好有勇气，你们真有运气真幸福！”幸福没错，繁忙与辛苦却自知，所以我们夫妻俩是忙并快乐着。我的护理假只有半个月，剩下时间白天几乎是她一个人带孩子。母乳不够，每天晚上我要给女儿喂两次牛奶。其中一次在晚上10点钟左右，完事后稍微打个盹，夜里还要爬起来给老婆做夜宵，有时忙完已是凌晨2点，每天平均只能睡五个小时。加上工作上的压力，一次熬夜加班后我竟然患了重感冒，血丝都咳出来了，十多天才好。

女儿长得非常像我，前额有点突出，方脸，耳朵后贴，单眼皮，眼睛可能长大后比我的大。当我抱起女儿时，老婆戏称父女同框。老家的姐姐看了微信群里的女儿照片，说她简直是小型的我。战友见了女儿也说太像我了，并夸我说“兄弟你基因太强大了”。所以，欣喜之余我常常惊叹基因的神奇。

血浓于水，亲情是挡不住的。女儿刚生下来时，没能如儿子所愿，他有点不太高兴。等女儿出院后，他放学回家第一件事就是到卧室看妹妹，有时抱着她轻轻地拍着还念念有词，喜欢之情溢于言表。随着时间流逝，女儿也一天一天长大。快两个月时，女儿开始会笑了，尽管那笑只是嘴角微微上扬且瞬间消失，看了还是令人心花怒放。三个月时，女儿面部表情已经很丰富，而且感到她腿部比较有力。四五个月时，女儿喜欢上吃手指，有时甚至把四个手指一起放进嘴里咬，每次吃得“嗞嗞”响。儿子问老婆：“妈妈，妹妹为什么老吃手指？”老婆开玩笑说：“因为她的手指上有糖分。”不料，10岁的儿子竟然天真地拿起妹妹的小手指舔了舔，然后说：“妈妈你骗人。”老婆为此笑得直不起腰。

现在每天傍晚下班回到家，从大姨子手中接过女儿，我先给她换块尿不湿，然后喂她吃鱼肝油或维生素D、AD滴剂，或者剥一小段香蕉，用木勺子刮着一点点喂给她，她就像小鸟一样张开小嘴欢快地吃起来。我把一个手掌垫在女儿双脚下面，她一蹬腿就用脚尖踮着站了起来，然后趴在我肩膀上，乌溜溜的眼睛跟着脖子不停地转动，好奇地看着周围的一切。接下来，抱她到屋外小菜园走一趟，告诉她菜的品种。女儿好像听懂的样子，咯咯地笑着，眼睛却迷恋似地追着翩翩飞舞的蝴蝶。

我每次抱女儿时总会在她的小脸蛋儿上亲几下，心里会默默地说：你是爸妈的小心肝，是爸爸的小棉袄！愿你健康茁壮成长，快乐地生活。

2018年6月28日发表在“中国散文网”

2018年8月4日发表在《舟山日报》

# 写给即将小学毕业的儿子的一封信

亲爱的洋洋：

从你呱呱坠地的那一刻起，我们家就充满了欢声笑语，老家的爷爷奶奶更是高兴得合不拢嘴，定海的外公外婆也很开心。爸爸妈妈为有了爱情的结晶而对你疼爱有加，全家人快乐地生活着，有你就有阳光，有你就有希望！

时间过得真快，转眼间，你从一个襁褓婴儿长成为高大帅气的少年，你不但学到了文化知识，还知道礼貌待人，你还学会了思考，有了自己的审美观。你不断从书本和生活中汲取知识，你的每一点进步都凝聚着自己的勤奋，也凝聚着爸妈的心血和希望。

生活是美好的。你有疼爱你的爷爷奶奶、外公外婆和爸爸妈妈，你有优裕的生活条件和学习环境，爸爸、妈妈随时都愿为你的每一项合理要求做出努力，时刻关注着你的冷暖、饱饿，留意着你的一举一动，我们为你的每一点进步而欣喜，不会因为你的缺点和暂时的落后而对你失望。知道吗，儿子？当你在幼儿园表现优秀，尤其是跑步很快时，爸妈是高兴的；当你在檀枫小学六年中夺取五次60米、100米短跑冠军时，爸妈是兴奋的、欣慰的，爸爸更是每次都在微信朋友圈中炫耀你的表现及奖状；当你每次考试取得好成绩时，爸妈是开心的；当你在《舟山晚报》上发表作文时，爸妈更是兴奋不已。儿子，你有时偷懒，作业完成得慢；你有时偷玩手机，不是不让你玩手机，你是一个学生，主要的精力是学习，查作业时和录音英语时可以使用手机，但其他时间不要去玩，因为爸妈更担心你的眼睛，你的视力已经坏到要去矫正的程度，要知道它的危害了。儿子，人有一双好眼睛非常重要，爸爸到现在（46岁）视力还比你好。视力好了，不但生活方便，以后找工作也顺利，要知道许多职业对视力是有规定的。

儿子，你不要恨我们，这是为你好，天底下没有狠心的爸妈。儿子，尽管你学习紧张，但建议你每周抽出一个小时时间参加家务劳动，比如扫地、洗碗，或跟着我们去菜地里干活，这可以培养你的习惯，磨炼你的性格，让你知道生活是要付出辛勤劳动的。“执着的追求能结出硕果，辛勤的汗水能浇开艳丽的花朵。”爸爸从23岁开始发表文章，一直坚持看书、写作，至今已发表文学稿17万字了，另外还有120篇新闻、通讯稿，内刊也有近百篇，这都是坚持的结果。希望你能俯下身子，认真学习。书中自有黄金屋，书中自有颜如玉！我们坚信，只要坚持，就一定能成功！只要发奋努力，没有攻不破的堡垒！没有达不到的顶峰！

人生的道路很漫长，学习、生活中不可能没有困难，也不可能一帆风顺，关键看你有没有勇气正视困难，正确对待自己的缺点。古人说得好：“师夷长技以制夷。”就是说，我们可以学习别人的长处来赶超别人，取得最后的胜利。儿子，好好努力吧，天道酬勤，只要抓住每一个今天，成功一定属于阳光的你！给你起名舟洋，就是希望你的一生就如一艘大船，不管是风和日丽，还是风雨交加，都要扬帆大海，永远向前！

儿子，三年前，我们家又添了一口人，就是你的妹妹。从此，生活虽然更繁忙了，但爸妈更开心。有时我们照顾妹妹，可能冷落了你，你不要太在意，在爸妈心中，你和妹妹同样重要，只不过她现在还小，需要更多关注。

时光荏苒，转眼间你就要小学毕业了，在老师的辛勤教育下，在同学们的帮助下，在亲人的关怀下，你从一个学龄前儿童变成了一个懂事、善良、有爱心的少年。爸妈感到很欣慰，在感谢老师培养的同时，也为你自己的努力和付出感到骄傲。“人无完人，金无足赤”，你在学习上要再认真仔细一点，尤其是在做数学题时，认真读题，在草纸上列出算式或画出草图，找出解题的好方法，问题自然就破解了。“宝剑锋从磨砺出，梅花香自苦寒来”，只有付出努力，才能实现人生的远大目标，换取今后的美好生活。希望你在未来的日子里克服缺点，谨记老师和爸妈的教诲，成为一个更好的、阳光进步的孩子。

牛年元旦即将来临，祝佳节愉快！祝你在新的一年中，学习如耕牛一样辛勤，成绩如竹子开花一样节节高，生活如喝蜂蜜一样香甜！

爱你的爸爸妈妈

2020年12月27日

# 年味

腊八节一过，年就在不远处向我们招手了。过了腊月二十三，年味就慢慢浓起来了。此时，家乡的年俗儿歌不禁又响在我耳边：“二十三，炕火烧儿（烧饼）；二十四，扫房子；二十五，磨豆腐；二十六，去割肉；二十七，杀鸭鸡；二十八，贴门画（花）；二十九，买来酒；年三十，夜熬年儿……”

什么是年味？年味就是年前游子挤破头带着大包小包千里奔回家乡看到亲人时的喜悦心情，就是吃年夜饭时全家团圆的温馨气氛，就是妈妈忙前忙后做的年夜饭中的饺子，就是走亲串友时举杯互敬酒后的亲切畅谈，就是屋外烟花绚烂时飘进鼻内的一股火药幽香，就是小辈接到长辈们发压岁钱时的欢天喜地，就是门窗上贴好的对联和年画的红红火火……

“有钱没钱，回家过年”“穷家富路，借钱过年”，由此可见过年在绝大部分中国人心中的分量。如果说家是温馨的港湾，那么，年就是把我们带进港湾的船，年味就是过年时体验到的那种轻松、休闲、愉悦和幸福的感觉。

但是，如今有不少人认为过年越来越没味道了，为什么？我认为主要是因为现在生活条件好了，生存环境变了，人的感觉也跟着变了。人穷时天天盼过年，因为过年可以穿上新衣服、吃上肉，等富有了过上好日子后天天都像是过年，物质上的期盼也就少了。还有，小时候喜欢过年，因为无忧无虑，不用操任何心，有时间有精力去尽情享受，所以感觉有意思。人长大后，生活的压力、工作的烦恼、婚恋的矛盾等各种因素有时让人没办法彻底放松下来，也就没有过多的时间和精力去更好地享受年味，所以感觉没意思。因此，年味如何，关键看个人，人变了，味道自然也变了。人为什么变了？因为环境变了。环境为什么变了？因为人变了。如果你一年不买衣服，每月吃一次肉，除夏秋外从不吃水果，放弃手机、网络、高铁，和亲友写信联系，一个月看一次娱乐节目，每周只休息一天，还要早起做家务，然后过年你会发现穿新衣服很开心，敞开吃鱼肉果蔬很幸福，亲友团聚好热情，春节晚会真精彩，假期睡懒觉超级舒服。这就是过去的年味。

年复一年，生活总是在不经意间改变着一切。但年味是一种传承。我小时候每年都会和爹一起贴春联，我负责在门上刷糨糊，爹会把大门擦干净，然后把红红的对联贴在上面，就连喂牛的槽上也贴上“六畜兴旺”。爹每年做这些都很认真。我在部队服役期间，尤其是当营连主官时坚持带战士每年贴对联。我转业地方工作，近几年儿子长大了，年前贴对联时，总叫儿子给我做小帮手，红红火火的对联寄托着对一年幸福生活的憧憬，也让儿子知道了年俗。我还喜欢在鞭炮噼噼啪啪的响声中感受年味，一地的落红多少次让我梦回童年。从六七岁开始，童年的每个春节我都急着放鞭炮，这一放就是三十几年。我不知道自己为什么这么爱放鞭炮，也许是那火爆的响声、一地的落红和幽香的火药味能带给我对美好生活的向往吧！

朋友，过年时，放下手机，暂时离开网络，好好地陪父母吃顿团圆饭，认真地听他们讲讲以前的故事，感受一下转瞬即逝的年味吧。还有，现在生活条件好了，我们可以把每一个普通的日子都过得和过年一样幸福，前提是，你要热爱生活而且去好好地安排生活。

2017年1月15日发表在《舟山日报》

# 咀嚼节日的味道

元宵节一过，年就算全部过完了。身边的朋友、同事都说现在过年过节没氛围没意思，更有人感叹“年年岁岁‘节’相似，岁岁年年‘味’不同”！因时代不同、年龄不同和地域差异，人们感受到节日的味道也不相同。当前物质条件好了，平时过得如年似节，所以到了真正过年过节时就感到乏味。而物资匮乏的年代，只有过年过节才能吃到好东西穿上新衣服，所以令人难忘，感觉有意思。这从一个侧面也印证了“物以稀为贵”的道理。

因老家太冷，二孩女儿太小，路上太堵，所以今年春节在定海过年。春节期间，定海凯虹广场门前东瀛路两边的大树“穿上”了节日的盛装。到了夜晚，两路“金树”上挂着红灯笼，成为人们眼前一道亮丽的风景，也是钻进我心底一处最有年味最温暖的感动。

吃年夜饭时，恰逢一位战友兼同学全家从上海赶来做客，我心情大悦，桌上摆满盛情，两人对酌自泡的杨梅酒，畅谈分别两年来各自的情况，诉说来年的生活及希望。节日期间吃饭，以清淡的蔬菜和清口的小菜为主，我对大鱼大肉没有多少胃口，一杯白酒下肚，抒发一些生活感慨。我给老家的爹妈打打电话，寄托些许悠悠乡愁。初四，和妻子、儿女去照相馆拍摄了全家福。初五，去新华书店购买了《泰戈尔诗选》《欧·亨利短篇小说精选》和周大新的《安魂》。除了带女儿，我大部分时间都徜徉在书海里。

元宵节，早餐在镇食堂吃了汤圆，晚上和家人一起到临城财富大酒店吃了自助餐。晚 7 点 30 分左右，陆续听到爆竹声，看到烟花开始争艳。回到家，燃放了两筒烟花和一支“九龙吐珠”，五彩缤纷的礼花绽放在天空，听着家人的喝彩声，闻着火药的幽香，我恍如梦回童年。

童年时的元宵节晚上，除了燃放鞭炮，我还会和一群小伙伴到处看烟花或捡未爆炸的鞭炮玩，兴奋得到处跑。还会跟着年轻人或由父母带着，把旧扫把包裹上棉花（碎布）并淋上汽（煤）油制成火把，到田野里或空旷处点燃，然后持着火把转圈或随意走动。大概 10 岁时，该项活动逐渐无人问津。后来才知道，这可能和元宵节起源于火把节有关。据记载，正月十五当晚，汉代民众在乡间田野持火把驱赶虫兽，希望减轻虫害，祈祷获得好收成。

我的老家在河南南阳，地处中原，受灿烂夺目的汉楚文化影响，形成了独特的传统习俗和民间文化。家乡的元宵节俗称“灯节”，节日期间所有的文化活动统称为“社火”。由于是春节的延续，十五被称为“小三十”，十六被称为“小初一”。这两天比春节期间还热闹，各家门前张灯结彩，大街上更是彩灯高照，烟花爆竹大肆燃放，通宵是火树银花的景象。其间还有传统的旱船、龙灯、舞狮、大戏及高跷等组成的“踩街”活动，企事业单位有扎彩车、搭彩棚进行形象或产品宣传的文艺大会演。有的地方还遗留有请“新客”（即请上年结婚的女婿到女儿娘家过节）的习俗。元宵节家家吃汤圆，人们还以此相赠。

闭上眼睛，节日味道真浓，睁开眼睛，节日味道淡了。不过，节日一经咀嚼一经回味，便深刻起来。随着社会发展和历史变迁，我不知道以后会有什么样的节日感受，但目前我是幸福的，因为我们处在一个安康发展的美好新时代。

2019年3月1日发表在《舟山晚报》

# 年是一首永唱不衰的歌

年一路欢唱着、跳跃着、回响着，从远古走来，走过4000多年的历史长河。公元前2000多年，舜成为部落首领的那一天，在巫师的舞蹈和咒语声中，带领百姓祭拜天地，于是有了“年”。周、秦时期每一个年将尽时，皇宫里用“咚咚”的击鼓声去驱逐疫疠之鬼，称为“逐除”，后有了小除（除夕的前一天为小除）和大除（大年夜）。

“年”也是传说中吞食牲畜伤害人命的凶残怪兽，被农家院大门上贴着的红纸、屋内通明的灯火和院内燃烧竹子发出的啪啪炸响给吓跑。从此每年除夕家家贴对联、放爆竹，大年初一开始人们互拜新年。

年是一首永唱不衰的歌。年跳跃着来到了我儿时的故乡——河南南阳的农村。煮吃腊八粥和水饺、贴对联、燃放鞭炮、准备鸡鸭鱼和拜年就是一组跳跃着的音符。

风箱呼呼地拉着，柴火在灶膛里熊熊燃烧，腊八粥在铁锅中煮沸了，灶房内外弥漫着香气。外婆盛出一碗碗热气腾腾的腊八粥，黄豆、赤豆、绿豆、花生和粉丝等慢慢送入口中，我们兄妹四个吃得满嘴生香。

腊月二十三到了，家家炕火烧、祭灶神。外婆在灶台边摆上火烧和炒好的蔬菜，口中念念有词，作揖拜祭灶神，我们小孩子则有滋有味地吃着火烧，噼噼啪啪的鞭炮声充耳不绝。二十四，家家户户打扫房子。爹妈找来长竹竿，竿头用铁丝扎好高粱笤帚，东看西瞅，把瓦房墙面上、房顶处的灰条子、蜘蛛网逐一清除，然后露出会心的笑容。二十五，爹从瓦缸里舀出几斤黄豆，用蛇皮袋装好，拉着我去村庄中间的豆腐坊换豆腐。豆腐坊里热闹异常，人们谈论着一年的收成、孩子的学习和年货准备情况。石磨被蒙眼的小毛驴转得吱吱响，乳白色的豆浆流到下面的水桶里，开豆腐坊的人一边把泡好的豆子往石磨眼中放，一边吆喝着："大妮儿过滤豆汁了啊，给我快一点儿！二娃儿你把人家的豆腐给称足啊！"二十六七，杀猪宰鸡。随着嗷嗷的叫声，鲜红的猪血溅了一地，肥嘟嘟的猪肉放在门板上，不到一天便被欢天喜地的村民抢光。待宰的鸡咕咕叫着，几刀下去便了断，有时还不死，挣扎着摇摇晃晃地在院中乱扑棱，留下一道道血痕。

大年三十，家家过油，炸肉圆子、油豆腐和酥肉，然后上坟祭祖。贴对联、门神时，我和姐姐做帮手，火红的对联在手中展开、拉平，我在后面看好高低，姐递，爹贴。很快，大门、小门装点上了耀眼的红装，爹乐呵呵地看着，黑红的脸上挂满了喜悦。年夜吃饺子时，家家都会燃放一串鞭炮，这叫"辞旧"。

大年初一凌晨，"迎新"开始，爆竹陆续炸开、响起。天没亮，听着响声，闻着火药的幽香，小伙伴们相约去捡没炸响而落地的鞭炮。天亮了，大人们看着满院的落红、炮灰都会喜笑颜开。爹说按风俗今天不能动扫帚，院中的落红、炮灰让它待一天，这样新年更吉利。吃过早饭，孩子们都穿着新衣服，不约而同到村口的麦场边玩拉（摔）炮，放小"火箭"；有的则一边吃着糖果，一边互相比较谁的新衣服漂亮。也有孩子被大人带着到本姓家族长辈家里拜年，长辈会给小辈尤其是孩子发个红包，孩子们兴高采烈地跑到小店买糖果吃或买小鞭炮玩。大年初二才能串亲戚，首先串舅家，然后串姑、姨、表舅（姨）等其他亲戚。

元宵节大如年，正月十五、十六两天，家家吃汤圆。白天集镇上和县城里会组织踩高跷、舞狮子和划旱船表演，人们纷纷走上街头看热闹，还有不少企事业单位、村委组织猜谜语比赛。晚上，集镇或县城里到处张灯结彩，人们结伴去赏花灯、猜灯谜和看烟花。而我最喜欢看村合作社燃放的烟花。深黑色的夜幕刚刚降临，就被色彩缤纷的烟花打扮得绚丽多彩、五光十色。烟花品种很多，有"火箭"，有"钻天猴"，还有"大地开花"……一支"彩花"被点燃了，顿时无数大小不等、闪烁的火花喷射着、飞舞着、倾泻着，远远望去，犹如许多金色的种子被喷撒在地面上。有人点燃了"蝴蝶"的火线，吱的一声，忽然从纸筒里喷射出一簇簇橘红色的火焰，随即飞速旋转起来，接着啪的一声，一道绿光闪过，一只光闪闪绿莹莹的小蝴蝶振动着双翅跳起舞来……放眼周边，东邻西舍，这边那厢，到处都在放烟花，红的、蓝的、黄的……各种各样的色彩交织在一起，令人眼花缭乱、目不暇接。

年随我来到了军营。在部队服役的19年期间，部队上年年组织贴对联、放鞭炮，也包饺子做汤圆吃，而且是每班由班长带着战士们自己做自己煮，做得各式各样，吃得津津有味。我还记得那时新兵的我在大年夜站过岗。在长沙炮兵学院读书的第一个春节，我留队执勤，大年夜我手握冲锋枪在京广铁路线旁边的一个火炮库哨位站岗，听到了列车的呼啸，看到了夜空的烟花，那时小雪正不紧不慢地落到身上。

庚子鼠年春节，大年三十，工作很紧，我还是抽时间给家里三扇大门贴上了对联、福字，给窗户贴上了窗花。从大年初二开始，我便又一头扎进工作中，一个多月只回过两次家。

今年（辛丑牛年）春节，我回到家里。大年初一的晚上，我和老婆带着儿女悠闲地走在舟山定海东瀛路上，道路两旁满树金光，“星星”和“月亮”闪烁在枝头，凯虹广场门口灯光七彩斑斓，人们散着步，享受着盛世太平。

年年曾相似，年年味不同。可是，那些跳跃着的音符是年必不可少的元素，它们共同谱写了一首春节的欢歌，一路高唱在岁月的长河里。

发表在《启明星》杂志2022年第1期
《西部散文选刊》网刊2021年第101期推介

# 麦子黄时过端阳

村头麦场边、家门口，孩子们穿红戴绿、打扮一新，三五成群地聚成一堆，美滋滋地炫耀着，看谁脖子上挂的香布袋漂亮，看谁手腕脚腕上系的五色线圈好看，看谁手里拿的鸡（鸭）蛋大些。还有一些孩子则是拿着粽子，蹦蹦跳跳地哼唱着童谣：“粽叶香，香厨房。艾叶香，香满堂。艾枝插在大门上，出门一望麦儿黄。这儿端阳，那儿端阳，处处都端阳。”

这不是摆拍，也不是童话，这是我儿时（20 世纪七八十年代）家乡河南南阳农村过端午节时的真实情景。如今只能从记忆的长河里搜寻了。

又一年端午节来临，温馨的粽叶香勾起我对这个传统节日的历史记忆。南阳盆地地处汉水、淮河流域，历史悠久，文化灿烂。春秋时代，楚国在此设宛邑；战国时期，秦灭楚而建郡。在距今南阳西 100 公里，有一处古迹叫屈原岗，是当年屈原“扣马谏王”阻止楚怀王西去秦国接收割地骗局的地方。南阳人敬先贤，仰英灵，即使在平时，也常有人到此凭吊屈原，若逢端午节，更会有城乡百姓在此举行大型仪式。“端午花，红又红，摘朵鲜花送金龙；端阳端阳，粽子粽，拿个粽子塞龙洞；龙戴鲜花吃粽子，吃饱粽子回龙洞，不要伤害屈原老公公。”屈原作为中华民族爱国先驱的代表人物，南阳人敬仰他也是弘扬一种民族气节、爱国情怀。

在家乡南阳，门头插艾、佩戴香布袋（香囊）、手腕脚腕系五色线圈、耳鼻涂抹雄黄酒、下河洗澡等传统风俗已经传承了数千年，为端午节赋予了具有浓浓地方特色的文化韵味。

家乡的麦子黄时，端午节就到了。有时快要收割麦子，放眼田野，是一片片金黄色沉甸甸的希望；有时正赶上收割麦子，田野里是一个个热火朝天的劳动场面。全家老少全上阵，人的欢笑声、镰刀割麦子的沙沙声、拉麦子车的黄牛哞哞的叫声、布谷鸟“布谷布谷”响亮的鸣叫声组成一曲欢畅动人的交响乐。不管有多忙，节日前一两天，各家各户大人都要去野外割一捆艾草回来插到门头上。在古人心目中，端午是“毒日”“恶日”，而艾草是一种可以防治疾病的药草，插在门头上，能驱邪防病。如今，南阳已经成为全国最大的艾草制品产销基地，艾草种植、艾草加工在国内外享有盛誉。

外婆忙着给我们姐弟四人做香布袋。找出平时积攒的花碎布，拿出针线把花碎布缝成爱心形、三角形或菱形袋子，往里面塞上一些棉花，填上雄黄、藿香、苍术、白芷等中药配制的香料，缝合好，在香布袋的下面缀上花线穗子，或者把晒干的大蒜头内杆剪成均匀小段，再用细线串好缀在下面，一个精致的香布袋就做好了。我挂在脖子上，出门玩时神气极了。据说，佩戴它有祛风、理气、止痛、通窍之功效，有益于身体健康，特别是对孩童具有防病健体之功效，也寄托着大人祈求屈原大夫保佑孩童一年平安的美好期盼。

端午节这天，小孩子手腕脚腕上要系上五色线圈。家庭经济条件好的，节前在街上或货郎处买好红、黄、绿、蓝、紫五彩线，条件不好的或家里只有黑线白线的，妈妈、奶奶（外婆）从树上采来树叶，用石臼捣碎成汁，然后把白线染成绿线，从石榴树上采来红花，用同样办法染成红线，用蓝色钢笔水把白线染成蓝线，黄线则用一种黄花汁染成或用黄色蜡笔去染。总之，大人会千方百计去凑齐五种色线，编好五色线圈。五色线喻指龙筋。传说当年汨罗江里的龙伤害了屈原大夫的尸身，神仙就把它的筋抽了，缠在孩童们的手腕上、脖子上，让那些害人的家伙不敢再伤害孩子们。我记得，儿时小伙伴们都非常爱护手腕脚腕上的五色线圈，洗澡时会取下来，戴到褪色了才肯扔掉。

端午节这天，吃煮大蒜滚蛋和粽子，大人喝雄黄酒，长辈们给孩子们涂抹雄黄酒，这也是一种习俗。家庭主妇早早起床，将事先准备好的大蒜、鸡（鸭）蛋和艾叶放在一起煮，供一家人早餐食用。早餐吃大蒜、鸡（鸭）蛋、油馍，相传这种吃法可避“五毒”，有益健康。儿时的老家，农村家庭普遍不富裕，家里的鸡蛋、鸭蛋平时是舍不得吃的，一般都用在过年过节过生日，或者来客人的时候才能一饱口福，平时主要是拿到集市上卖掉，然后用换到的钱去买油盐酱醋、针线、布块或给孩子交学费。当然，过节了，家里再没钱，也会像过年一样提前准备好鸡蛋鸭蛋，甚至还有鹅蛋。小时候盼望过端午，就是可以尽兴地多吃几个鸡蛋，那份满足感、幸福感是无以言表的。如果家里人多，鸡蛋鸭蛋也不能放开吃，一般早上开饭前，大人先把各种蛋分好，比如一个孩子分两个鸡蛋一个鸭蛋，鹅蛋一般很少吃，要用它去孵鹅苗的。分好后大家各自享用，享用不完还可以各自保管，中午和晚上接着享受蛋清的细嫩爽滑和蛋黄的绵软醇香。中午和晚上会煮一些粽子，粽子也是自己包的，每人分到三四只。中饭或晚饭时，大人们会喝上几口雄黄酒，还会给孩子的耳朵、鼻子上涂抹雄黄酒。据说，这样可以驱虫防病，防止蛇、蜈蚣、蝎子、蟾蜍等毒物的侵袭。

端午节又称浴兰节，洗浴洁身也是端午风俗之一，屈原的诗句“浴兰汤兮沐芳，华采衣兮若英”，描写的就是这一风俗。“兄弟，老表，白河洗澡。洗得白，上不来，洗得黑，气得哭。”这是南阳新野、邓州一带流传的一首童谣。以前，每逢端午节，居住在白河两岸的南阳人一大早就赶到白河洗澡。传说在端午节这天下河洗澡，可以使人耳聪目明、身体健康、无病无灾。此外，还有端午节这一天以露水洗脸的风俗。在节日前一天的晚上，人们取来水盆放在室外接露水，第二天早上，大人小孩就用这盆水洗脸。据说，这样做能够使人心明眼亮。人们在用露水洗脸时，还会在水中放入艾叶、石榴花等。

在我的记忆里，儿时老家端午那天的白河里，从来没有龙舟的影子。也许是河水太浅，但主要原因可能是当时经济发展不好，政府和各级单位没有财力去组织龙舟大赛。1992 年我应征入伍，在部队服役期间，听说南阳淅川离丹江水库近的地方或白河水深的地方曾多次举办龙舟大赛。后来，我只在电视剧、电影里看到过龙舟大赛的场景。

两千多年来，端午节一直是防疫祛病、避瘟驱毒、祈福健康的全民性重要节日。我们应该传承弘扬端午节积极健康的民俗文化，使这一古老的节日以丰富的文化内涵更好地融入百姓的生活，让我们生活得更幸福更美好。

“五月五，是端阳；插艾叶，挂香囊；五彩线，手腕绑；吃粽子，蘸白糖；龙舟下水喜洋洋。”端午童谣仿佛又在耳边响起。闭上眼，一个个煮熟喷香的鸡蛋、鸭蛋、粽子又摆放在面前，脖子上挂着外婆做好的香布袋。来风了，一股馥郁的馨香飘过来，香在心里了……

2023年8月7日发表在《新文青报》

荣获第三届“三亚杯”全国文学大赛金奖

入选《2023年度全国文学精品选》

# 思念表舅

2023年5月30日，瘫痪在床一年多的表舅杜海全过世。第二天晚上，接到姐姐电话告知后，我心中不禁一阵难过。痛定细想，这样他也算解脱了，再也不用受病痛折磨，特别是最后小半年竟然不能讲话，看到熟悉的亲戚只会哭。六年前，93岁的小姑婆仙逝；一年半前，76岁的母亲意外去世；相隔三天，75岁的八叔病故；这次81岁的表舅也过世，下次不知是哪位亲人了……唉，人到中年，身边老（上）辈亲人如秋日之树叶，不断飘零。

杜表舅是我二姨婆家的大儿子，南阳市卧龙区谢庄乡大庙村人。我没有亲舅，在三个堂舅和十几个表舅中，他与我姐弟四人算是比较亲的。他头脑灵活、知书达理、尊老爱幼，在亲戚中口碑很好：会办事，又是大家眼中的“光棍人”，经常被人高看一眼。他年轻时曾是村庄学校的教师，兼做后勤总务工作，后来把学校淘汰掉的印刷机买过来，请人修好，然后租村委空置的房子办起了印刷业务。

我们姐弟上小学时用的作业本，绝大部分是表舅送来或春节去拜年时让爹带回，每次装满一个蛇皮袋，够我们用一个学年了。他对爹说：“只要娃们好好学习，我提供作业本，全包了！”

1985年之前，我家中经济困难，甚至可以说是一贫如洗，表舅提供的作业本帮了我们学习的大忙，真如雪中送炭！我一直心存感激。那时，我们姐弟四人学习成绩都不错，经常获奖，奖状贴满了堂屋的一面山墙，也曾是爹妈的骄傲。

亲戚之间的亲与好是相互的。母亲是独生女，所以外公外婆年轻时有更多的精力和钱财帮助家庭贫困的二姨婆家。表舅曾跟我说过，他小时候冬天光脚穿着单鞋，身上是一件破棉袄，里面光着膀子，连件内衣也没有。小时候听外婆说，她每年都会到街上给几个表舅表姨买来布料，裁剪好，做成衣服、鞋子，再拿些粮食，外公套上牛车，两人一起把这些东西给表舅家送去。二姨婆在弥留之际，把孩子们叫到面前，叮嘱千万不要忘记了小姨的恩情。记得上小学时，表舅每次来看外婆，都买不少营养品如麦乳精、红糖和藕粉等，还留下5元或10元钱。

1990年，外婆积劳成疾导致偏瘫，爹送外婆去南阳市专科医院就医，那时表舅已经把印刷厂搬到市区了。他听说外婆生病后，叫舅妈烧好有营养的饭菜，坚持每天送到医院给外婆吃，还送来一笔钱。

心中有份感激，四季都想报恩。1996年夏天，在长沙炮兵学院读书的我放暑假回家，临行前特地用津贴买了两瓶湘泉酒，到南阳市后，先去表舅家看望他。表舅高兴地和我聊家常，鼓励我好好上学，并用好菜好酒招待我，记得那次喝的是剑南春酒。后来，我听说表舅最喜欢喝剑南春。再后来，听说表舅其实很早就办理了停薪留职，一边开印刷厂，一边入股同别人一起搞房地产开发，赚了不少钱，给四个儿女每人购买了两套房产，自己留两套养老用。

表舅60多岁时，舅妈病故，三年后再婚娶了个小20余岁的老婆。大约10年前，夫妻俩领养了个小姑娘，一家三口幸福地生活着。我当军官时和转业后，每次回南阳探亲，都要买上各种礼物如杨梅酒、剑南春酒、人参等，带妻子和儿女去看望表舅，他总是和我畅谈人生创业的激情与成败、人世间的亲情与冷暖。我从他身上学到了干事创业的拼搏精神，学到了做人要懂得感恩，更学到了乐观向上的生活观。

表舅下葬的前一天，爹和姐去大庙村他老家吊孝。听姐说，下葬当天，大雨一直不停，难道是苍天也为他哭泣，为他送行吗？睁开眼，知道表舅不在人世了；闭上眼，他的音容笑貌却扑面而来……

2023年7月9日发表在《舟山晚报》

# 那刻骨铭心的浓浓亲情

最近，有个画面一直在我脑海中萦绕：一轮残月下，一个壮汉躺在村头一座新坟旁的铺盖上，头下压着一根铁棍，他警惕地观察着四周的动静……画面有时被思绪撕裂，又一点一点重新拼成，壮汉还在，残月却变成了圆月当空，有时是月黑风高……画面像一幅水墨写意充盈着大脑，挥之不去，一次一次让我眼睛湿润。

画面是我根据几位亲人的叙说想象出来的，描述了20世纪七八十年代农村至亲间那份浓浓的亲情。

壮汉叫黄德有，是我的大堂舅，那年他43岁，当时和父亲一起轮流给我外公守坟。如今，外公的坟依旧立在那里，85岁的大堂舅却于2023年10月5日与世长辞，葬在小陈庄南河边他耕耘过的土地里。母亲去世一周年时我还去看望他，不到一年却阴阳相隔了。唉！岁月有时真是台收割机，无情地收割着人命。2005年，57岁的二堂舅黄德福病故；次年，57岁的小堂舅黄宗明病故。外公亲兄弟三人，母亲黄宗莲是独生女，她堂姊妹共七人（三男四女），目前只有堂姨黄宗秀在世。

1981年3月7日，外公黄有章病故，葬在家门口南面约30米处的一个小树林里。墓址是父亲定的，据父亲说是梦中仙翁给指点的宝地。前一年，村上庄姓和张姓有两家看上那块地，想在该处建新房。父亲坚决不同意，因为该处外公出钱办过地契，树林也是外公一棵树一棵树种出来的，有椿树、连树、榆树、杨树和洋槐树，小树林南边是一个水质很好的池塘——罗坟坑。埋葬外公时，那两家人来阻挠，于是开始打斗。黄姓是村里的大户，家族势力很大，加上亲朋好友多，在激烈的打斗中很快就将外公葬好了。那两家人不甘心失败，扬言晚上来扒坟。大堂舅便放出狠话：“谁敢动我达（叔叔）的坟，老子就给他放倒！”于是，大堂舅和父亲晚上轮流睡在外公坟旁守护。豫西南的三月乍暖还寒，两人坚守了约一个月，始终没人敢动外公的坟。

守坟期间，庄姓和张姓两家到南阳县里告状。大堂舅对爹说“黄家有人你先歇着”，于是和二堂舅一起，拿着地契和村干部证言反复跑到县里相关部门讨说法。经过一番努力，终于打赢了官司。县里相关部门说地契虽然过时了，但是真的，另外死者为大，既然已安葬好，让逝者安息吧。

起房盖屋一直是农村人的大事，20 世纪七八十年代更甚。我家老房子原来在村中五队村民聚居处，听父亲说我没出生前家里住的是草房，在我大概两岁时，推倒草房，盖起了泥墙蓝瓦房三间和半间灶火（厨房）。那个年代农家普遍贫穷，瓦是买的，铺地基的石头是从山上找来的，檩条、椽子是放倒自己种的树做成的，铺在瓦下面的“薄”（垫子）是用高粱秆编织成的，没有更多的钱，所以墙、山墙（代替大梁）都是用泥和着碎麦秸秆倒入夹板后用方锤夯成的。三个堂舅都是泥瓦匠，师从二外公黄明章。建房时，二外公带着他的徒弟周天福和三个堂舅做大工，小工都是外公的黄姓本家近门青壮年、亲朋好友或邻居。也不用付工钱，每天发一些纸烟，管饭，但都是平常饭菜，房子结顶当天管一顿白馍和肉菜。在我五六岁时，外公在村西头先后盖了两次房，共起了四间瓦房，三间灰瓦北屋是正房，一间红机瓦东屋是灶火，都是用自制的土砖砌墙，最后用泥灰粉面。三次建房，三个堂舅是出大力的，特别是大堂舅。

岁月在流逝，亲情却依旧。1986 年，我家在瓦房前面建水泥砖墙钢筋水泥平房时，三个堂舅又过来帮忙，那时家庭经济条件有所好转，房子建好后，父亲给他们支付了工钱。2020 年，父亲找人推倒了四合院的平房，建起了两层别墅小楼，大堂舅家的表弟铁钢和二表姐大丌着家中的货车和吊车过来干活，完工后父亲要给他们工钱，他们一再推让，还是少收了工钱。

外公无儿，在那个年代是要被外人欺负的，所以只要家里有事，三个堂舅马上会上门撑面，无私地关爱着我家人。1989 年 9 月我考上高中，高一一个学期学费需 95 元，家里因学生太多，一下子凑不齐了。我到大堂舅家去借，他给我拿 30 元，笑眯眯地说：“外甥大娃你上学要紧，快拿去用吧！”

近来晚上，我坐在灯下和父亲聊天时，总会聊起儿时那段艰苦的岁月，聊到二外公和堂舅他们。父亲感怀地说，那时候日子真苦，苦如黄连，但是亲人的鼎力相助真甜，甜如甘蔗。是的，听着父亲娓娓道来，我相信他和我一样，有一股暖流正在心间静静流淌……

写于2024年1月

# 过年更需要有仪式感

眼下，身边人都在说，生活需要有仪式感。什么是仪式感？我认为，仪式感就是把本来单调普通的事情，通过费力、费心、费时、费钱，使其与众不同，变得庄重、温馨、浪漫，从而让生活充满诗意和期待。

有人说：“一个人只拥有此生此世界是不够的，他还应该拥有诗意的世界。仪式感让生活成为生活，而不是简单的生存。”过生日时，当家人烧好几个符合你口味的菜肴，为你切上一块蛋糕并祝你生日快乐时，你肯定感到幸福。聚会时，穿上精美的衣服，画上精致的妆容，别人夸你时你肯定是感觉舒心的。休息时，打扫好家中卫生，在客厅的花瓶中插上一束鲜花，使空气也变得芬芳，你心情肯定不错。总之，仪式感无处不在，它其实就是一种生活态度，使枯燥的生活熠熠生辉。

春节是中华民族最隆重的传统佳节，过年也有许多仪式，不管四季更替岁序常易，也不管是天南地北，依旧那么浓烈。

“腊八过后便是年。”熬制一锅浓香的腊八粥，喝上一碗便是一种仪式，也是年开始的标志。腊月二十三是小年，这天的风俗是祭灶，南北仪式略不同。在这天，北方家家摆白酒、炕火烧、摆灶糖，并上香三根，祭祀灶神爷，祈求他上天言好事、下凡降吉祥。南方则家家摆黄酒、年糕和祭灶果，同样上香三根，也是祈求保佑幸福与太平。

“腊月二十八，贴画画（花花）。”今年，我是在腊月三十上午张罗贴春联和窗花的。在 7 岁女儿的协助下，院子两个大门和主楼大门的春联贴起来了，卡通龙贴上了卧室门，客厅前后和四个卧室的窗花贴好了，书房的福字挂好了。“人和家顺年年好，平安如意步步高。”“求财顺景方方利，出入平安事事成。”“一年好景随春到，四季财源顺意来。”满院春色，满屋吉庆。红红火火迎接甲辰龙年！

元旦前，爹从河南南阳老家来定海过年，我要准备一份合老人家口味的年菜。腊月二十九，开始准备年夜菜和过年菜。早上去农贸市场买好肉糊，买来胡萝卜、大白菜等菜，买好猪肉、鸡肉、鸡蛋和海鲳鱼、泥螺、牡蛎，买好杨梅酒、米酒、饮料和糖果、瓜子等年货。去菜地里拔来萝卜，稍煮后，在菜板上用刀剁碎，用白纱布包着挤出水，切好生姜大葱，将肉糊、萝卜、生姜、大葱放入盆中并拌好生粉，再加入其他佐料。烧热油，炸好肉圆子、藕片（丝）、豆腐（爹的最爱，老家过年的三标配）和带鱼、马鲛鱼，剩下的肉糊拌芹菜用来包饺子。

年三十上午，家中组织谢年、祭祖和祭天地。谢年在客厅进行，并排横放的两张八仙桌上点了 3 根香，摆满了供品，共有 29 样，有茶、黄酒、状元糕、粉丝、小黄鱼、大肉、鸡、香蕉、鸡蛋、豆腐和经文、纸元宝、烛台及红烛等，2023 年有闰月，酒杯放了 25 个。早上 5:30 开始，6:50 为潮高时，家人开始跪拜，上午 10 时左右潮平时谢年结束，把供的经文放在盆中烧掉，最后到院中放三支两响炮仗。谢完年，开始祭祀祖宗和天地。祖宗在屋内大厅祭，前后竖放的两张八仙桌上各点了 3 根香，供品有 26 碗（盘），酒杯左右各 8 个，对大门放 6 个，烛台 4 个，象征六六顺、四季发。祭天地在院内，一张圆桌上点了 3 根香，供品有鱼、虾、肉、蛋等 9 盘，再放 9 个酒杯，象征天长地久。

谢年，又叫“送年”。谢，既是感谢，也是谢幕。送，则为送走旧年，期待新年。感谢 2023 年带给我们的一切，包括成功与失败、欢乐与失意、财富与成长等。通过仪式，告别过去，总结得失，期待来年。也许，这就是中国人生命力得以生生不息的源泉和动力。把一年的时光揉碎了，举办这样一个仪式，把一年里所有好的坏的、甜的苦的都就此打住，谱写一曲生活的赞歌，然后重整旗鼓、整装待发，迎接新年的到来！

大年初一，阳光明媚，早上“迎新”，屋内大厅祭祖，院内供天地。祭祖八仙桌上摆放 5 样蔬菜、9 碗年糕汤、烛台 2 个，上香 3 根并祈祷。供天地的八仙桌上摆放 3 种水果、2 种糕点和 3 幅经文，同样烛台 2 个，上香 3 根并许愿，保佑全家人身体健康、事事顺心，孩子们学业有成。

早饭后，16 岁儿子和 7 岁女儿给 77 岁老爹磕头拜年，爹发着压岁钱喜笑颜开。女儿和老爹在大门口合了影，接着她给爷爷背诵了王安石的诗《元日》：“爆竹声中一岁除，春风送暖入屠苏。千门万户曈曈日，总把新桃换旧符。”老爹听后直夸好。上午，一家三代五人在定海长岗山公园拍了合照。晚上我和老婆带女儿去定海中大街、人民路看了彩灯，去文化广场看了灯光大龙。街上人头攒动，火树银花，流光溢彩，国泰民安！

通过做腊八粥、祭灶神、准备年菜、张贴春联和窗花、谢年和迎新、磕头拜年等仪式，把过年的氛围拉得满满的，从而使过年有了纪念意义。我和家人都怀着敬畏、感恩的心，开始又一轮生命与时光的轮回！

写于2024年2月

# 四中情缘

时光荏苒，花开花谢，生活如歌。2022 壬寅年 10 月中旬，我在微信高中年级群里看到母校（原南阳县四中，后更名南阳市十一中）成立七十周年征集资料的公告，不禁感慨青春的流逝，感叹岁月的积淀。那段流金的岁月，那群熟悉的师生，那校园的一草一木，一切仿佛历历在目。打开记忆的闸门，母校四中那段生活如潮水般迎面涌来。

1989 年 9 月，15 周岁的我考入了南阳县第四高中。去四中报到那天，我骑自行车带着行李，爹骑自行车带着一袋麦子。我们先到学校面粉厂交麦子，然后拿着开好的面票到政教处张海洲老师家换成主食票（用来买馍和面条），并买好一个星期的菜票，最后去办理入学报到手续。走出教导处，我看到了教师宿舍楼朝西的一面墙上贴着当年大学录取的光荣榜，有二三十人，有考取重庆建筑学院的，有考取洛阳理工学院的，还有考取南阳师专的。一条条信息就像磁石般吸引着我，心里便悄悄确定了一定要考取大学的远大目标。

临走时，爹给我留 3 元零花钱。那时家境贫穷，姐弟四人都在读书，需要用钱的地方很多。高一一个学期学费 95 元，家里一下子拿不出了，我到大堂舅家借了 30 元才凑足。为了省钱，我早上基本上吃从家里带来的咸菜，是外婆用辣椒丝、大头菜丝再拌点芝麻盐做成的。中午、晚上只买一个蔬菜，付一角钱的菜票，带点肉的要付一角五分钱或两角钱，一个星期只买两三次。高二时，爹做建材生意后，家庭经济条件好起来了，每个星期可以多吃点荤菜了，零花钱每个星期也多了起来。

那是一个生活条件相对艰苦的年代，学校里只有一幢两层红砖教学楼，位置在校园的东北角，只有四个班，我高一高二两年都是在那幢楼内度过的。其余教室全是瓦房。教导处办公室也是瓦房。女生有宿舍楼，我记得大概是三层，里面应该有高低床。女生打过饭菜回宿舍吃，男生则三五成群蹲在地上或站着就开吃了。男生宿舍都是瓦房，高一时，我们睡觉的床是用木板拼成的大通铺，草垫子（小麦秸秆编织的垫子）和被褥是学生各自从家中带来。教师宿舍楼也只有三幢两层小楼，其余的也是瓦房，但是每家都有一个小院子，也会看到偶有红色或黄色的美人蕉探出墙头争艳。

课余时间，我曾和要好的同学到校园南边去仰视鄂城寺隋塔的沧桑，惊叹它的古老，心生佩服，竟能保存得如此完好；也曾走到校园西边的张衡墓，数一数周边松树的棵数，摸一摸墓前的石鼓、石羊，心里默默地说：原来1900多年前小时候数星星的孩子——天文学先驱就葬在这里。在张平子读书台旁边，我常看到一些学长在那里认真看书学习。

在校学习期间，我遇到了许多老师，有教语文的吴传凯老师，教数学的郭庆功老师，教政治的曾栓、苏银海老师，教化学的郭松山、朱应蕊老师，教体育的刘建林老师……“陈金洋，have a try，don’t give up！”崔丽老师甜美的声音仿佛还在89（4）班教室里回响。“质点是一个理想化的物理模型，实际上并不存在”，穿着花格子衬衣的周宏德老师正给学生讲知识要点。“空间角的计算方法与技巧是一作、二证、三算”，李贞仑老师用三角尺指着黑板上的几何图娓娓道来。我结识了许多同学，关系要好的有不少，如魏中奇、郭新武、沙漫江等。我曾骑着自行车到小寨乡牛强家玩，帮助他家收玉米。我曾和徐会坤一起到学校东边的白河里洗澡，到他家中做客。高一时的劳动节，当时好像刚好有两天假期，我在放假第一天早上很早就起床，和牛强、阚迎军、郝锋、黄宗记、徐会坤等几个同学从蒲山出发，一起到镇平县的杏花山、菩提寺玩，一天骑车来回60多公里，晚上回到家已经九点多了。现在想想，那时我们还真有点青春飞扬！

在四中，我有学习收获的喜悦，也有烦恼无奈的挣扎。高一上半学期，单元考试时，我英语、政治和数学等学科都能考八九十分，上课认真听讲，课余及时做作业，考试成绩经常在班上排十五六名。高二学习便有点跟不上了，成绩总是不尽如人意，心里非常着急。尤其是高三分科时选择了文科，结果地理、历史需要背诵记忆的知识点太多，学习压力如山大。尽管拼命熬夜加班，成绩总是原地踏步，我伤心过也彷徨过，也曾在风高的月夜跑到校外的小树林里捶胸乱叫。

1992 年 7 月，我高考名落孙山，意料之中。9 月初，父母找我谈话，想要我复读。为了减轻家里经济压力，也为了实现人生理想，我于是痛定思痛，决定当年年底携笔从戎。军营里，我吃大苦耐大劳，日间刻苦训练、工作，夜间与书、台灯为伴，收获之际，上天也没亏待我这个苦心之人。1995 年 7 月，我参加全军高招考上了长沙炮兵学院，毕业后从排长逐步晋升到营教导员，荣获个人三等功两次、各种先进个人及嘉奖 16 次。2011 年 3 月，转业到驻地舟山市定海区地方工作，经过个人努力，四年后被提拔为区管领导干部。如今工作顺利，生活美满幸福。我内心非常感谢四中那段时光，因为它是我人生成长进步的阶梯。

“三十年河东，三十年河西。”回南阳探亲休假时，我曾多次带妻子、儿女去四中看巍峨的隋塔，给他们讲当年的故事。70 年，有成千上万名学子走出母校奔赴全国各地，参加社会建设。卫国戍边的志士中，无数人成长为军官。86 级校友黄平，武警正团职军官转业，目前任南阳市教育局副局长；89 级现役郭新武，目前任海军某部队副部队长（大校副师职）；国防部原部长常万全上将的将星更是璀璨耀眼；89 级魏中奇，博士后，在国际金融界干得如鱼得水；89 级石斌、姚强锋在南阳房地产界干得得心应手。还有许多人才都在不同的岗位上默默奉献其才智。

70 年春华秋实，往事如风，硕果累累。未来规划发展，前途可期，春风满园。母校，您只是换了编号，换了校区，变了容颜，不变的是我对您的眷恋！

2023年9月10日发表在《舟山日报》<br>“中国散文网”和“新文青”公众号推介

# 乡愁

不能常回去的是故乡，剪不断的是乡情，埋在心灵深处的是乡愁。乡愁，那是一种魂牵梦萦的牵挂，如同远方的灯火，总在心底燃烧；是那一抹夕阳下的暖意，让心灵找到归宿。乡愁，其实就是儿时盛开在春天田野里五颜六色的花朵，就是儿时夏天雨后看到的美丽晚霞，就是儿时秋天和小伙伴在田地里捉蚂蚱、逮蟋蟀，就是儿时冬天早上冒着大雪去上学，就是潺潺流水的西河，就是外婆或妈妈做好的蒸面条、凉拌面……

豫宛北大马营村，位蒲山之南、独山（中国六大玉矿之一）之北，东约2公里有家乡的母亲河——白河，南水北调中段工程的运河水从村西南向东北流去，距村250余米。1974年农历大年初一拂晓，我出生在这个村庄，父母都是地道的农民。在村庄，我度过了无忧无虑的童年，小学和初中都是在村子南边学校就读。让我印象最深的是读小学时冒着大雪去上早自习，有时大人在前面用铁锹铲雪开路，小孩子则跟在后面走。1992年7月，18岁的我高考名落孙山，痛定思痛后携笔从戎，从军19年，37岁转业在舟山市定海区工作，如今已是知天命之年。离开家乡后，一股淡淡的乡愁如一缕轻烟，一直缭绕在心头，剪不断，理还乱。随着年龄增长，乡愁越来越浓，如一汪清泉常常注满心田，抚慰疲惫的心灵，催我梦回故乡、梦回童年。

小时候，村庄周边有很多洋槐树。春天到了，槐花盛开如雪，清香扑鼻。那时，我和小伙伴们都会爬上树去摘槐花吃，放入嘴里一嚼，甜丝丝的。大人们也会拿着绑上镰刀的竹竿、筐子等工具，把槐花采摘下来，回家拌面粉蒸熟，蘸蒜泥吃，既美味又节省了主食。有时候槐花还没有开满树梢就被人们摘光了。那时候物资匮乏，人们吃的穿的都很简单，好像不懂得去欣赏每一朵花的娇艳欲滴，只是贪婪地享受着槐花树带来的恩赐。到了夏天，槐花树下面成了儿童的乐园，我们聚集在树下玩捉迷藏、跳皮筋、捏泥人。

常常回想起故乡的那片田野，那是我儿时的乐园。那里的野花盛开在微风中，如同小溪水般清澈透明。那时，我经常在田野放牛，追逐着夕阳下的蚱蜢，麦田里也留下了我深深的足迹。那时，每一片麦田都充满了生机和希望，仿佛是大自然赋予村民最美好的礼物。那时，我可以看到田野上的小溪水潺潺流淌，可以看到夕阳下的田野被染成一片金黄，还可以看到大雨过后西天挂着的一道绚丽彩虹。那些美好的时光仿佛是一幅美丽的画卷，深深地印在我的脑海里。那时，田野上没有柏油路，也没有水泥路，阡陌交通，鸡犬相闻，牛在地里静静地吃草，我一手拉着牛绳，一手拿着柳笛吹，吹累了就把柳笛夹在耳朵上，四处看风景。春天，田野里的野花很多，有红的、白的、黄的、紫的……各种颜色都有。放学以后，小伙伴们就挎着篮子去采花，然后编花环戴在头上，互相追打着、蹦跳着。男孩子则捉蚱蜢，然后用绳子拴住它的腿，看它前跳后跃，使劲挣扎的样子惹人爱怜又逗人开心。秋天则去捉蟋蟀，用狗尾巴草串起来，等玩够了，拿到家让妈妈给炒了吃。家乡的田野总是与如血的夕阳相伴。每当夕阳西下的时候，我喜欢站在田野里看那绚丽的晚霞，那一刻，仿佛能够感受到大自然的壮美和生命的流逝。

家乡的麦田和小溪是我童年最熟悉的景象。每当麦子成熟的时候，乡亲们会在麦田里守望，看着那些金黄的麦穗在风中摇曳。大人小孩会一起收割麦子，一起分享丰收的喜悦。那些麦田里的时光仿佛是永恒的，它们在我的心中留下了深刻的印记。西河的小溪水清澈见底，从远处流淌下来，带着大地的气息和花草的清香。我和玩伴们在小溪边嬉戏，捉小鱼、捡石头，夏天还会在溪水中尽情玩耍，听到青蛙呱呱如潮，看到水面浮着一团团青蛙产下的卵子。那些小溪水仿佛是大自然的恩赐，给我带来了无尽的欢乐。

转业后，利用寒暑假，我带妻子和儿女平均一年半回一次老家。田野里没有了儿时的玩伴，低头吃草的黄牛也没了踪迹，只有微风和阳光依旧。人们在田野里干活时，都用上了机械，再也不用像当年那样靠畜（人）力去耕田犁地了。随着农村经济的不断变化与发展，农民的生活有了翻天覆地的改变。村庄规模变大了，向四周扩展了，盖起了许多小洋楼。小时候西边是生产四队、五队、六队和七队的麦场，现在都盖满了民房。村道都用水泥硬化过，装有路灯，摩托车、电动车和小轿车数量在不断递增。

夏天回老家，我喜欢看邻居家院边柿子树上挂着的青青果子，喜欢观赏村西月季园里怒放的月季花，喜欢瞧村庄外田野里的玉米、大豆和花生疯长。在村庄里转一圈，看到许多花卉和果树。有水红色的小茉莉花、含苞的毛曼陀罗、水红色的粉豆花、青白色的月季花、红色和青白色的鸡冠花、鲜红色的倒挂金钟等，核桃树、石榴树、红枣树等都是硕果累累，川椒树青果籽飘香……那时，我不禁想起小时候老院子里的两棵红枣树，夏天可以闻到淡淡的枣花香，秋天红彤彤的枣子挂满枝头，不等熟透就有小朋友在树下流口水，大胆者甚至用竹竿打落一些，马上捡起就跑。红枣不仅是我儿时为数不多的水果之一，而且还是家中的经济作物，靠它卖一些钱贴补家用，外婆还要晒一点准备过年时蒸红枣馍，可惜后来弟弟建新房时砍掉了红枣树。那时，母亲在院子边种了美人蕉，红的粉的开得很艳，还有粉豆花在争奇斗艳。

冬天回老家能看到美丽的雪景。一场大雪，就把田野、村庄装扮得如诗如画。极目远眺，白茫茫的一片，眼前的一切都笼罩在一片迷蒙的雪雾里，田野披上了银色的盛装，一片片洁白无瑕的雪花，把村庄笼罩在琼楼玉宇中，分不清哪里是房顶，哪里是树林，哪里又是田野。田野里的麦苗像是被盖上了一层厚厚的棉被，静静地沉睡着。雪花落在枝头，让树木的枝条变得晶莹剔透，仿佛挂满了无数的小铃铛，在微风中轻轻摇曳。白色的雪花覆盖着屋顶，像是给它们披上了一袭洁白的婚纱。路上铺满了厚厚的积雪，人们在雪地上行走，留下了一串串深深的脚印。树枝上挂满了雪球，屋檐下垂着冰凌，晶莹剔透，煞是好看，仿佛置身于童话世界中。一阵风吹过，调皮的小雪花就打着旋儿飞到我的脸上、胳膊上，钻进衣领，凉飕飕的，让人心旷神怡。儿女喜欢和堂姐弟们在雪地里打雪仗、堆雪人，玩得不亦乐乎。

辛丑牛年8月初，我带妻子儿女回到桑梓之地。见父母身体健康无大碍，心情愉悦住新楼房，心中甚慰。在客厅布置字画，添书香和谐幸福之气。挂我从军后各个阶段照片及家庭合照，以寄托父母想念之情。一日三餐就吃家乡的味道，小米粥配煎饼、红薯叶梗炒肉片、羊肉汤烩面、肉丝豆角焖面、鸡蛋炒西红柿拌凉面、鸡蛋炒丝瓜、野马齿苋蒸菜、红薯叶蒸菜……吃醉在家乡！生活中从不缺天伦之乐，作小诗一首，以作纪念。《农村生活偶得》：

“父带大儿掰玉米，母和媳妇烧中饭。儿同堂弟捉鸣蝉，女儿好奇喂小鸡。”

闭上眼睛，故乡真远，睁开眼睛，村庄就在眼前。儿时感觉村边的小路好宽好远，现在感觉那些小路好窄好近。我喜怀旧，一日去看村中破旧的老房，有庄家的，有宁家的，还有黄家的，它们周边都罩着历史的烟云，呈现着岁月的沧桑。黄家的青砖大瓦房曾住着大地主，挺立在那里八十多年了，但气势仍在，尤其是房顶上的瓦松，它们高高地站着，我呆呆地看着，就像儿时一样。它们会一直站下去吗？我想会的，它们见证了一个家族的兴衰，见证了一个村庄的变迁，还见证了一个游子的心。

无论走到哪里，家乡的美好回忆总会陪伴着我。那些关于童年的记忆仿佛一条岁月的河流，时常流淌在心头。那些美好的时光是前进的动力，我会珍惜当下的生活，感恩岁月的馈赠，让心灵永远充满阳光！

写于2024年2月

# 童趣

儿时，我生活在河南南阳城北边一个叫大马营的村庄里。儿时的生活是丰富多彩的，充满了欢笑，也充满了乐趣。田野是我儿时的乐园，那里有我太多的欢笑与记忆。那时候，我们几个要好的小伙伴可以玩一整个下午，甚至忘记了吃饭。我们喜欢田野里的各种花草，特别是那些小昆虫，也喜欢在田野里捉迷藏。现在回想起来，我觉得儿时是我人生最快乐的时光。

那时候，没有电脑，没有电视，更没有手机，唯一可以让我们消磨时间的就是和小伙伴们一起玩耍。那时候，我们天真无邪，一个个都十分活泼好动。一放学，就会跑到村外的田地里，开始玩游戏。

每个季节，生产队的地里都有各种各样的农作物，夏天时田地里满是绿色的庄稼，虫子比较多，只要用心去捉，总会有收获，我们就练成了捉虫高手。捉到虫子后，会用线绑住它的脚，然后放在地上让它爬，或者把它放在手心里让它爬来爬去。

小时候，我喜欢捉弄小女孩，这是我童年的一个重要乐趣。那时候，住在我家周边的有三四个小女孩，她们天真可爱、淳朴善良。邻居家有个女孩叫小姣，比我小两岁，按辈分我还叫她小姨，非常胆小，我最爱捉弄她。记得有一次，我悄悄地藏起了她的鞋子，让她在田野里到处寻找。还有一次，我从菜地里拔来大葱，把羊拉的屎球放进叶子里，再灌进一点蜂蜜，然后对她说很好吃，她吃着吃着就吃到了羊屎，她哭着跑回了家。于是，她的奶奶就领着她到我家告状，我被爹妈揍了一顿。没过多久，我还是用老办法先后又骗小姣两次，我被爹妈揍过后吓得跑到外面不敢回家，晚上竟然在大门口睡着了，后来被外婆发现抱进家。从此，小姣的奶奶见人就说：“姓范那家的大娃坏哩没屁眼！”我上一年级后，马上变成了既听话又学习好的学生，再也不捉弄别人了，邻居们都感到很奇怪。

除了爱捉弄小女孩，我还喜欢偷吃东西。偷吃东西不好，但那时我没这个认知，更多也是过个嘴瘾，并没有想其他的。学龄前，所有的田地都归生产队集体管理。春天，田野里有一块地种着豌豆，我经常跑到那里去偷吃几颗，那种清甜的滋味让我至今都难以忘怀。有一次，我带两个伙伴又去偷吃豌豆时，被看守王大爷发现了，他拐着腿拿着棍子追着要打我们，吓得我们四散跑开。最后他追不上就停下来叫骂：“你们这些没屁眼的鳖孙儿，吃了叫你们拉不出来！”我停下来回骂他，并弯腰捡起土块砸他，气得他一边跺脚，一边又厉声叫骂。结果可想而知，又被上门告状，又被爹妈狠狠地教训了一顿。从此，我就再也没有去那块地偷吃豌豆了。

后来，我决定换一种方式来打发时间。我发现了一个新的乐趣——扔土块打鸟。于是我悄悄捡了一些土块放在身后，然后在田野里等待鸟儿的出现。当我看到鸟儿飞过时，我便迅速扔出土块砸向它们。有的时候土块没有扔准，打在了树上，甚至反弹过来砸在自己的头上，那感觉可真是痛极了。然而那种紧张和刺激感是那么真实和强烈！这种经历给我的童年带来了极大的快乐。

为了转移注意力，我还开始在田野里找各种可以吃的野菜。那时，我觉得那些野菜很好吃，如野葱、马齿苋等，一旦找到就用手拔掉，然后拿到河沟里清洗一下就放嘴里吃。但有时候也会被蜜蜂或者马蜂给吓到，虽然害怕但也忍不住去尝试过很多次。春天，当桐树开花时，我和小周、小拴、举章等玩伴还会做桐子枪玩。在树下捡来吹落的桐树子或用竹竿把桐树子敲打下来做“子弹”，用菜刀砍一节竹竿做“枪管”，并把竹节突出处修整光滑。砍一段大拇指粗细的柳树或椿树的小树枝，比着枪管长短把前面部分用小刀去皮、刮细并用砂纸磨光，然后在石头上把前端磕碰出毛须，如此一个手推式的“枪栓”就做好了。把“枪栓”套入“枪管”内，如果大小合适，一把桐子枪就算完工了。我们会用它去打路边蹦蹦跳跳的小狗或停在地上的小鸟，或者相互对射。当然，对射时也有被打疼的时候，我们就停下来用手去揉对方并道歉。总之，玩得不亦乐乎，非常有意思。

童年的趣事还有很多，比如和伙伴们一起玩泥巴、捉迷藏、过家家、推铁环、做弹弓和下小河捉鱼等。它们是我生命中最宝贵的财富之一，让我感受到了生命中最纯真、最美好的时光。无论后来上学、从军、转业地方工作，无论生活中经历了多少风雨和坎坷，这些回忆都会一直陪伴着我，让我变得更加坚强和自信。

我的童年生活很简单，很快乐。那些事情都深深地印在我的脑海中，成了永恒的回忆。我的童年虽然不像现在的孩子那样丰富多彩，但有着属于自己的快乐和幸福。那时我拥有最纯真的笑容、最清澈的眼神、最真实的快乐！

写于2024年2月

# 家乡的洋槐花又开了

阳春四月中旬，给爹打电话时，爹告诉我家乡的洋槐花又开了。放下电话，我眼前便出现一片洋槐树，满树的雪白，满树的繁花，像下了一场雪，把家乡装扮得格外美丽。那是一种白色的花朵，小巧玲珑，散发着淡淡的清香，不像牡丹那样富贵艳丽，却自有一种朴素的美。它们给了我多少儿时的欢乐时光，给了我多少香香甜甜的味道。

我的家乡在河南南阳城北一个叫大马营的农村。那里有清澈的河水，有青葱的树木，有金黄的麦田，更有那满村遍野的洋槐花。那里的人们淳朴热情、勤劳善良，那里就是我魂牵梦绕的家乡。儿时，每到洋槐花盛开的春季，它们就像雪一样白，像云一样轻，点缀着大地，使家乡的景色更加美丽迷人。整个村庄弥漫在花香之中，大人小孩都去采摘这大自然的馈赠，家家户户飘出浓郁的香气。那香甜的蒸洋槐花是我们姐弟四人小时候最喜欢吃的美食之一。

洋槐树是一种乡间很常见的树种，种植面广，容易繁育。春天来临，满树的槐花就会绽放，花瓣雪白无瑕，朵朵挂满枝头，娇小而繁多，一串一串，仿佛一夜间枝头上就有了大片的云。每当这时，整个村子就浸染在阵阵的芳香中，让人心旷神怡。我们小孩子会站在树下观望，胆大的就会迫不及待地爬上树，一边采摘一边把花放嘴里吃，胆小的跑去告诉大人洋槐花开了。小孩子们围着槐树嬉戏打闹，等待大人做好香喷喷的蒸洋槐花。

在我儿时，农村人生活条件都不好，蒸一些野菜或野花之类的东西吃，这样不仅增加了营养，而且省了粮食。所以大人们在摘回洋槐花的时候，还会顺手带回一些野菜，比如荠菜、苜蓿、野马齿苋等。择干净的洋槐花整齐地码在屋檐下或院子里的簸箕里，它们雪白雪白的，映着房顶上空的蓝天白云，在微风中微微颤动，像一串串风铃，仿佛能听到叮叮当当的悦耳声音。这个时候，我们小孩子是最快乐的，围着这些洋槐花不停地闻啊看啊，舍不得离开半步。这时家里养的小狗也会偶尔停下来嗅嗅花香，然后舔舔它的前趾。

外婆在厨房里忙活的时候，我和姐姐站在锅台旁边，看着外婆把一串串的洋槐花塞进笼屉里去蒸。我们就会趁机抓起一两个放进嘴里嚼一嚼，甜滋滋的，一股清香直沁肺腑，那种熟悉的味道立刻弥漫全身，我会忍不住大声喊叫好吃。外婆看着我们吃得津津有味的样子，就会笑着说："真吃嘴！"那香甜的味道至今还留在我的记忆中。

其实在我家乡还有一种传统的吃法——炸槐花饼。外婆把摘回来的洋槐花用清水洗干净，先把花瓣弄散放在盆里，再放上面粉、盐和水搅拌均匀，然后放在蒸锅里蒸熟，最后下油锅煎炸一会儿，捞出就是一道美味可口的佳肴了。我们围坐在桌子旁吃着外婆做的美食时，嘴里不停地说"真好吃，下次再给做"。

家乡的洋槐花又开了，我知道现在的洋槐树比以前少了很多，后来被人砍掉没有补种过。现在生活条件好了，吃的人也少了，现在去吃只是吃个新鲜，儿时吃主要是缺少主食和菜肴。又到了采摘的季节了，我在千里之外的舟山工作，不能随便回去。思绪却回到了童年，我仿佛走在乡间的小路上，闻着沁人心脾的花香，拉着伙伴小拴、举章和小周的手在洋槐树下疯玩，一会儿又爬上树去摘洋槐花吃……

家乡的洋槐花又开了，这又勾起了我的思乡之情，当年给家人做蒸（炸）洋槐花美食的外婆和母亲都已作古，只有爹能看到那雪白的花朵了。无论我走多远，无论在外面经历了多少世事沧桑，都时刻思念家乡的山山水水，思念家乡的一草一木，思念家乡的一砖一瓦，最惦记的还是家乡蒸（炸）洋槐花的味道，这种味道一直都在心中飘荡着，弥漫着……

家乡的洋槐花又开了，是我心中最美的风景。

写于2023年5月

# 麦子黄了

儿童节前，爹打电话给我说家乡的麦子黄了，过几天就可以雇联合收割机过来收割了。我见过联合收割机在麦田里收割的场景，三四亩麦地，不到半天就完工了，而且脱好的麦粒就能堆在地头了，再用汽车或三轮车拉回家就行了。这让我不禁想起了儿时麦子黄时的情景，想起手工收割麦子那热火朝天的场面。

儿时，端午节前后，家乡的麦子黄了。那时的南阳大地像被金子裹住一样，麦子熟透了，黄澄澄的一片，厚实地覆盖着田地。举目远望，犹如海洋一样，一浪推一浪的黄色波浪涌过来，溢出田埂，向低凹处蔓延，拥抱着每个熟悉或者陌生的角落。这是一个成熟的季节，每一粒麦子都蕴含着深深的喜悦。天空洁净得如一张蓝纸，几片薄薄的白云像是被风摇动的棉絮。中午的太阳正得意地在头顶上热辣辣地照着，轻风扬起麦穗翩翩起舞。远远近近的麦地金黄金黄的，一直铺展到蓝天白云的尽头。蓝天、白云、小河、麦浪，织成一幅极美的图画。

那时候，家家户户都种麦子，每家每户都忙得不亦乐乎。早晨醒来，打开院门，一阵阵麦香扑鼻而来，这便是夏天的味道。我总是迫不及待地跑出去，站在田埂上，看麦子在阳光下摇曳生辉。金黄的麦田像一块巨大的画布，渲染着生命的色彩。这是我童年最美的画面，无忧无虑的孩子在麦田里奔跑、捉迷藏、数星星……在那个蝉鸣蛙叫的季节里，儿童的欢笑与梦想随着麦浪一起翻滚、起伏。

每当家乡的田野里遍地金黄时，乡亲们就会用最原始的方式收割着用汗水养育的庄稼。那是一种无言的感动，是一种朴素的真实，就像一幅幅无法忘记的画面永存在记忆里。那时候，家家户户都是手工收割。在金黄的麦田边，大人小孩齐上阵，穿梭在麦田里，一把把镰刀在阳光下闪着银白的光，麦穗沉甸甸的，仿佛轻轻一碰就会掉下来。

一家人有的在收割，有的蹲下来把一堆堆麦子捆得整整齐齐。收割、捆好麦子后，要用牛车或拖拉机把麦子拉回去。那时候我家有一头老黄牛，是家里最勤劳的劳动力。父亲拉着牛车，我牵着牛头，母亲和姐姐跟在后面推着，一步一步地把麦子运回家。虽然辛苦，但那种踏实的感觉让人感到无比满足。拉到麦场后，把麦捆卸下来码在打麦场上，一家堆一个或几个麦垛，等待扬场。

收割麦子的时候，干不动重活的小孩被大人派去拾麦穗。几个小孩一起，挎着篮子，去田野里寻找遗落的麦穗，那些金黄的麦穗就像散落在地上的小星星一样闪闪发光。有时，小孩子还会偷偷地跑到地里摘几颗青涩的杏子放在嘴里品尝一番。等到了晚上，小孩子就会在打麦场上一起嬉戏玩耍，一起数星星……那时候的时光是多么美好！

麦子收割完了，接下来就是扬场。扬场就是用耕牛或拖拉机拉着石磙子把麦捆一个一个压开，把麦粒打下来，然后用木锨铲起麦粒随风扬开，这时麦糠飘走，干净的麦粒就落下来。压开后的麦粒在场上蹦跳着欢快的舞步，一粒粒跳到你的身上、场上、筐里。有时还调皮地跳到你的嘴里、鼻子里，让你又气又恼，它却笑嘻嘻的，甚至不知躲到哪里去了。金黄的麦粒堆得小山一样高，打场的人和帮忙的人脸上都写满了喜悦和希望。当最后一点麦糠脱净的时候，打麦场上便飘荡着新粮的香气和爽朗的欢声笑语。

后来，家乡开始有了脱粒机，当机器发动后，只要两三人就能很快把一垛麦子脱粒好，再后来就都换成联合收割机。联合收割机一上麦田，不到半天工夫就把一大片麦子收脱完了。当你看着的时候，总觉得少了点什么。是少了那一把把镰刀挥舞的场面，还是少了那一堆堆麦捆码在场上，让人心里有说不清的惆怅。机器收割的速度快、效率高，大大减轻了农民的劳动强度。然而，机器收割可能会对麦田造成一定的破坏，影响秋季收成。另外，机器收割可能会减少农民与土地之间的情感联系，使农民对土地的感情逐渐淡漠。

记得2005年的初夏，还在部队服役的我回老家休假。当我在阳光下行走在熟悉的田野间时，看见几台联合收割机在麦田里来回穿梭，脱粒机轰鸣着唱响了丰收的赞歌。丰收的喜悦写在每个人的脸上。只是不见了孩子们放学后挎着篮子拾麦穗的情景，一时间心中有说不出的惆怅。当金灿灿的麦粒被脱粒机搅动时，我已经不能再回到那曾经拥有梦想的年代了。昨天的歌谣是今天我们心灵感伤的见证！我们常常感叹时光荏苒，却不知道光阴改变了多少。当记忆里的美好往事与现实反差极大地呈现在眼前时，怎会不让人伤感呢？那些美好的回忆，仿佛就在昨天，却一去不复返了。

如今的南阳农村，每当麦子黄了，依然是一片丰收的景象。可是，我总会想起儿时那美好的时光。那些手工收割麦子的场景、用牛车拉回家的辛苦、石磙滚压麦子的温馨、脱粒机的轰鸣声以及联合收割机的便捷，都成了我心中最珍贵的回忆。

如今的农村已经发生了翻天覆地的变化，但人们对土地的那份热爱和对丰收的期盼从未改变。我相信，无论时代如何变迁，那些美好的回忆和淳朴的乡情都将永远留在我的心中。

麦子黄了，也许那就是我人生中最美好的时光。那片金黄的麦田，将永远是我心中最珍贵的财富和最美丽的风景！

写于2023年6月

第二辑

# 回味军旅

# 军人的爱

1993年1月19日，我佩戴上了列兵军衔，光荣地成为一名中国人民解放军战士。激动之余，我想说说军人的爱。

人间没花世间没爱，不成世界。军人同样也有爱，爱我们的可爱故乡，爱我们的父老乡亲，爱我们远方的恋人，爱我们的事业，但我们更爱伟大的祖国。为了祖国母亲这神圣的字眼，我们甘愿无私地奉献出一切。

谁不爱自己的家乡？谁不爱自己的亲人？人生的理想、父母的期望、父老乡亲的关怀，反复在我脑海中闪过。家乡的小路上曾留下我串串熟悉的脚印，也留下了懊悔的泪水和喜悦的泪花。美好童年时光中无忧无虑的欢笑声、潺潺的小河、浪漫的野花、茵茵小草、片片白云、三月的柳笛……这一切都像一首歌响在我的耳边，似一幅画挂在我的眼前。

军人是走在战争最前列的先锋，用理想和鲜血去冲破自己的路障，当青春醉倒在焦土上，便闪烁着美丽的光环。我们是新一代最可爱的人，军人的爱是丰满的，同时又是深沉的，但又是赤裸裸的，有哪种爱能同军人的爱比美！我们的亲人在期盼，我们的恋人在鼓舞，我们用血汗书写着自己壮丽的青春。

军人干着世界上最壮丽的事业——为人类的解放事业而斗争。当人被伟大的事业所左右时，其余一切都会变得无足轻重。我们来自五湖四海，为一个共同目标走到一起。为了负起革命军人的神圣职责，我们愿把热血洒，使祖国的明天更加灿烂。

外面的世界真大，也很精彩，军旅生活真的很迷人，但我们要执着。这伟大的军人，这军人的爱！

2017年3月5日发表在“中国散文网”

# 新兵连文娱晚会

1993年1月22日晚上，吃过年夜饭，我们这些新兵都盼着新兵营组织的文娱晚会尽快开始。

踏着雄壮的《中国人民解放军进行曲》，各连官兵整齐地步入会场。“晚会开始之前，首先，我代表新兵训练队所有官兵向各位战友及远方的父老乡亲拜年，祝大家新年快乐！”主持人——二区队队长徐荣的祝福刚结束，马上被大家欢呼的喝彩声和热烈的掌声所淹没。徐荣区队长接着宣布“晚会开始”，会场便传出一阵热烈的掌声。

口琴表演《妈妈的吻》奏出激越心灵的旋律，使我们这批远离家乡的新战士在新春佳节前夕的军营里，用心灵去重温童年温馨的母爱。“儿行千里母牵挂”，此时此刻，妈妈们肯定也在遥远的故乡想念着她们的儿子和女儿。

中国是亚洲一颗灿烂的明珠，她正以不屈不挠的气势耸立于世界民族之林。来自上海的新战友的歌曲《亚洲雄风》把我们带到历史的过去和美好的未来，会场里又爆发出一阵喝彩声和自豪的欢笑声。

人的一生有多少东西值得留恋，谁没有执着的爱？歌曲《让我一次爱个够》唱出新一代最可爱人的心声。“我是不是你最疼爱的人……”一个女战友的歌声把我们带到美妙的时光中……

战友马德玉和高山为我们表演了相声《地名之说》，高山边讲边打手势，滑稽的动作惹得我们哈哈大笑，笑得肚子都有点疼了。指导员的4岁儿子用那清脆的童音为我们唱了“祝福大家新年好”，指导员用略带磁性的男中音唱了《骏马奔驰保边疆》。我表演了口技节目《山村小车站》，动物的欢叫、百鸟争鸣把大家带到了令人神往的小山村。十三班女兵卢静演唱的歌曲《红蜻蜓》带着几分幼稚的孩子气，她的脸红扑扑的，真像个熟透的大苹果。

一区队表演的小品《强中更有强中手》和《杀》讽刺了在经济浪潮冲击下个别地区的社会现实，某些人为了赚钱不惜采用一切手段去骗人。伴着醉人的舞曲，一区队两个战友在霓虹灯下摇摆着青春，那迷人的霹雳舞给人以快慰的感觉，踏着令人目眩的太空步，我们的心伴随着振奋人心的旋律一起荡漾。

人生犹如一次漫长的旅途，伴随几多欢乐和痛苦，无论是在春风得意之时还是在风雨交加之际，我们都要以迎战的姿态向前奔去。歌曲《人在旅途》为我们指明了生活中的道路，教我们如何生活、恋爱和工作，并教会我们如何做人。《来生缘》唱出我们青年朋友的心声，我们听着不觉间喜笑颜开。

最后，我们打着拍子合唱儿童歌曲《歌声与微笑》：“请把我的歌，带回你的家，请把你的微笑留下……”欢快的歌声响彻整个会场。这时，窗外已是礼花斗艳、爆竹声声……

多么迷人的夜晚！家庭的温暖多么令人留恋，军营的欢欣又是多么令人忘怀！

2017年5月4日发表在“中国散文网”

# 让青春无悔

一腔热血图报国，两行清泪为思亲。外婆的周年忌日快到了，在千里之外的军营，我只能向着家乡的方向在心里默默祈祷，愿她老人家能含笑九泉。外婆对我的关心无微不至，可万万没有料到，在我们姐弟四人都没有成器之前她却突然驾鹤西游。回想外婆的恩情和父母的操劳，时时叫人感动。我19岁了，也应该替家人着想了。高中时会考成绩还不错，高考却名落孙山，这将永远是我人生最大的遗憾！既然满腔热情来到部队，就应该实现人生最大理想——考取军校，成就一番军旅事业。

天有天意，人有人愿，无论社会如何发展，每个人都应积极向上，奋力向前。在生活中只有书是自己最好的朋友，去书海中感受知识带来的力量。刻苦训练，努力学好专业技术，也可为复员以后的谋生创造一个良好的先决条件，为走好人生道路打好基础。

此时已是春天，徐州市铜山县拉犁山中的桃花开得正艳，麦苗正吐着嫩绿，小雨之后更显得清新可爱。“感时花溅泪，恨别鸟惊心”，不知为啥，心情不太好。总感到时间老人在催我加快远洋航程的速度！虽然离开了学校，我那颗对知识如醉如痴的心却不愿沉落，训练之余的时间，我全部用来看书。我希望通过读书，在自己幼稚而单纯的心灵上保留一片绿洲。

“三百六十五里路哟，越过春夏秋冬，岂能让它虚度……”这首富有哲理的歌曲成为我生活的主旋律。记得迈进军营门槛时，我在心中就暗下了决心：青春年华，决不荒废！没考上大学，使我的心情有些痛苦，虽然某位诗人说“忘却是一种美丽”，可事实往往相反，怎么也忘却不了。紧张艰苦的新兵连生活曾使我那高昂的“理想之歌”低沉下来。刚打开书本要记几个ABCD，偏巧集合点名哨声响起；刚要试写一首绮丽小诗或默写欧姆定律公式，碰巧内务卫生开始检查；有时一封信要好几天才能写好，中间总被隔断在串串哨声中。休息日，不仅要抵抗电视剧和录像的诱惑，还要承受沉重的心理负荷。不错，随大流，同步运行多逍遥自在！然而，“三百六十五里路，岂能让它虚度”的信念在激励着我。

“三百六十五里路，从少年到白头，执着追求……”是啊，人生的道路艰难曲折，但我愿意“衣带渐宽终不悔”，决不“为伊消得人憔悴”，用知识充实青春，让自己的青春无悔！

写于1993年3月27日

# 中秋佳节即思

中秋节到了，在这个象征团圆的日子里，朋友，你有何感慨？可会想到远方白发苍苍的父母？可会想起远方的恋人？可会想到七彩灯下的团圆，一家人围坐吃月饼的温馨？我想回答是肯定的。对军人来说，圆中有缺是常事，不应有恨，正如苏轼《水调歌头》中写的那样："人有悲欢离合，月有阴晴圆缺，此事古难全。"然而，对军人来说，圆中有缺是种残缺的美。美就美在他们在这特殊的日子里坚守岗位，美就美在一家不圆万家团圆的幸福，美就美在乐于奉献的军人价值，美就美在身上的绿军装，美就美在那火热的青春年华。

说到了绿军装，那么朋友，你可知道绿色的含义？绿色由蓝色和黄色组成。蓝色代表天空，象征广阔；黄色代表大地母亲，象征博大的爱。所以，绿色就代表生命、代表和平。说到了青春年华，那么朋友，什么是青春呢？青春是一种蓬勃向上的心态，是一种不可抗拒的追求，是对生命怀有一种热烈坚持的情怀，是一种埋在心灵深处常绿的精神。

穿着军装，就忘不了生命里那段当兵的岁月，它和青春、勇敢、战场甚至死亡联系在一起，和军衣、汗水、热血联系在一起，和萧萧马嘶、皓皓边关明月、黎明的军号声和急促紧迫的脚步声紧紧地联系在一起……

听了这么多，你不觉得身穿绿军装奉献在军营是一种千金难买的精神吗？军人是伟大的，军人这个字眼也是被人理解的。所以，军人的青春应该是无悔的！圆圆的月亮当空照，洁白如水的光芒洒满神州大地。让我们欢聚一堂，以载歌载舞来体现军营大家庭的温暖！听听《十五的月亮》，让月光来证明中秋之夜哨兵的忠诚吧！

写于1996年9月27日

2017年9月30日发表在“中国散文网”

# 轻轻挥手间，依依母校情

前进的号角已经吹响，送行的汽车已开动。人间的许多事，存在的时候并不看重，失去的时候才倍感珍惜。轻轻挥手，眼泪长流。轻轻回首，依依母校情。

总以为离别是一件很遥远的事，可当毕业的钟声真的敲响时，才发现，时间真的会带走我们的青春。毕业的脚步匆匆而至，再回首，母校的一切已成回忆，更有初夏时那段挥洒汗水迎接毕业考试的点滴仍在眼前萦绕。在离开母校的那一刻，才猛然发现，在这片土地上，我们铸就了青春的记忆，练就了当一名基层部队初级指挥员的综合素质，只为那份刻骨铭心的情意，只为那份报效祖国的情怀。

1995 年 8 月下旬，我怀揣着录取通知书，从南京军区某部来到长沙炮兵学院报到。刚来时，觉得时间很长，可紧张的军校生活好像一转眼就结束了。我不禁感叹时间的珍贵和岁月的流逝。而如今，我们已站在了离别的门槛外，当我再次回忆往事时，心中不免泛起一丝惆怅。

漫步在学校图书馆旁边的小路上，路旁的花儿依旧那么娇艳欲滴，柳树依旧那么婀娜多姿。可是，风景再美也难以抚平心中的离别之痛。记得刚进学校时，我们都是从全军部队考进的班长骨干，一个个看起来意气风发。经过几年的学习锻炼，我们都变得更加成熟稳重，更加坚毅阳刚，更加踌躇满志。在母校，我们度过了人生中最美好的时光。“筑长城无怨无悔，守边关志在四方”“建功立业成边关，青春无悔铸军魂”……一行行豪言壮语书写着我们献身国防事业的无悔追求。

多想再看一眼母校的一草一木，再多看一眼辛勤培育我们的教官和大中队领导。忘不了三个月的强化训练，忘不了站一小时不倒、坐两小时不动，练就了我们强壮的体格和顽强的意志；忘不了“三三三一”，培养了我们的快速反应能力和指挥能力；忘不了队领导兄长般的关怀，帮助我们解决生活上的各种困难，谈论着对未来的美好期望；忘不了运动会上的努力拼搏，为了学员队的荣誉，我们挥洒汗水尽情地奔跑；忘不了阅兵前的56式步枪劈枪训练，磨红了肩膀、磨破了双手，展示了我们动作整齐划一的风采；忘不了挥汗奋战在湘北抗洪抢险的大堤上，在军旗的指引下，我们完成一个个艰巨的任务；更忘不了骑着单车且两鬓花白的教授课余的耐心辅导，让我们熟练掌握科技文化知识。

我们踏上了奔赴全国各地的征程，那些和同学们一起奋斗过、一起欢笑过、一起拼搏过的记忆，永远封存在心里。轻轻挥手，告别在母校期间的青春年华。纵使眼泪洒满衣襟，也不忘挥手说声再见。纵使难舍也要笑着离开，纵使心痛也要笑着保持坚强，纵使毕业也要给自己留下一片慰藉。轻轻挥手间，母校的一切成为最美好的记忆。

怀念是人生中最美好的情怀，它会永远伴随着我们的一生而让生活变得多姿多彩。静静闭上眼睛，才能聆听心跳的美好；悄悄说声再见，方知友谊的珍贵。一切是那么熟悉，一切是那么难忘！炮院的小路、电影院、图书馆、足球场、体育馆、射击场……再见了，母校，我一定牢记“严格、求实、创新”的校训去海岛基层扎实工作，以出色的成绩向您汇报；再见了，可敬的领导，我一定牢记您的教诲，去实现新的理想；再见了，亲爱的战友们，虽然天南海北人各天涯，但天下没有不散的筵席，所以只能“相处几年终须散，化作激情展翅飞”。等到春风传佳音，我们再相逢。

往事历历在目，哽咽不能语。轻轻挥挥手，往事已成风。我要带着母校赋予的力量去部队施展抱负，干出一片天地！

写于1997年7月4日，奔赴部队的火车上

# 岁月的滋味

军营五载，肩上的军衔由列兵变成少尉，看着洗得发白的军被便感觉自己是个老兵了。服役期满的老兵把三年的得失装进了背包，我就开始了第六年的部队生活。此时此刻，感情洪水的闸门无法控制，无限感慨一下子决堤而来。

闭着眼睛，世界真大；睁开眼睛，世界小了。念高中的时候，我看着无奈的现实和不景气的家境，心里便萌生出“要出去闯闯”的决心。于是在高三那年一个月黑风高的夏夜，我躲在学校后的树林里呆想了半夜，当时浪漫曲折的心情依然清晰：考不上大学一定去当兵……高考落榜，我说服了父母，异常冷静地离开校园，报名参了军，因为我酷爱绿色。在我笑着同父老乡亲告别时，我看到母亲那变老的面颊上有两行清泪，父亲红着眼睛哽咽不能语，只是默默地看着他们的儿子去远征。车快开了，我突然发现父母那眼神中包含许多期待和祝福，也许只有一个即将远离家门的人才有那种感觉吧。

来到梦中向往的新天地——军营，新兵连紧张有序的生活曾使我振奋不已。下连队后，我干了四个月的给养员、六个月的炊事员，接着在电源站做电源兵，平淡如水，我曾迷茫过。但平淡无奇的生活一经琢磨、一经回味便深刻起来，也许这种深刻的内涵只有军人才能真切地感知到。我知道自己是在追求一种理想，在谋求一种能独立生存的方式，所以在生活的艰辛中一边工作一边实践探索，外面的世界真的很精彩，我却无心去欣赏那生活在其中的城市。白天工作，夜间与台灯、书本为伴，冬夜的寒星也能证明我的辛勤。吃过一些苦，但我还是比较幸运的，获得嘉奖，被提升为班长，又考取了军事指挥学院。

如今军校毕业五个月的我在舟山生活得充实而精彩。带兵、干工作，晚上加班“爬”上一段“格子”，每晚带着疲倦的满足感快速地睡去，一大早爬起来又开始新的一天。打球、下棋、吹笛子，让心事放飞。不久前，父母寄来了五年来的第一封信，我怀着激动的心情读那充满爱意的文字“永海吾儿，工作忙吧？身体健康？百事顺心吗……家里的一切由爹妈承担，你在那里安心工作……爹妈不怕苦不怕累，多挣钱让你弟妹好好读书长大成才，为祖国争光、实现四化做出新贡献……听说你那里海潮严重，要注意身体，最后祝海儿永远心情快乐！”50多岁的爹妈在怎样爱着他们的儿子，我不禁泪流满面……我没有理由不干好工作，更没有理由不安心在海岛干事业。

写于1997年11月22日

2018年3月2日发表在“中国散文网”

# 海岛春早，练兵更勤

南国的春天比北方来得早，海岛更突出。水塘边的柳枝冒出了嫩芽，地里的油菜花开得金灿灿的，田埂上绿草茵茵，瓦蓝的天空中飘着几丝白云，阳光灿烂地照着，一股清新的泥土气息直钻鼻孔，令人赏心悦目。

训练场上，战士们龙腾虎跃、热火朝天。看，新战士在排长的指挥下打军体拳，一招一式，一丝不苟，那口号声令人精神大振。老战士在那边练武，投出的手榴弹在低空划着漂亮的弧线而后命中目标，练冲锋枪瞄准得目不转睛，跑障碍的虎虎生风，练战术的在地上摸爬滚打，跑5公里的一组在“嘟”的一声哨令下，像离弦的箭向前射出，你追我赶，争先恐后。几名军官看着这“杀气”腾腾的场面，满意地笑了。

不远处的集市上，人群熙熙攘攘，讨价还价声响成一片，热闹异常。市场经济的今天，人们的竞争意识都很强。生意人一大早便从四面赶来抢摊位了，他们比服务态度、比质量、比价钱，以求多销多利。我们部队呢，不也在竞争吗？单位之间训练比对抗，管理比效益，作风比好差……

太阳照得人浑身舒畅，但我们是清醒的：安于现状的人会被现实所惩罚。太阳是无私的，它把阳光洒向大地，在不同的地方描绘出不同的美景，机会不也是无私的吗？它对每个人都是平等的，至于结出什么样的果实，要靠我们多思勤干了。想到这里，我把“一二一”的口号喊得更响了。

“一日之计在于晨，一年之计在于春”，眼前这幅生机盎然的春意图难道不是一年的好兆头吗？我不禁感叹：海岛的春天真美呀！

写于1998年3月10日

在舟山电台《国防天地》栏目播放

# 第40篇稿件投出后

“范排长，近来很少看到你写的文章，怎么不写了？”“人家说不定投报纸或杂志了，不过也没见上稿呀！”听着战友们的询问和议论，我心中泛出丝丝甘甜之后便是沉重的失落感。

读军校第二年，我读着别人的作品心里不服气：我也能写出来！主意已定，我开始尝试写作了。高三时念文科的我还算有点文字功底，紧张的学习之余舞文弄墨竟写了不少文章，拿给要好的战友看，他们的评价是“差远了”！它们被判了“死刑”，只好静静躺在笔记本中睡大觉了。去年 9 月收听到驻地电台“军营俱乐部”节目组的征文消息，我小心翼翼地把前年写的小小说《车站》修改了两遍，然后满怀希望地寄出。不久稿件被电台采用，听着主持人念着那熟悉的字句，我心里如喝蜜一样甜美。尝到了甜头，我从此奋笔耕耘不止，收获也颇丰。至今往电台投稿 36 篇，用稿 24 篇，我也成了营区的“小文人”。

小小说、散文、杂文、评论、新闻通讯我都试着写。年初我有了往报纸杂志投稿的野心。小小说《少尉今年二十三》投出后，我每天焦急地等待着结果，两眼望穿秋水，结果如针丢大海不见半点回音。我恨自己功夫不深而使它不幸“流产”，但又不甘败，仍然写了投，投了再写，接连又投出 13 篇，投过《人民前线》《舟山日报》《军营文化天地》等刊物，结果都杳无音信。辛勤的劳动没有得到回报，我的心创伤累累，那种难言的苦涩许多人是体会不到的。

“并非每一条路都通向成功，但我相信成功的路上一定有过荆棘；并非每一条路都通向繁华，但我相信繁华的路上也有过荒凉。”“执着的追求能换来硕果，辛勤的汗水能浇开艳丽的花。”想通了这些，我也就能处之泰然了。当第 40 篇稿件投出后，我心情很平静。

写于1998年5月16日

在舟山电台《四季风铃》栏目播放

# 回到兵之初的第二故乡

时光似梭，生活如歌，潮起潮落，花开花谢，不觉间离开淮阴区四年了，肩上的军衔也由中士换成了少尉。魂牵梦绕的淮阴呀，曾给了我多少美好的回忆！回到故地拜访老领导，看望战友，寻找当年生活的足迹，这是我几年来的一个愿望。

借休假时间故地重游。离舟山，到上海，下南京，去淮阴。豪华快客在公路上欢快地跑着，我时不时地拉开窗帘欣赏苏北平原的夏景。阳光下的田野，绿油油的庄稼，一片生机，披上金色的村庄接连相见。那时我的心情也是金色的。

车进入市区，淮阴，我回来啦！我迫不及待地隔窗而望，马路加宽了，崭新的建筑群林立在路两旁，街市也比原来热闹了。下车出站，坐上出租车直奔人民北路的老连队，战友相见，紧紧相拥，惊喜之情无以表达，实有如获珍宝般痛快。当年的载波站王站长现在当了指导员，他领我看了营区，讲述了连队四年来的建设情况。晚上，我特意走进住过的房间，带着一种怀旧的心情，小心翼翼地抚摸了睡过的床和用过的书桌。那时书桌上常放一盏小台灯和几本书，是它们伴我度过了许多个不眠之夜。夏夜的繁星呀，你还认识我这个当年的学子吗？也许生命中有了一种不达彼岸不罢休的执着，人生才有了许多美丽、许多情怀。“邹班长呢？”我问一个士兵。“转业回老家了。”士兵回答我。老班长，你在家乡过得好吗？此时我在为你祝福，你知道吗？

在已转业的刘教导员家里，那一大桌丰盛的酒菜呀，那种久违的热情呀，让人心里有种说不出的感动。这不是小彬子吗？这个调皮鬼，记得当时给他辅导功课时总不听话，如今已是懂事的大孩子了，我心里有种弟子成器的欣慰感。同年兵别后相聚是缘（圆），但缘（圆）中有缺，一个女战友因急事未能赴约，另一个在我来淮阴前随丈夫去青岛旅游了。那晚的席上只有我、男战友仲武和学军护的女战友徐艳。席上摆满了盛情，酒杯装满了真诚，干杯，战友，为我们的友谊干杯！为七年前的相逢，也为今天的相聚！我们畅谈生活百态，谈生活的感受，谈婚恋、事业和家庭，谈过去、现在和未来。相聚是杯浓酒，我们正分享友谊的芬芳。那晚，我一直被一种真情感染着、包围着、陶醉着……

第二天早上去石塔湖散步，凉风习习。沿着湖边熟悉的小路，心里有种踏实的成就感和前所未有的平静。小路呀，你可记得，在这里留下我多少痛苦的泪水和喜悦的泪花？一阵悠扬的舞曲传来，顺声望去，十几个中年妇女正在湖心公园的平台上跳交谊舞。湖边垂钓老人悠闲自得，右边平地上一群老人正在打拳、舞剑，不远处的亭子里，几个年轻人正谈笑风生。陪同的小彬子告诉我，市里投资六百万，抽走臭水，灌入清水，建成了水上公园，又建了一系列休闲设施。多么宁静、祥和的早晨呀！

离开淮阴那天，战友们去送我。北上的汽车徐徐启动了，轻轻挥挥手，惜别情依依，再见了，亲爱的战友！再见了，我曾经的第二故乡！我深信，淮阴的明天会更加美丽！

2017年10月15日发表在“中国散文网”

# 辉煌士兵的背后

观看军事影片《弹道无痕》，我被李四虎和石平阳这两个标杆士兵的形象深深感动。当代中国军人的铁血形象在他俩身上得到了最完美的体现：过硬的素质、标准的动作、坦荡的胸怀、顽强的拼劲、富有哲理的讲话……李四虎教育他的部属：“人过留名，雁过留声，做人就要像出膛的炮弹一样在人生的道路上留下闪光的轨迹……”石平阳说：“我是中国士兵，我爱炮兵就像爱自己的生命！”这是老兵的心声，是令军人热血沸腾的肺腑之言！

李四虎这位标兵班长对部属要求极严格，管理和训练中对兵极狠，兵当时心里骂他却背后感激他。他是个军人，有血有肉，同时他也是常人，也有常人的情感和个性。他有理想和抱负，然而他没能被提干。他脾气暴躁、性格直爽，然而满腔都是爱，夜里查铺他为战友们掖好被角，把别人洗的衣服叠好放在床头。几年的军营生活，他走进“辉煌士兵”的行列。退伍时，同班战友用特殊的方式欢送他，这个钢铁汉子一句话没讲，送他的吉普车开了，他在车上却泪流满面。他为深厚的友情而落泪，他也为自己的命运而落泪吗？

影片的主人公石平阳八年中由一名士兵成为一名中尉连长，故事情节跌宕起伏，耐人寻味。石平阳当兵是个好兵，当班长是个好班长，他那超人的毅力和拼劲令人敬佩而自叹不如。他严于律己，爱护部属。他有很强的忍耐性，营长为留骨干而安排他的老乡王北枫去轮训队，提干机会失去了，他默认了，后来考学时遭别人诬陷又失去机会，他又认命了。他深爱那个小女兵护士，当提干机会失去时，他把那种爱深埋在心间默默无闻地工作。他不气馁，继续努力，终于步入士兵的辉煌——演习中充当连长指挥战斗并能蒙眼打中目标，得到演习考评组成员的一致好评。对于他这样优秀的士兵，遭遇的磨难都锻炼了他的心志，使他更加坚强和成熟。

影片比较真实地反映了20世纪90年代军营生活以及新时期军营出现的新情况、新问题，看后许多人都啧啧称赞。影片缺中有圆，最后以喜剧结尾符合广大观众的心愿，也是影片画龙点睛之处。

写于1998年12月22日

# 革命圣地上的遐想

作为浙江省军区优秀基层连队主官，2004年7月上旬，我随学习参观团去了井冈山革命圣地。两天时间，我全面领略了那里的秀美山川，不时惊叹于它的壮丽，又不时被革命先烈们艰苦卓绝的斗争精神所征服。走在那片被革命先烈的鲜血染红的土地上，想想当年的赤色风云，不禁感慨万千。

1927年，中国革命暂时陷入低潮。毛泽东率领秋收起义部队来到了井冈山，保存了革命的有生力量。1928年，朱毛会师壮大了革命武装力量，巩固和扩大了井冈山革命根据地，井冈山的星星之火很快形成燎原之势，到1930年，全国先后建立了十多块革命根据地。井冈山不愧是革命的摇篮！通过参观学习，我对井冈山精神有了较为深刻的理解和体会。

“天是房，地是床，野菜野果当干粮。不怕苦，不怕难，红军战斗在高山上。”“干稻草，软又黄，金丝被儿盖身上，不怕北风和大雪，暖暖和和入梦乡。”这是几十年前在井冈山地区传唱的两首歌谣，它们真实记录了井冈山时期红军的艰苦生活和革命乐观主义精神，也从侧面生动反映了井冈山精神的特有内涵。井冈山精神具体内容有：“坚定信念，艰苦奋斗，实事求是，敢闯新路，依靠群众，勇于胜利。”我认为，井冈山精神不仅是中华民族优良传统的一部分，是百折不挠、自强不息的民族精神的最高体现，而且是中华儿女勤劳勇敢、不怕困难、顽强拼搏精神的缩影和延伸。

此后，井冈山精神得到了很好的发展。比如长征精神惊天地泣鬼神，延安精神感召日月，西柏坡精神代代相传，上甘岭精神气吞山河，雷锋精神光耀神州，抗洪精神凝聚华夏，航天精神书写春秋。红军在长征路上，正是有了长征精神才能克服重重困难，排除万险去争取胜利，不仅粉碎了国民党蒋介石企图消灭共产党和红军的反革命计划，使红军主力从长江中下游地区转移到陕北抗日前线阵地，而且扩大了共产党和红军的政治影响，向全世界庄严宣告：“红军是英雄好汉！”“中国共产党和中国工农红军是不可战胜的！”在陕北多年的艰苦岁月里，正是有了延安精神，才抵挡住了国民党的军事包围与经济封锁，抵挡住了日本帝国主义的野蛮进攻并最终把日本鬼子赶出了中国。在河北省平山县北部一个小山村里，正是有了西柏坡精神，共产党才能团结和领导广大军民展开战略决战。在抗美援朝战场上，正是有了上甘岭精神，英勇的人民志愿军将士终于守住了阵地，取得辉煌的胜利。在经济比较困难的20世纪60年代，正是有了雷锋精神，才有广大人民群众公而忘私、助人为乐、努力工作，为战胜困难、建设祖国起到了不可磨灭的作用。在1998年的抗洪抢险中，正是有了抗洪精神，广大军民才能够万众一心、顽强拼搏、坚忍不拔，最后夺取了抗洪抢险斗争的伟大胜利。也正是有了载人航天精神，航天英雄杨利伟才能驾着我国自己设计的航天器去遨游太空，实现了中华民族几千年的飞天梦。

红军在井冈山革命根据地的革命斗争，是在环境和条件异常艰苦的情况下进行的，井冈山精神也就是在这样的背景下产生的。建设社会主义需要井冈山精神，小到一项工作和任务的完成同样需要井冈山精神。

联系部队实际，弘扬井冈山精神，就是想方设法教育引导官兵不畏艰难困苦而勇于进取，不甘贫穷落后而奋发图强，不囿陈规陋习而开拓创新，不图个人享受而乐于奉献，为建设强大的国防而努力奋斗。为此，一是要坚定信念，永葆人民军队的本色；二是要艰苦奋斗、无私奉献，勇于夺取胜利；三是要坚持群众路线，充分发扬民主，增强内部团结；四是要坚持党委、支部的组织建设，特别要发挥好党支部的战斗堡垒作用。

写于2004年7月

发表在“部队政工网”

# 青春无悔

朋友，当你伴着欢乐的乐曲轻歌曼舞之时，当你漫步在沙滩上欣赏眼前的海景之时，当你陶醉在家庭的天伦之乐时，你是否想到用青春的胸膛堵住敌人机枪眼的黄继光？是否想到用血肉之躯托起民族精神脊梁的董存瑞？是否想到用平凡短暂的一生谱写出奉献、敬业、大爱和进取之歌的雷锋？是否又想到在孤岛上驻防，常年与风浪做伴与海鸟共舞的可爱的人民战士呢？

我想，你们会想到他们！会听到这些共和国士兵用无悔的青春奏响的一曲又一曲感人肺腑、催人泪下的奉献之歌。

在冰封雪飘的雪域高原，在渺无人烟的戈壁荒滩，在炮火硝烟的战争年代，在和平建设的改革时期，都有无数具有这种高度奉献精神的英雄人物：有长征途中强渡大渡河的“十八勇士”；有视死如归纵身跳崖的“狼牙山五壮士”；有骑马或徒步巡逻在祖国边（海）防线上的一队队全副武装的官兵……无数先烈在战场上视死如归的英雄气概，无数官兵在和平时期默默无闻地奉献青春，不是心血来潮一时冲动，而是有着为人民勇于献身的思想基础。

军人的价值就在于为人民奉献，在保卫祖国建设祖国的实践中，体现对人民的爱，体现对祖国的爱。战争年代，我军在中国共产党的领导下，推翻了帝国主义、封建主义和官僚资本主义的统治，使中国彻底地摆脱了受欺压受奴役的命运，走上了独立自主、民主富强的道路。魏巍在《谁是最可爱的人》中写道：“我们的人民战士才是最可爱的人！”这是军人价值的最直接的体现。

在现代和平建设时期，全军官兵愿成为革命的一块砖，哪里需要哪里搬，哪里有险情，哪里就有军人与人民群众并肩作战的身影！全军官兵在各自的岗位上默默无闻地奉献着：在严寒酷暑中站岗放哨，在风沙雨雪中巡逻执勤，在艰苦的环境中训练、施工、生产和科研。军人的价值就体现在这些吃苦耐劳、默默奉献的军旅生活中！军人不仅自己在奉献，他们的亲人也在奉献！正因为许多军人舍弃了自己的家庭，才换来了千家万户的团圆；正因为千万个军人守卫着祖国的大门，才会有一个和平的建设环境。军人的奉献和巨大贡献赢得了人民群众的尊重、爱戴和理解。

战争年代军人驰骋沙场，流血牺牲，那是奉献精神。进入社会主义和平建设的新时期，处于相对稳定的和平环境，是否还需要献身精神呢？答案是肯定的，现在我们搞改革搞建设，要想达到预期目标，就得奋斗，要奋斗就会有牺牲，这个真理是永远不会过时的。试想，当熊熊燃烧的森林大火无情地席卷人民的生命财产时，你是投入火海，奋力抢救，还是撒腿逃跑？当有人不慎掉入河水里，眼看要沉没时，你作为一个路人，是施以援手还是退避三舍？当歹徒在光天化日之下伤人性命、掠人财物时，你作为一个目击者，是挺身而出，还是视若无睹，甚至逃之夭夭？当受惊的烈马冲着孩子飞奔而来时，你是被惊得目瞪口呆，还是猛冲上去？诸如此类的场合，是冲上去还是退下来，是前进一步死还是后退半步生，谁能说这不是生死抉择的严峻考验？钢铁战士徐洪刚，在乘公共汽车探家归队途中，为保护受歹徒侮辱的妇女，身上被刺 14 刀，仍只身与歹徒殊死搏斗，没有献身精神的人是绝对做不到的！可见，即使是在和平时期看不见炮火硝烟，但生与死的考验仍是一个现实的问题。

斗转星移，时势变迁，在“谈股论钞，下海捞钱”之风一度侵袭神州大地之时，军人耳中充盈的不仅有荣誉也有误解。面对这不公平的曲解，共和国的年轻士兵没有困惑、没有动摇、没有退缩，崇高的使命让他们深深懂得，穿上军装就意味着奉献，握着钢枪更要经得起考验，他们理直气壮地喊出了：“你下你的海，我扛我的枪，你捞你的钱，我站我的岗！”一位战士在日记中写道：“我没有皮尔・卡丹打扮出来的时髦，没有手机显摆出来的派头，我只是大地上的一株小草，激流中的一朵浪花，我以风华正茂的青春来到绿色军营，走上默默奉献之路，磨炼了意志，走出了自我。”

他们只不过是百万雄师中普通的一兵，正是这些共和国的年轻士兵，用无悔的青春在祖国的大地上留下了光辉的足迹。大兴安岭火灾中烤焦的眉毛、熏黑的面孔，长江、黄河水灾中手挽手筑起“护河堤”的血肉之躯，银川、南京空难中不辞辛劳的穿梭背影，都是无悔青春的见证。

正是这些共和国的年轻士兵，用无悔的青春在中华民族精神宝库里谱写了辉煌的篇章。正是这些共和国的年轻士兵，用无悔的青春肩负着保家卫国的重任。从北疆边塞到南沙哨卡，从西部高原到东海小岛，从劈波斩浪的舰船到翱翔蓝天的战鹰，从实验室里使人眼花缭乱的荧光屏到即将凌空腾飞的洲际导弹，都有无悔的青春在闪烁！

战友们！让我们把握现在，诚信奉献，努力工作，勤学苦练，让青春在平凡的岗位上闪光！

写于2005年3月

发表在“部队政工网”

# 入党那年的抢险救灾

2016 年 7 月 1 日，是中国共产党的第 95 个生日，屈指数来，也迎来了我入党 20 周年。我 18 岁参军入伍，在部队服役近 19 年，先后三次被荣评为“优秀共产党员”。五年前转业至地方，始终以雷厉风行的作风和共产党员的标准严格要求自己，兢兢业业地工作。前不久，昌国街道推荐上报我为“定海区优秀共产党员”。这让我不禁心潮澎湃，成长历程历历在目，仿佛又回到了 20 年前入党前后的岁月。

1996 年 6 月 28 日，长沙炮兵学院学员 12 队召开支部党员大会，讨论通过了我的入党申请，我光荣地成为一名预备党员。记得在部队当班长时就向连队党支部递交了入党申请书，经过了一年半的考验，我终于圆了心愿。

刚入党便经受了抗洪抢险的考验。那年 7 月初，天连降暴雨，山洪下泄，长江水位猛涨，武汉危急，三湘四水、八百里洞庭全线告急，水火无情，险情接连发生。7 月 16 日 17 时，学院接到上级支援灾区的抢险命令，各级党委（支部）迅速召开了动员会议，一切准备工作在三小时内完成。20 时许，800 余名官兵（学员）紧急集合，火速开往益阳和常德。那晚，大雨倾盆，我们穿着雨衣站在卡车两侧，威武如出征的壮士。30 余辆车组成的车队如火龙般在雨中疾驶，构成颇为壮观的雨夜风景线。

奋战围湖堤。途中兵分两路，一路去益阳。学员 8 队、15 队和我所在的 12 队去常德。到达汉寿县已是凌晨两三点，三个学员队受命赶往围湖堤加高大堤。到达目的地，立即投入战斗，我们三五成群地用手电筒照着装沙袋，堤上全是烂泥，不断有人滑倒，然后爬起来继续干活。天亮时雨停了，水位离堤面只有20厘米，五里大堤多处往外渗水，随时都有可能被压塌。大堤上展开一场军民大竞赛，风中飘扬的军旗和党（团）旗表明了我们死守大堤的决心。功夫不负有心人，一个上午过去了，一个高1米、宽1米的子堤成形了。中午下起大雨，15队防守处的大堤出现大量渗水，两个队的官兵都集中到险情处。船工用船运来石头、沙子，干部、群众、军人紧张有序地忙着。那时，大雨、泥泞、饥饿都是敌人。大家目标一致，手脚不停，全身湿透，凉气直透心底。18时完成守堤任务，我们奉命撤离大堤。经过简单的休息，晚上紧接着出兵死守太阳堤，一部分兵力乘坐冲锋舟去抢救被洪水困住的群众。又是一个不眠之夜。

安乡保卫战。7月19日上午，我们坐着大船撤离汉寿，七八个小时后到达安乡县安昌乡。看着大堤上待安置的灾民，回头望望无边无际的洪水，心中升起一种难言的悲壮。我们在一所中学的地板上睡了一夜，第二天便上堤防守。太阳火辣辣地烤着大堤，我们装沙袋准备后备物资，衣服湿透了，脱掉背心继续干，我和几个战友因为累得中暑而被抬下去抢救。三天过去了，安乡大堤安然无恙。撤离安乡时，热情的常德人民在县城为我们送行，车队在街上缓缓行驶，两边到处是鲜花、掌声。“共产党万岁！”“解放军万岁！”“解放军同志辛苦了！”在串串爆竹声中，慰问品一箱箱往车上送。最令人感动的是几位老人跪在地上边磕头边泪流满面，他们用中国传统的最高礼节感谢人民解放军！教导员感慨地说：“1985年从老山前线凯旋的情景我又一次真切地体验到了！”

血战岳阳。岳阳市华容县内的油炸岭水库，水下约10米的地方（水闸处）被压开一个大口，堤外的水柱一蹿就是十几米高，这危及华容县六七十万人民的生命和财产的安全。情况危急，刻不容缓，炮院官兵、空军某师突击队官兵、民兵和百姓并肩作战，顶着三十七八摄氏度的高温，奋战在大堤上。背沙袋、装船、填沙袋，关键时刻把两艘载大米的小船在管涌处沉下去。一天过去了，管涌终于被堵住了。那个激动人心的时刻是个落日的黄昏，美丽的晚霞把西天装饰得五彩缤纷，大家欢叫着，把红旗高高举起……

入党那年，在湘北大地，我与“洪魔”搏斗了15个昼夜。哪里有危险哪里就有我们，红旗指向哪里，我们就战斗在哪里。尤其是我所在的12队——炮院的突击队，最艰巨的任务常是我们去完成，后来被湖南省委誉为“抗洪铁军”。为了人民的利益，我们睡泥地、躺草地，为了履行军人的神圣职责，不管是大雨倾盆还是烈日高照，我们舍生忘死，从没退却！经历洪水考验的勇士们多人立功受奖，还有不少人“火线入党”。“军民团结如一人，试看天下谁能敌”，我们在完成突击任务的同时得到大量民工（兵）的支援，还有许多百姓自发为给我们送水、送饭，体现了浓浓的军民鱼水情。

时光飞逝，入党庄严承诺犹在耳畔，报效祖国的崇高理想尚留心中。无论如何，不能忘记党组织的培养，不敢忘记党员的身份，更不能丢了党员干部的本分。路漫漫，我将为党的事业继续奋斗！

2016年7月5日发表在《舟山日报》

# 军号声声入耳，谆谆教导入心

我在某部队定海海防营营部当了两年七个月的排长。2000 年 3 月初，26 岁的我被调入团部政治处干部股当了一名干事。从此，没有了整天带队操枪弄炮，没有了集合拉歌的大力比拼，也没有了基层部队那种激情燃烧的生活，多了整天学习业务、办事、加班写材料、开会、汇报工作和接待来访等各项工作。不过，早上出操、吃饭和上下班时，军号声仍然声声入耳。那段岁月，一经琢磨，一经回味，便深刻起来。

当时正值春天，宿舍区小路的两边野花盛开，蜂飞蝶舞。每当早上五点半，一长声军号就会悠悠传来，那声音从山坡上响起，随着晨风传来，就像有某种魔力一般催人起床，然后跑到足球场前面集合出操。到晚上九点半，两长声军号声响过，部队熄灯号响，军号声在小山谷中回荡，渐渐消失在夜幕之中。对直属分队官兵来说，他们熄灯睡觉了，对机关干部来说，加班写材料则正当时。记得有一次，军区干部要来团里调研，股长叫我试写调研材料的汇报初稿，结果我连续写了两天一夜才算过关，中间只休息了四五个小时。

当机关干部，就要学会加班写材料。那时候，我文字功底还比较薄弱，但领导对我的关爱让我有了信心和勇气。每当遇到困难和挫折时，领导总是会耐心地指导我，让我重新找到前进的方向。加班的时候，我仿佛总是能听到那熟悉的军号声在耳边响起。这不仅仅是一种时间的提示，更是一种精神的鞭策，让我时刻保持警醒，不忘初心。

那时候，我年轻气盛、满腔热血，对这个新岗位充满了激情和憧憬，因为我知道自己正在迈向一个崭新的起点。我每天坚持看业务书，向股长和处里老干事请教，三个月后，业务能力水平提高了不少，基本上能独立处理各种事务了。让我记忆犹新的是，当时办公室用的电脑还是老式的386或486机，操作系统是用DOS，所以我要死记硬背许多操作命令，否则无法用电脑去完成文字和各种报表。另外，我还要熟背干部花名册，对各级干部的基本情况都要大概掌握，否则跟着团首长下营连，被问及某个干部情况时，回答不上来或再去翻看名册是很尴尬的事，也是不称职的表现。记得有一次，跟随政委徐维春下一个步兵连队，他随口问我各个排长的情况，我都能对答如流，于是得到了他的肯定，心里便如同吃了蜜一样甜。

在工作中，当时的股长楼呈军（后任团副政委）对我关爱有加。那时候我年轻气盛，工作上难免有些毛躁和冒进。他总是耐心地给我讲道理、摆事实、分析利弊，让我能够及时调整心态、转变思路、回归正轨。他告诉我："干部工作的任务和内容都是由很多小事组成的，而且事关干部的利益，所以需要我们有细致、认真的工作态度，千万不要做错了……"听了他的教导，细心的我对工作更加认真负责，对于干部的诉求能很快解决并及时反馈。时间久了，大家对我印象也深刻起来，称赞的也有不少。

当时在机关，我同样感受到了浓浓的战友情。新老干事大都来自各营连，平时，我们会分享彼此的经历和故事，共同面对挑战和困难。有时，我们也会在下班后到驻地附近的村里散步，欣赏乡村的美丽风光，感受那份宁静和安详。在紧张的工作之余，我也喜欢和同事下棋或看书写作。这些爱好不仅丰富了业余生活，也让我在潜移默化中得到了成长和提高。

在团机关广阔的天地里，我的心情格外舒畅，创作灵感也格外活跃。有时写一些散文诗歌之类的文学作品表达自己的感受和体验。战友们也很支持我的创作活动，夸我是搞创作的料子。当年九月份，我写了一篇散文《父子情》，后发表在《舟山日报》上，并获得"父亲的生日"主题征文一等奖。此外还利用业余时间学习了写作基础知识，并在军地报纸杂志上发表了若干篇散文、诗歌和通讯、消息等作品。这些经历使我认识到文学创作不仅能丰富自己的精神生活，而且能够增长才干、陶冶情操、提升境界、实现价值。

两年多后，我被提升到团教导队任指导员。再后来，我还当了干部股长和营教导员。回首过去，军号声仍然回响在耳边，仿佛领导还在眼前谆谆教导。那段时光仿佛就在昨天，永远铭刻在我的心中。那些领导关爱、战友情、学习业务、加班写材料和下棋看书的日子，都成了我人生中最宝贵的财富。

写于2023年4月

# 朱家尖炮兵连往事

朱家尖岛地处舟山群岛核心旅游区“普陀金三角”，那是一个充满诗意的海岛，它以其宽阔的沙滩、碧绿的海水、奇特的山峦和丰富的文化底蕴吸引着无数游客。在那里，你可以感受到大海的广阔、山的雄伟、人的淳朴，以及美食的诱惑。那里的风景不仅让我流连忘返，还经常让我梦回那年在岛上的军营生活。

我是一名服役近 19 年的转业军官，虽然离开军营快 13 年了，但是军营往事依然历历在目。在众多往事中，朱家尖炮兵连的往事最让我难以忘怀。2004 年 3 月，由于编制调整，已在海防某团教导队任指导员的我，被组织上调任朱家尖海防营 85 加农炮连指导员。我在连队任职近一年，后来调任团政治处保卫股正连职干事。那一年，连队生活、军事训练、军民关系等方面都有很多故事。那些故事常常闪现在脑海中，让我记忆犹新。记忆的闸门被思绪打开，那些人那些事不断跳跃着出现在眼前。

连队有 60 多名官兵，编两个炮兵排、一个指挥排、连部和炊事班。连队官兵来自四面八方，有河南、湖北、江西、福建、浙江、安徽等几个省的兵，大家为了一个共同的目标走到了一起。连长陈济云，浙江三门人；副连长方友滨，浙江黄岩人，我是河南南阳人。三个连职干部关系融洽，工作上相互支持配合，相互补台，相处得比较愉快。

每天清晨，连队官兵在鸟鸣声和起床哨声中醒来，打开窗户迎接新一天的阳光和海风，随后便开始了一天的训练和生活。这里的清晨是清新的、安静的、生机勃勃的。连队生活十分规律。这种规律的生活让我感到非常充实。

我喜欢基层连队那种激情燃烧的生活，有张有弛，有活力。

在连队生活中，军事训练是最重要的任务之一。训练是艰苦的，但这种艰苦并不单调枯燥。我们每天都要组织各种科目训练，每次训练结束时，大家都会累得筋疲力尽，但我们从不放弃，每个人都咬牙坚持到最后。

炮兵射击训练是连队的主要训练任务。在炮兵连，不仅要掌握火炮的操作技能，还要学会精确射击。每一次射击都是对自我能力的挑战。每年10月，都要在牛头山上组织连队射击，连队所有官兵都团结协作，力求取得好成绩，从中也感受到了军人的荣耀和责任。战术训练则要求官兵具备灵活应变的能力和团队协作的精神。在模拟战场环境中，我们学会了如何应对各种突发情况，如何与战友默契配合。这些训练不仅提高了连队的战斗能力，也让官兵更加坚定了保家卫国的信念。

在海边，连队也经常组织进行海训。在海水中搏击浪潮，感受着大海的力量和魅力。海训不仅锻炼了官兵的身体，也让官兵更加勇敢和坚强。当夜幕降临，我们在海边燃起篝火，围坐在一起谈天说地，享受着海风的轻拂和篝火的温暖。这些美好的回忆将永远留在我心中。

除了军事训练外，连队每周会派一个班去执行一两次海防巡逻任务，及时掌握海情，守护着祖国的海岸线。连队还积极组织各种文体活动和政治学习。在文体活动中，官兵参加各种球类比赛、文艺演出等，这些活动不仅让官兵放松心情，还增强了团队合作能力和集体荣誉感。在政治学习中，都能认真学习党的路线、方针、政策，不断提高自己的思想觉悟和政治素质。

连队与驻地军民关系融洽。当时，连队和小洞岙村委、朱家尖工商分局等单位是军民共建单位。官兵经常和村民一起参加各种活动，例如走上街道打扫环境卫生、为镇敬老院老人送温暖、帮扶贫困家庭等。这些活动不仅让官兵更好地了解当地的风土人情和文化背景，还与当地村民建立了深厚的感情。八一建军节来临，共建单位和村民会送来水果和饮料等慰问品。记得村民中有一个叫阿旺的杀猪师傅经常到连队帮助宰杀生猪，从不收钱，连队就留他吃一餐饭作为感谢。这些互动让官兵更加深入了解当地的生活方式和文化传统，也更加珍惜军民之间的友谊和团结。

那时，连队还养猪和种菜。每到双休日，我带头拿起工具到生产地里参加劳动，战士们更是抢着干，官兵们在地里忙得热火朝天。到了收获季节，采摘了许多蔬菜。为了改善伙食，连队每个星期加一次菜，每个月会一次餐，大家都夸连队这个决定好。炊事班班长洪明还把吃不完的长豇豆下锅煮一下，然后出锅去晒成豆角干，等到冬天掺着烧肉吃。

遇到双休日，我偶尔也会和几名官兵到南沙海滩去玩。沙滩宽阔而柔软，金黄色的沙粒在阳光下闪闪发光。海浪轻轻拍打着岸边，发出轻柔的涛声。沙滩上，孩子们在欢笑玩耍，大人们则在悠闲地漫步，享受着海边的宁静时光。在这片沙滩上，每个人都仿佛能感受到海的呼唤、心的宽广。一些海鸥或白鹭时而低飞于海面或驻足于沙滩，给那宽阔无垠的大海增添了几分灵动和诗意。海面如诗如画。清晨的海水带着淡蓝色的光晕，温柔而神秘。随着太阳升高，海水变得更加碧绿，泛着金光。这里的海水清澈见底，可以看到水里游动的小鱼。远处的山峦也是一道美丽的风景，它们形状各异，有的像骆驼，有的像狮子，有的像猴子……这些山峦与大海相映成趣，构成了一幅天然的山水画卷。

朱家尖岛的夜晚，一切都变得宁静而神秘。夜晚的海面如同深邃的黑色天鹅绒，星星点点的灯光点缀在岛上，像是一颗颗明珠镶嵌在黑色的锦缎上。海风吹过，带着夜晚的凉意和海藻的清香，让人心旷神怡。那时，我们在海边漫步，听着海浪声，感受着大自然的夜晚之美。

在朱家尖炮兵连的日子里，我学会了如何更好地当一名连队政治主官，如何更好地当一名党支部书记，如何和连长团结协作把连队全面建设带成团里的过硬连队，如何教育战士面对艰苦的训练和生活，如何与他人合作交流。最让人欣慰的是，无论是训练还是公差勤务，只要我和连长手一挥，9 名班排长就带领战士们像老虎一样冲上去，保质保量地完成任务。

朱家尖岛的海景如此迷人，炮连的往事让我如此难忘。经历都是财富，那些往事将激励着我在人生道路上不断前行。

写于2024年2月

第三辑

# 行走笔记

# 游秦始皇陵有感

八百里秦川，沃野千里，那里是中华民族的摇篮，是中华文明的主要发祥地之一。十三朝古都西安文物古迹荟萃，旅游资源极为丰富。众多名胜遗迹中，让我最难忘记的要算雄伟宏大的秦始皇陵了。

秦始皇陵位于西安临潼城东的骊山脚下，有陵墓、兵马俑博物馆和地宫三个参观点。整个陵墓园就像座古代的城市，有大门，有围墙。那楼阁式大门古典雅致、富丽堂皇、鎏金溢彩，当时我真的被深深吸引住了，心中不住地赞叹古代能工巧匠的高超技艺。

怀着敬仰的心情，我沿着阶梯慢慢走至墓顶。沐浴着金秋十月的凉风极目远眺，三秦大地可谓风光无限！陵墓三面环山，东南面是一望无垠的村庄和田野，农民在地里、果园里忙着收获。近处，游客熙熙攘攘，嬉笑声响成一片。正看得出神，被导游小姐讲的民间传说故事打断了：“生前秦始皇选择墓地时，风水先生给看好的是现在墓地后面的山上，据说是‘莲花宝座’的中心，占住了位置，帝位可以世世代代传下去。但是他后期实行残暴统治，上天为了惩罚他，就派名神仙化作术士进宫说服他改变位置，结果墓地实际上处在‘莲花宝座’的花瓣上，于是秦朝没能千秋万代，传到二世便被刘邦和项羽率领的起义军消灭。”她还告诉我们，相传陵墓的左边是一座产金矿的山，右边是一座产玉石的山，阴间的秦始皇“一手抓金，一手抓玉”，象征着他永远都是富有的，陵墓面朝东南，象征着他死后仍然看着他的疆土和子民。秦始皇堪称一代叱咤风云的人物，历史给他的评价是公正的：他席卷天下，征服群雄，统一中国，定都咸阳，确立“皇帝”尊号，反对分封，迁徙豪富，安抚西南，反映了他的雄才大略；他下令修建万里长城和阿房宫、骊山墓，前者是为抵挡外部入侵，是被后人称赞的，后者却是横征暴敛的表现。前期他勇于革新，励精图治，改革文字，统一计量，统一货币，安抚民众，发展经济；后期他居功自傲，奢欲渐胀，又峻法酷刑。他寻仙觅药，渴望长生，焚书坑儒而使他背负千古罪名。前时他重用人才和名将统一中国，后时他宠信奸臣、昏庸无道，最终导致秦朝灭亡。由此，我们不难得出一个道理：得民心者得天下！

兵马俑博物馆的一号坑是1974年当地农民挖井时发现的，后来考古人员又发现了二号坑和三号坑。兵马俑坑馆内，游人一群又一群，到处是赞叹声和照相机的咔嚓声。站在台上往坑内看，只见一队队的兵马俑阵容严整、威风凛凛，人物表情各不相同，栩栩如生，工艺精细，的确达到了炉火纯青的地步。据考证，刚出土的兵马俑是彩色的，遇到空气没多久便被氧化成灰土色。许多外国游客不时地赞叹着："My God！ OK！ OK！""China is very beautiful country！"此时，作为中国人，我是骄傲的、自豪的！蜡像馆里展示的是兵马俑的制作过程，人物形象逼真，活灵活现，如临其境，你仿佛可以感受到工匠们在辛苦劳作，挖土、拌和、取样、装入模子、烧制、修饰、上彩……转过身，你可以看到监工正用皮鞭在抽打工匠们，那皮鞭上还沾着鲜血；你还可以看到完成作品后，成批的工匠被处死……没看完，我已是义愤填膺了。历史告诉我们，人民群众才是历史的真正创造者，兵马俑无疑是当时工匠们集体智慧的结晶，但在当时的社会条件下，工匠毫无地位可言。他们创造出了物质财富和精神财富，不但没人为他们树碑立传，他们甚至还逃脱不了悲惨的命运，他们是真正的无名英雄！历史不会忘记住他们！历史的车轮是前进的，劳动者越来越受到尊重。

据科学考证，秦始皇至今仍安然无恙地长眠于宏伟豪华的地下宫殿内。而地宫内的情形只是科学家、考古学家根据探测仪探测到的情况的复原呈现。地宫的中心，秦始皇全身珠光宝气地躺在晶莹透明的水晶棺中，水晶棺放在用珍珠玛瑙铺成的疆域地图上，地宫底层灌注水银代表江河，"天空"中镶嵌着宝石象征着日月星辰。这一切不仅是秦始皇财富和权力的象征，更是当时能工巧匠智慧的结晶。陵墓内至今是干燥的，防水技术令现代专家都咋舌不已。利用现代技术还不能完好地把陵墓打开，因为有一系列问题需要解决，如地下水进入墓室如何处理，还有水银的污染如何处理等。不过，相信科学的发展终究会有一天可以让陵墓的奥秘以合适的方式展示给世人。

秦兵马俑不但是中国的，更是世界的！它不但是中国的文化遗产，更是世界文化遗产中最灿烂的部分！

2003年12月25日发表在《舟山日报》

# 走马观花逛京城

首都北京，元、明、清三朝古都，那是多少人心中的圣地！去年在电视上看过抗日战争胜利七十周年阅兵后，8 岁的儿子一直叫嚷着想去天安门看升国旗，加上 68 岁的岳父母也没去过北京，于是我和老婆决定：全家到北京旅游。大年初二晚上从舟山市朱家尖机场飞抵北京南苑机场，入住四环路上的五星级美泉宫大酒店。初三早餐后，我们前往天安门广场。

到长安街，穿过地下通道，经过十分严格的安检，我们才来到天安门广场上。大人们边走边谈笑，三个小孩兴奋得像小鹿一样活蹦乱跳。放眼看去，游人如织，热闹非凡。前面是雄伟的天安门城楼，后面矗立着高高的人民英雄纪念碑，右边是国家博物馆，左边是人民大会堂和国家大剧院。天安门城楼上左右两边各插一面国旗，前廊下挂着大红灯笼，别的建筑物上面都插满了国旗，增添了浓浓的年味。太阳出来了，暖暖地照在身上，很惬意。趁着光线好，以天安门城楼为背景，一家人合了影，大家的喜悦都溢于言表。之后，排队一个半小时，在安检后才进入国家博物馆参观。博物馆展厅众多，到导游规定的集合时间只有约一小时。为此，我全家只参观了迎丙申猴年楹联书法展、徐培晨百猴展、谢云书画艺术展、领袖·人民——馆藏现代经典美术作品展和复兴之路 5 个展厅。

手拿着小国旗登上天安门城楼极目远眺，看人山人海，感受国泰民安！接着，我们参观了世界文化遗产——故宫博物院。导游讲解说，它的设计者叫蒯祥，有鲁班再世之称，是依照中国古代星象学说，按紫微垣的格局设计，所以又称紫禁城。它被誉为世界五大宫之首，是中国古代宫廷建筑之精华，明清两代曾有20多位皇帝在此生活。故宫占地面积72万余平方米，用100万民工，共建了14年，以太和、中和、保和三大殿为中心，有大小宫殿70多座、大小院落90多座，房屋有980座，房间总数为8700余间。宫殿建筑均是木结构、黄琉璃瓦顶、青白石底座，木材全部是金丝楠木，采自川贵等地的原始森林。从数字可见当时的劳役之重，可恰恰如此，才留下了这霸气的宫殿和灿烂的文化！

保和殿附近的铜缸，有的上面有明显刮痕，问其原因，导游说，乾隆皇帝登基后，为了显示国家富有，派和珅造18口金缸，结果黄金被和珅贪污了，为交差，就造了18口铜缸刷上金水充数；八国联军入侵北京时，发现是“鎏金缸”时就刮走了缸上的金粉，这也成了和珅贪污的罪证。太和殿月台上左边陈设的日晷显得很神秘，标牌显示它是古代的计时器，是皇权的象征，又称“日规”，其原理就是利用太阳的投影方向来测定并划分时刻。这时不得不赞叹古人的智慧。更令人吃惊的是，人类使用日晷的历史非常久远，古巴比伦在几千年前就开始使用了，目前所知中国是在三千多年前的周朝。

走进坤宁宫北面的御花园，我们就如刘姥姥走进了大观园，眼前的美景让我们目不暇接，更不时为它的华丽而惊叹！御花园占地11000多平方米，有建筑20余处。以钦安殿为中心，园林建筑采用主次相辅、左右对称的格局，布局紧凑、古典富丽。里面有高耸的松柏、珍贵的花木、山石和亭阁。最别致的是殿东北的堆秀山，为太湖石叠砌而成，上筑御景亭。穿过历史的天空，你仿佛看到皇帝在嫔妃、太监的簇拥下，正高坐在御景亭里赏花观景……

下午两点，去北京天桥文化传媒驿站观看王府堂会绝技表演。我们跟着人群进了一条胡同，吃着冰糖葫芦，走马观花地看着民房门上贴的对联和门口挂着的红灯笼。民间绝技表演是真正的老北京文化，只是过去在大街上表演。一个小时的时间，品着香茶，观赏了两个民间艺人的口吞宝剑、喉顶金枪、嘴里穿针和手拍钢钉等绝技，精彩的表演引来阵阵喝彩声。看完后，导游告知还有的绝技已失传，现在杂耍已被列入非物质文化遗产进行抢救性保护了。

初四早餐后，我们乘车赴延庆游览中华民族精神象征、世界文化遗产——八达岭长城。因有老人和小孩，我们先坐了10分钟的滑车，然后手拉着手往上登。长城上人流如潮，因前天晚上下雪，城墙上有的地面结冰，我们走在上面，如履薄冰，不时有人滑倒。考虑安全问题，我们只登到六楼，没能成为八楼“好汉坡”上的“好汉”，多少有点遗憾。站在城墙上极目远望，长城巨龙般沿着山峦蜿蜒起伏，雄浑刚劲的山势尽收眼底。午饭后，我们到北京雪世界滑雪场体验“雪上飞”，在摔倒了十余次后，我终于掌握了滑雪的基本技能，两个小时后累得直流汗。晚上，前往奥林匹克公园，观看了规模宏大、气势磅礴的奥运场馆、鸟巢和水立方外景，感受了作为中国人的无上荣光！

为到天安门广场观看隆重的升旗仪式，初五早上5点便起床，在车上吃早餐。天还未亮就到了广场边上。排了近一个小时的队且经过安检，7点多才来到旗杆和人民英雄纪念碑之间，人多得摩肩接踵，据说有五六十万人，我们只能远远站着等候庄严时刻的到来。15分钟后，雄壮的国歌响起，我急忙让儿子骑在脖子上，就这样，也只能看到旗杆上的三分之一……

上午10点左右，我们来到北京前门大街逛庙会。在全聚德烤鸭店前合影，看民间艺人吹糖人，逛老北京布鞋店，欣赏京剧脸谱木框画、景泰蓝工艺品……切身感受老北京风土人情，感受中国传统文化的艺术魅力。

吃过有烤鸭的午饭后，我们前往参观北京孔庙和国子监博物馆。路上，看到了标准的北京四合院及大门上的门当、户对。北京孔庙和国子监始建于元代，合于“左庙右学”的古制，分别作为皇帝祭祀孔子的场所和中央最高学府。国子监是元、明、清三代国家最高学府和教育行政管理机构，占地约28000平方米，有三进院落，中轴线的建筑依次为集贤门、太学门、琉璃牌坊、辟雍殿、彝伦堂和敬一亭。我们先拜东边的孔庙，然后依次参观。在琉璃牌坊后面的鳌鱼浮雕前，了解了“独占鳌头”这一成语的来历；在太学门下面，了解了“鲤跃龙门”的引申意义。此外，我们还去游览了皇家园林颐和园，参观了北京大学外景并拍照留念。

初六下午乘飞机返回舟山。

本次北京之旅，天公作美，风和日丽。我们感受了老北京风情及皇家宫廷文化，我和阔别近十九年的军校同学举杯畅谈了情谊。唯一遗憾的是恭王府因政策关闭，我没能实地感受“一座恭王府，半部清代史”。

2016年3月26日发表在《舟山日报》

2017年12月1日发表在“中国散文网”

# 登山的收获

在满足物质需要后，人就会不断追求精神上的富有。在美丽的舟山群岛，不知何时，长跑、骑行、徒步、登山等各种俱乐部悄然兴起，近年来蔚然成风。四年前我加入了登山协会，便开始了快乐休闲的登山活动。每逢节假日，在“青山绿水”“海客足迹”“龙行天下”等队旗的带领下，我跟着群群“驴友”在茂密的树林里穿梭，在光秃的山脊上爬行，在高高的山顶上午餐，在清澈的水库旁小憩，在争艳的花海中拍照……

行走在山野间，拥抱着山川大地，亲吻着大自然，享受着远离闹市的幽静。阳光灿烂的春日，微风拂面，泥土的清新气息和山花的芬芳沁人心脾，你会陶醉在这如诗如画的风景中，工作压力和生活烦恼顷刻间便抛到九霄云外。当咬紧牙关、克服双腿沉重，喘着粗气一步一步爬上山顶时，回望身后走过的路，你会有一种满足的征服感，汗珠串串却欢喜满满！“驴友”们相拥欢呼，相互祝贺胜利，也会有人自嘲：“我是登山自虐狂，美汪汪，苦累并快乐着！”痛苦是欢乐的源泉，它最终化成压倒困难的力量。生活不也一样吗？只要你经受住了人生风雨和挫折，阳光、鲜花和掌声可能就属于你，人生很多时候都是先苦后甜，而且苦中求甜定甜！

登山不但健身，而且可以欣赏到四季不同的风景。春天，满山红遍、百花放香、飞鸟剪影，可以采摘清明野生早茶，听雨后春笋节节拔高的声音；夏天，万树铺荫、满山青翠、蛙声似潮，可以吃到鲜红酸甜的葛公果，看雨后彩虹高挂天际的美景；秋天，菊花斗艳、层林尽染、果实累累，可以采摘野生板栗，看雨后的枫叶黄中泛红的诗意；冬天，树叶飘零、薄雾缥缈、水落石出，嗅太阳露出柔和光芒的味道。我忘不了和“驴友”们舟山本岛南北大穿越的壮观，忘不了从定海到东港凯虹广场50公里毅行的忍耐，忘不了一人有难队友支援的团队协作精神，忘不了“华东香格里拉”——浙江仙居公盂背上的日出，忘不了“驴友”们谈笑风生的闲暇放松，更忘不了那奇异的岩石、灵动的水帘瀑、叮咚的山泉、悠悠的古镇和如血的红杉林、红土地带来怡人的动静之美……

上天没有赐予我翅膀，我只能在梦里飞。生活赐予人快乐，需要我们去追寻！赶上节假日，抛开家务和迎来送往，背上登山包带上登山杖，登山去吧！大自然赐给田野山林鸟语花香，绿水青山赐予我激情，让我在运动中欣赏美景，激扬文字，感知青春活力！于是我想到“人生要读万卷书，更要行万里路”，这是风景，也是阅历，更是财富。人都是人生路途中的风景，你看风景的同时亦成为别人眼中的风景。

人这一生，要走很多条路，有笔直坦途，也有羊肠阡陌；也要登许多座山，有美景相随，也有坎坷崎岖。无论如何，路要自己走，山要自己爬，苦要自己吃，别人可以帮助你，但最终还是靠自己。仰望星空，回望留下的脚印，我们一直在坚持中跋涉，在前进里坚守，只要你愿意走，踩过的都是路；只要你不回避不退缩，生命的掌声终会为你响起。人生风雨千万里，莫问成败重几许，与其在别人的荣光中仰望，不如亲手点亮自己的心灯，踏步前行，把握最真实的自己，更深刻地解读自己！只有真正勇敢地前行，不问春来秋去，不管严寒酷暑，坚不可摧地去面对一切，穿过芬芳的羊肠小道，攀登上人生路上的座座高山，蓦然回首，你正以胜利者的姿态成为别人眼中的风景！依心而行，无憾今生！我们不但可以选择自己，而且可以战胜自我！

登山路上有风景，一路征程一路歌。人生如登山，一路有艰辛，汗水干了有欢笑。

2016年7月29日发表在《今日定海》

《西部散文选刊》网刊2019年第175期推送

# 鸭绿江边的遐想

今年国庆节假期的第二天傍晚，我来到了鸭绿江边。彩灯和红旗把鸭绿江大桥映衬得五光十色，江这边车水马龙，人群熙熙攘攘，高楼大厦上霓虹灯闪烁。江那边是朝鲜第二大城市新义州，除了码头有点彩灯外，几乎没有什么亮光，但有听不懂的歌曲不停地大声从对面传过来。两个国家，仅一江之隔，却是天壤之别，和网上描述的情景一模一样，我内心感到震惊。那时，天空有几盏孔明灯在向对面飘去，也把我的思绪带到那个神秘的国度。

朝鲜，现在到底是什么样子？难道只能用想象拼出一组组画面……

因为神秘，所以更令人好奇和向往。鸭绿江虽是界河，但河口为双方共用。次日上午，我坐着游船从鸭绿江进入朝鲜，近距离接触了这块神秘的土地。看到几个农民在地里收掰玉米，两三个妇女在河边洗衣服，小孩在边上玩耍，旁边有朝鲜人民军战士背着枪巡逻着，听说是怕他们偷渡过去。因为没钱造不起桥，朝鲜军民到他们的太阳岛只能用小机动船摆渡，高级军官的度假别墅只有一层，每幢别墅后面都有一个大烟囱，听说是冬天烧煤球取暖时排烟用的。几个渔民划着小船在江里捕鱼，捕到的鱼要上交生产队换工分，然后用工分挣口粮。听说朝鲜人民现在还过着人民公社生活，和我们 20 世纪 70 年代末 80 年代初的生活水平差不多。

于是，我想到了忆苦思甜，想到了奋发图强，想到了邓小平同志的伟大。道路决定命运，目标指引未来，我从心灵深处感知到中国特色社会主义道路的正确性。

鸭绿江水静静地流淌着。穿过历史的天空，向世人诉说着中朝的友谊和地缘政治的重要性。在抗美援朝战争中，中国百万志愿军将士硬是打败了不可一世的以美国为首的“联合国军”，实现了“保家卫国”的战略目标。建于 1909 年的鸭绿江断桥见证了那场残酷的战争，1950 年美国飞机将半段桥身炸毁，现在只有桥墩犹存。

鸭绿江，你被一些丹东人称为“母亲河”。你见证了历史风云，见证了中朝友谊，见证了改革开放的巨大成就！你未来还将见证吉林、辽宁两省九个县市人民的幸福生活，还将见证朝鲜这个邻邦的发展。

2016年12月15日发表在《舟山日报》

2017年6月15日发表在“中国散文网”

# 悠悠古镇入梦来

阳春三月，春意盎然，暖风拂面。丙申猴年3月25日至26日，风和日丽，我跟着定海作协的文友们一起走进前童、安昌古镇的怀抱，感受它们的古色古香。

邮票上的古镇——前童地处宁波市宁海县西南，历史悠久，文化积淀深厚。虽然它没有周庄的名气，也不及乌镇的规模，但它的独特之处是没有沾染商业气味，保留了古镇那一份宁静与古朴。它还是已故油画家陈逸飞未完成的影片《理发师》的拍摄地。它留给人的总体印象是它那沧桑的历史印记，那古朴的宁静和谐，还有那环村溪水带来的灵动之美。

从一座石质牌坊下进村落，古朴的文化气息便扑面而来，你似乎能嗅到它的味道。鹅卵石铺就的街径，街巷异常狭小，青砖灰瓦的四合院、两层的木质小楼和白墙青瓦的徽派建筑不时映入眼帘，建筑物密集，出入口错综复杂，身处其中就如走进迷宫一般。据说，村落按“回”字九宫八卦式布局，所以给人以走迷宫的感觉。童姓祖先又按照八卦原理，把白溪水引进村庄，潺潺溪水挨户环流，人人可在溪水中洗菜净衣，家家连流水小桥，户户通卵石坦途。小桥流水是江南村镇的标志性风景，但这里的小桥是低矮简陋的小石桥，每一个巷（弄）便有一个出口，下面是清澈的溪水在欢快地流动。在一小石桥边，两个中年男人坐在石凳上聊天，两个女人在溪水边洗衣服，把搓好肥皂的衣服放在石板上，然后用棒槌嘭嘭地敲打着，加上附近吐翠的柳树和芬芳的桃花，构成了一幅休闲安逸、活灵活现的乡村生活美图。那是儿时的记忆，那是久违的宁静，让你三步一回头，沉醉于这迷人的乡恋中……

前童经历了760余年的发展，留下了一批明清时期完整的古建筑。青藤白墙黑瓦，石头镂花窗户，雕梁画栋门楼，苍凉中显现出昔日的繁华。走进古镇的房屋里，你随处可以看到屋檐上的木雕和窗户的石雕。童氏宗祠给人印象最深刻，它建造于明初洪武十八年，檐头四柱，两廊发阁，南设戏台，北存祀室。大厅有32根大圆柱，好比32颗象棋子，隐含全局一盘棋之意；每根柱子中间大、两头小，是典型的隋唐风格民居建筑。其他环村而筑的“偲思祠”“永言祠”“崇本祠”等数十座小祠，分别建于明天启和清顺治、乾隆、嘉庆年间，历经数百年轮廓依旧。古祠周围是黛青粉墙的道地（四合院），有“职思其居”“泽恩居”等40余个，几乎完整无损地保留了清代乾隆嘉庆年间的风貌。前童还是未开发好的古村落，走在幽深的巷子里，你甚至可以看到残破的房屋和正在修缮的院落。老街两旁都是长板门面的店铺。紧邻老街是一批至今保存完整的古建筑，梁枋门窗上满是雕饰，精巧的跃鱼马头墙和脊塑墙花具有独特的地方风格。马头墙是古代江南富户官宅威势的象征，而且具有防火挡风的功能。墙面嵌着雕花石窗，外墙上塑浮雕文字，墙尖塑着冲天而起的跃鱼和飞龙，寓含“鲤鱼跳龙门”之意。门柱上有2只活动的倒挂狮子，门墙上一对瓷盆中各饰有5只飞舞的蝙蝠，象征着五福临门。

老街店铺的房檐下挂着一排排大红灯笼，有的店铺里出售小孩子的肚兜、小衣裳，有的卖豆腐干、煎饼等小吃……在一个竹器店里，我看到一对篾匠夫妻正在劳动，男主人边抽烟边用篾刀破竹子，女主人跪在门板上编织席子（或筛子），这也许就是夫唱妇随的生活吧！民俗博物馆里，一顶斗笠、一件蓑衣、一套老柜子、一副金（银）匠的挑担、一张雕花床、一张八仙桌、一个篾丝箱等精致用品家具，让人目不暇接，回味无穷。过水面的做法，如何给孩子“渡关”、庆生等介绍，都展现了浓浓的生活气息，这也许正是人们孜孜寻求的文化根源所在吧！在鼓亭馆，我了解了前童元宵行会的情况，参观了元宵行会巡游时用的鼓亭、抬阁和秋千等，感受了别样的国家级非物质文化遗产带来的耳目一新。

都市的繁华也比不上安昌古镇的悠悠古韵！石板铺砌的三里老街，店铺林立、两廊相连，飘扬着社戏的曲调，座座造型各异的石桥下穿梭着乌篷船，河水碧绿深邃、微波不兴，仿佛陈年的老酒，荡漾着往事，弥漫着乡绪。安昌古镇始建于北宋时期，重建于明清时期，其建筑风格传承了典型的江南水乡特色，一衣带水，古朴典雅，安昌小桥有“拱、梁、亭”各式，千姿百态，素有“碧水贯街千万居，彩虹跨河十七桥”的美誉。老街依河而建，河之南为民居，河之北是商市，两岸之间古桥相连。河北岸有带着顶棚的长廊遮阳挡雨，各种传统特色的店铺作坊，翻轩骑楼错落有致。河对岸则是青石板小路，古朴旧貌的民宅，逼仄幽深的小弄。沿街各式传统老店鳞次栉比，销售的当地土特产品琳琅满目，如香肠、扯白糖等，风味独到，颇有地方特色。分散在街上的深宅大院，尤其婚俗馆、师爷馆、钱币馆等，足可使游人沉浸在浓浓的水乡风情之中。

我们在古街上待了近两个小时，走马观花地逛了个来回。兴致来了，去坐坐一人 20 元的乌篷船，在呜呜的摇橹声中，悠然自得地和多米的长街并肩，穿梭在古桥与时空间，恍然如入梦（画）境。如果有时间，还可以到小酒馆里要点茴香豆，喝几口女儿红，置身于鲁迅先生笔下的时空中……

烟雨江南、悠悠古镇可以让你放下压力，悠然地行于其间，晴空万里时，在暖阳下踱步；烟雨蒙蒙时，撑起一把油纸伞，或许与“丁香一样的姑娘”相逢。

发表在舟山市定海区文联杂志《望潮》2016年第3期
2017年12月1日发表在“中国散文网”

# 重装徒步游“蓬莱仙岛”

岱山岛水天一色、风光旖旎，自古以来就被誉为“蓬莱仙岛”。2015 年端午节，我和定海“绿水青山”户外登山群的十几个“驴友”背着重装背包，慕名去那里游玩。那是一次快乐休闲的游山玩水，虽过去一年多，仍记忆犹新。

6 月 20 日上午，我们坐船来到高亭。午饭后乘公交车来到“蓬莱十景”之一的“鹿栏晴沙”附近，然后下车背包徒步，大约 15 分钟便到了景区。那是一个天然的大型海滨浴场，海湾很宽大，沙滩很长，据说南北全长 3.6 公里，东西宽 300 米。我们放置好装备，脱下鞋子，欢呼着跑向沙滩。沙滩很平整，沙子细腻结实，脚踩上去感觉很舒服。站在海滩边，见浪潮时涌时退，沙沙的轻击回声响彻耳际。我休闲地踩着水，看着眼前的景色，远处是青山和金黄色的“定海神针”。湛蓝色的海水一波一波涌过来，四五个三四十岁的女“驴友”卷高了裤腿在水里嬉笑打闹，发出咯咯的笑声，她们兴奋得仿佛回到了无忧无虑的童年时光。

我们一起散步来到祭祀的海坛下面，石阶中间有一方形小水池，里面放置一块雕刻着“海坛铭”的大方石。沿着石阶走到海坛顶，“定海神针”迎面矗立在坛顶的中心位置，高约 20 米，在高约 5 米处对称地挂着四条栩栩如生的金龙。站在坛顶，向左边极目远眺，月牙一样的海滩向远处延伸下去，近处的海滩边上支撑起几十顶或蓝或白的大太阳伞，像一朵朵盛开的蘑菇，远处是青山、田野和村庄。海滩上热闹非凡，游人有百余人，有的三五成群在浅水处戏水，有的一家三口在玩沙子，有的在骑沙滩摩托车，有的坐在蘑菇伞下休息……回头再看祭坛，我突然回想起电视中播放过的休渔谢洋大典祭海场面：桅樯林立，渔鼓震震，渔歌悠扬，朴实的渔民怀着感恩之心，进入神圣的祭祀现场。主祭点燃祭火，恭请龙王，主祭分发舟山老酒，向龙王敬酒。随后，主祭公读祭文，伴着乐舞，告祭的渔民同时参祭敬香，用渔民特有的肢体语言真诚感谢大海、祈福龙王。最后，一些天真烂漫的孩童上台从长辈手中接过装鱼苗的鱼缸，一起宣誓保护海洋，随后缓缓走向海边放生……

离开“鹿栏晴沙”，我们背包沿着环岛公路的自行车道开始徒步，下一站目的地是燕窝山。一路上，“驴友”们相互鼓励着，也有人调侃：“你是徒步自虐狂，累汪汪！”据说，燕窝山的由来是因为整个小山的形状像燕子垒成的窝。景区位于岱山岛北端，距县城16公里，整个景区面积约2平方公里。来到山下，我们沿着小路往上爬，两边是苍翠的低矮灌木丛，叶子像被刷子刷过一样，统一背向海的方向。站在山顶放眼看去，眼前到处都是造型千奇百怪的海蚀柱（礁），因色泽和形状似真笋而被称作燕窝石笋，据说是千万年来由于海水的不断冲刷形成的。该景长约300米，宽约100米，形态各异、高低大小不一的石笋随着海浪起伏而时隐时现，组成一幅海礁美景，煞是养眼。因时间关系，我们没有到场游览向蓬望海、桐盘聆涛、桃林春晓等景点，也算是小遗憾。走过拷门海塘，我们在海塘的最北方参观了中国台风博物馆，馆内陈列了大量的实物展品和丰富翔实的历史资料及台风知识，台风博物馆二期工程引入了4D台风影像模拟技术，让游客可以随时体验“东临碣石，以观沧海”的雄伟气魄。

又走了约一小时路程，过了1965年10月修建的东沙大闸后不久，我们来到东沙古镇的外围。路两边粉红色、白色的夹竹桃花盛开得正艳，还有一片生机勃勃的向日葵托起那金黄色的脸庞向我们微笑，让人仿佛回到了儿时的故乡，陶醉在那久违的乡恋中……从小岙的民宿村翻过一个小山坡，东沙古镇便映入眼帘。踏上东沙古镇，一条条悠悠的石板小巷、一处处古色古香的四合院、一间间留着古商号印迹的街旁店铺，让你仿佛有穿越时空之感，感受到东沙昔日浓郁的渔镇风情。它留给人印象最深的是，几乎每个院子前（旁）都有鲜花盛开，如粉色的夜来香、紫色的球冠花、橘黄色的美人蕉、鲜红的凤仙花和串串红，给这个“中国最美小镇”增添了美好的生活气息。

沿街店面多为两层小木楼或砖瓦结构，两层房檐下挂着一串串的小红灯笼，给古镇增添了的喜庆氛围。我们七转八拐地逛着，下午5点30分左右在东沙国际青年旅行社门前驻足，每个窗台上都摆放着花盆，门口摆放几盆绿色植物，墙上爬着葡萄树。我们被那种诗意的装扮吸引着，久久不愿离开，大家纷纷在门口或在一辆黄包车前拍照留影。吃过晚饭，我们来到村头的海堤上搭户外帐篷，十几分钟工夫，十几顶五颜六色的帐篷一字排开撑好。我们天南地北地吹牛聊天，午夜左右，枕着海浪听着涛声渐入梦乡。

6月21日早上5点30分左右，一觉醒来，便清楚地看到了村头的“绿眉毛”大帆船模型。从一个典雅的高高的石质青瓦牌坊下走进古镇，两边的墙上是色彩鲜艳的渔民画，有渔民捕鱼、晒鱼和结婚等各种画面，让人流连忘返！吃过早饭，我们见到了门头上面写着“毛主席万岁”的公社小礼堂，参观了门口挂着“努力学习毛泽东思想”牌子的东沙菜市场、恒兴米行——中国共产党地下交通联络站和中国海洋渔业博物馆。东沙的美就在它的古色古香，在它的宁静和谐！镇上百年的古宅据说现有100多座，称得上是古镇一道特有的风景线。这些古宅，有的是四合大院，灰砖高墙之中，庭院深深；有的虽檐低院小，但建筑紧凑，不失古朴之气。这些院落中，檐下放几口大缸，引接着屋檐的天水，阶前种一排花草，点缀着古宅的生气。我们见到一户古宅的主人坐在自家门口，悠闲地吃着东沙香干，喝着茶，那种优哉游哉的生活情调让生活在城市中的我们羡慕不已，突增一种让心灵歇息的安宁感。

上午9点半左右，我们坐着汽车离开了东沙，去摩心山景区。它位于岱山岛东南部，距县城高亭镇2.2公里，全山占地约6平方公里，三面环山，一面临海，山冈绵延叠翠。在山脚下，我们沿着小石条铺成的古道往上爬，一路上看到了清澈的水库和挂满果实的桃树林。登上海拔257.1米山冈的最高点月平冈，视野便开阔起来，可以轻松看到高亭镇的全境。接下来，我们走马观花地游览了慈云极乐禅寺、玉佛宝塔、碧波亭、超果寺和崇福庙，感受了浓浓的佛教文化。

吃过午饭，我们走进“双合石壁”，它位于岱西镇双合村。据说石壁是经当地人民以五六百年间世世代代的艰辛取石开凿和大自然的鬼斧神工而形成的，至今留有石景旧迹50多处，奇石怪洞，形各有状。景区有雄伟挺拔的石峰，有形如刀削的石壁，有清晰见底的石潭。进入欧式城堡的大门，沿塘口下窥，洞深幽静，碧水挽天；沿塘上望，峭壁戴云。难怪清代有诗人曾赋诗赞曰："石壁孱颜影倒横，夕阳闪闪十分明。若教移入天台郡，霞彩何曾让赤诚。"不仅如此，景区新景还赋予了浪漫的元素，如蜜月之约、海誓山盟、天涯海角、永结同心、城堡探秘、喜获吉祥等互动性节目增添了甜蜜、和谐的旅游气氛。

我们依依不舍地离开了"蓬莱仙岛"。岱山岛就像镶嵌在东海碧波之上一颗璀璨的明珠，也像一个打开怀抱的青春美少女，正以瑰丽的风姿吸引着八方游人。

2016年11月20日发表在"中国散文网"

# 醉游泗礁

人生最幸福的事情，莫过于在休闲的时间里和家人一起出去游玩。今年暑假，老家河南南阳的姐姐一家三口来定海做客。泗礁的风景很美，我决定带他们去玩一趟。

舟山群岛的嵊泗是由一系列岛屿组成的，素有“海上仙山”的美称，是我国唯一一处国家级列岛风景名胜区，主要由泗礁、花鸟—绿华、嵊山—枸杞、洋山四大景区构成，其中泗礁景区是主景区，也是前往各景区的中转岛。

2018 年 8 月 8 日早上，我带儿子和姐姐一家人从三江码头乘坐北上的快艇，航行大约两个半小时后，就到了泗礁岛的李柱山码头。耳边海风习习，眼前碧海蓝天，美不胜收。

听说大悲山是大慈大悲的菩萨修行的地方，于是决定先去大悲山。我们沿着山路向上爬，一旁绿树成荫、鸟语花香，微风拂面，非常惬意。不多久，便到了山顶的观景台上，嵊泗的景色一览无余。在蔚蓝的天空下，碧蓝的海水微波荡漾，海天一色。一些岛屿在海中静静地伫立着，像守卫者一样守护着这片海域。阳光照在海面上，像是被点燃了一样，金光闪闪。向远处眺望，白帆点点，海鸥在海面上飞翔，一些渔船在海上穿梭着，左右两边都能看到金色的沙滩和岸边翠绿的村庄。

随后，我们来到了和尚套风景区。这里的风景也是美不胜收。沿着一条小路向前走，两旁绿树成荫，小鸟在枝头欢唱着。一路上看到很多骑行爱好者骑着自行车前来游玩，他们的脸上都洋溢着笑容。和尚套风景点是一圈沿海的栈道，好像挂在海岸边的悬崖上，非常刺激。半程的位置有一个玻璃观景台，透过透明的玻璃地板，往下能看到惊涛骇浪，胆小的孩子吓得大声尖叫。站在观景台上，可以欣赏眼前的美景，那时阳光照射在海面上，波光粼粼，而山上的绿树和蓝天白云则构成了一幅美丽的画卷。徒步看完了六井潭景点，沿途风景很美，那里有许多奇形怪状的大石头，还看到了很大的“龙椅”——东海第一石椅，另外还有许多军事洞穴和坑道，走累时可到里面休息，十分凉快。

下午4时左右，到达基湖沙滩。远处是一望无际的碧蓝大海，近处的沙滩上人声鼎沸，大家都在尽情地享受着阳光、海浪和沙滩。游客们有的在海水里游泳，有的在海边踩水嬉戏。孩子们有的在沙滩上堆城堡，有的躺在细碎如面的沙滩上，让别人把他整个身子埋在沙子里。看着这一切，我们心里直痒，急忙换上泳裤快速跑到海水里。大海真像个顽皮的孩子，波浪不停地涌来，轻柔地给你的脚丫搔痒。姐姐和外甥女在水里嬉戏，时而玩水花，时而打水仗，开心极了。儿子更是兴奋得手舞足蹈，拿着小铲和小桶挖沙子，然后堆成各种各样的形状，玩得不亦乐乎。

傍晚，我们漫步在海边小路上，欣赏着夕阳西下的美景。此时的海边已经安静下来了，偶尔可以听到海浪拍打着岸边的声音。夜幕降临，我们找了一家餐馆享用海鲜大餐。海鲜品种丰富多样，有椒盐皮皮虾、蒜蓉牡蛎、清蒸螃蟹……每一道菜都鲜美可口，令人回味无穷。我们一边品尝着美食，一边欣赏着窗外的海景，还谈论着这一天的趣事和收获，真是人生一大乐事。

这次泗礁之行，让我又一次感受到了与亲人一起游玩的温馨和快乐。一家人在一起游玩，品尝美食，享受海边的欢乐时光，这些都非常值得回忆。

第二天早上，我们依依不舍地离开了泗礁，心却永远地醉在了那里……

2018年11月2日发表在“中国散文网”

# 感受定远舰的荣光与悲壮

丙申猴年金秋十月，我来到山东威海，怀着骄傲和悲伤参半的心情参观了该市的标志性人文景观——清末北洋舰队的旗舰定远舰，感受它的荣耀与铮铮铁骨。那天阳光灿烂，水色碧蓝，按原貌复制的“定远”号纪念舰昂首静泊于港北码头，与刘公岛隔海相望，构成威海海边一道独特的风景线。

定远舰高大的舰体上黄中白下黑，舰首尾桅杆上各有一面金色大清龙旗迎风招展，仿佛向游人诉说着它昔日的辉煌。满载排水量 7670 吨，主炮为 4 门克虏伯 305 毫米后膛炮，8 座圆式燃煤锅炉，功率 6200 匹马力，航速 14.5 节，续航能力 4500 海里 /10 节，标牌上这些数字再次显示了它当年的强大。它属铁甲战列舰，在当时地位相当于今天的航母，因其吨位大、装甲厚、主炮火力猛，曾被誉为“亚洲第一巨舰”“遍地球第一等铁甲船”。为此，它曾经在新加坡至符拉迪沃斯托克的太平洋洋面上扬威数十年，作为北洋舰队旗舰出访过朝鲜、俄国和日本，也一度引起日本朝野的震撼。

登上这艘战舰，恍若跨越时空，百年往事历历在目。甲午英雄的悲壮、铁甲巨舰的雄风、黄海大战的惨烈、亚洲第一的强国梦都将在这里与你相会。它外观与历史原舰完全相同，舰上各种武器装备一一复制，齐全逼真，许多著名的历史场景也都纷纷还原再现，如临其境。它因洋务运动而诞生，浓缩了中国海军发展的一段历史，见证了仁人志士为了近代化所付出的努力，还见证了清代海军曾经达到的荣誉巅峰，更见证了当强敌入侵时，受困于腐朽政治而不能施展抱负的悲哀与无奈！

北洋水师由强大到衰弱、由衰弱到败亡，大清龙旗由飘扬到飘零。这是中国海洋上一段不能忘却的历史！定远舰在海战中表现非常出色，曾以主炮击中日本旗舰松岛号，使其弹药库起火退出战斗；尾炮的弹片击中了日本赤城舰舰长坂元八郎太头部，使其当场毙命；在受重创情况下还击毁日军前来偷袭的“第九号”鱼雷艇。它也不缺英勇奋战的将士，最终因战伤而搁浅，为免资敌，提督丁汝昌下令管带刘步蟾将它炸散于刘公岛附近。昔日的亚洲第一舰队之所以出现颓势，与成军后建设步伐逐渐变慢有很大关系。据考证，北洋舰队仅在1890年调入了巡洋舰“平远”和“福龙”号鱼雷艇，而慈禧太后为修建颐和园和筹办六十大寿挪用了大量海军建设经费，导致一大批服役期较长的舰船缺乏保养，得不到武器装备的更换。同期日本却趁机赶上并超过清军，除了更新装备外，在技术和船员训练上都持续进行了现代化改进。最终定远舰的残骸被攻占了威海卫的日军拆卸带回日本，在日本福冈有一座“定远馆”，是用该舰的遗物建成的。因此，一百多年前那场海战失败的耻辱成为中国人心中永远抹不去的灼痛！

因为定远舰在甲午海战中的不屈表现，赢得了“永不沉没的‘定远’”之称，也使我们警钟长鸣——铭记历史、强我海防、兴我海权。“知耻而后勇”，令人欣慰的是，如今我海军部队建设如火如荼，装备更新日新月异。

离开时，回首定远舰，看到龙旗猎猎，它身未动却威先行，仿佛蓄势待发，将要继续那未尽的航程，一雪当年的国耻……

2017年6月9日发表在《舟山日报》

# 徜徉在赤峰灿烂的历史文化长河中

丙申猴年金秋十月，我走进了内蒙古赤峰的怀抱。这是一片神奇的土地，因为城区东北郊的英金河畔有一座赭红色山峰，所以命名为赤峰，蒙语称“乌兰哈达”。因境内广大区域未受过工业或城市污染，故保持着醉人的原生状态。这里有迷人的蓝天白云、玉龙白沙、湿地草场、碧清的湖水，有“天苍苍野茫茫”的粗犷，还有如诗如画梦幻般的日落……但真正让人心灵震撼的还是参观赤峰博物馆时所感受到那悠久、璀璨、厚重的历史文化。

## 一、悠久灿烂的历史，文化源远流长

赤峰是中华文明重要发祥地之一。考古证明，赤峰地区从有人类活动开始，已经有一万余年的历史和八千年的文明史。八千年前，古老的兴隆洼人在这里建起了“华夏第一村”，播撒下了人类文明的火种；五千年前，红山文化在这里发祥，“中华第一龙”的出土举世震惊；四千年前，“草原第一城”在这里出现，草原青铜文化再一次令世人瞩目；一千年前，契丹族首领耶律阿保机在这里建起了雄峙万里的大辽王朝。以后这里又相继出现了蒙元文化、明清佛教与见证满蒙和亲联盟、巩固边疆的王府文化等，铸就了中华文明的辉煌。

赤峰是兴隆洼文化、赵宝沟文化、红山文化、富河文化、小河沿文化、夏家店文化以及辽文化的发源地。从夏朝开始，先后有先商、山戎、东胡、匈奴、乌桓、库莫奚、契丹、女真、蒙古等诸多古代民族在这里游牧渔猎、繁衍生息。多姿多彩的历史文化给赤峰地区留下了大量的文化古迹。目前，全市发现的各历史时期文化遗存共有6800余处，占内蒙古自治区的近一半，其中重要发现达160余处。文物保护单位共311处，其中列入国家级重点文物保护单位的有辽上京、辽中京、兴隆洼、大甸子、瓦缸窑、庆陵等7处，自治区级文物保护单位24处，赤峰也是全国考古学文化命名最多的地级市。在这些文化遗存中出土了一大批尚玉、崇龙的彩陶、青铜文物。

## 二、美丽的神话，叱咤风云的契丹族

赤峰有许多美丽的神话故事。传说红山原名叫九女山，远古时，有九个仙女犯了天规，西王母大怒，于是九仙女惊慌失措，不小心打翻了胭脂盒，洒在了山上，因而出现了九个红色的山峰。还有一个神话反映了契丹族发祥于西拉沐沦河和老哈河流域。相传在很久以前，有一位威武的天神骑白马沿土河（今老哈河）向东而行，一个俊美的仙女驾青牛车沿潢水（西拉沐沦河）而下，二人相遇于两河交汇的木叶山（今内蒙古翁牛特旗海金山）下结为夫妻，生八子，后分八部，这便是传说中的契丹族始祖。从此一个崇尚狼图腾的新民族从神话中走出，为古代历史写下了崭新篇章。

唐朝末期，契丹族在今赤峰境内崛起。从公元916年建立契丹国起，辽王朝前后经历二百零九年，共建五个京都，其中上京、中京在赤峰境内。鼎盛时期的大辽疆域万里，东临日本海，西到阿尔泰山，北至外兴安岭和贝加尔湖，南到山西北部雁门关和河北中部。辽亡前夕，耶律大石率领十万余人，西迁到中亚地区建立了疆域面积超过400万平方公里的强大王朝“西辽”，史称“黑契丹”。由于辽、西辽在中亚地区的影响，以致亚欧大陆中部国家误以为整个中国都在契丹的统治之下。《马可·波罗游记》里第一次向西方介绍东方时，就以契丹来命名中国，还因为契丹绘画、乐舞、建筑、书法、雕塑等艺术精妙绝伦，使俄罗斯及东欧（斯拉夫语系）至今称中国为Kitay，发音为“气打矣”，与契丹谐音。

## 三、红山文化究竟隐藏了多少神秘元素

红山文化是距今五六千年在燕山以北、大凌河与西辽河上游流域活动的部落集团创造的农业文化，因最早发现于赤峰市郊的红山遗址而得名。西拉沐沦河或辽河，你是中华民族的又一个母亲河吗？虽然目前学术界没有完全定性，但是有学者提出，红山文化的发现，使西拉沐沦河流域与黄河流域、长江流域可以并列成为中华文明的三大源头，把原来以夏代为开端的中华文明史向前推进了一千年。而这一千年很可能就是传说中的“三皇五帝”时代。因此，红山文化具有非常重要的历史价值。

五帝之一的黄帝最初是生活在西拉沐沦河流域吗？历史学教授雷广臻研究发现，中国古文献记载的黄帝图腾有熊、龙、龟、云、鸟等，而这些红山文化均有玉器与之对应。《史记》说：“黄帝为有熊。”班固编著的《白虎通义》也说：“黄帝有天下，号曰有熊。”黄帝为姬姓，“姬”字从女从𦣞，而商周青铜器铭文中的“𦣞”字，实际上当为熊的竖立形象，所以，“姬”字最早为熊的形象。在与赤峰山水相依、鸡犬相闻的辽宁省朝阳市建平县与凌源市交界处的牛河梁红山文化遗址考古发掘中，不但出土了泥塑的熊下颚和熊掌残体，还出土了双熊头三孔玉器。《史记》说“轩辕，黄龙体”。闻一多先生认为，上古姬通“女”又通“巳”，而“巳”即是大蛇，这种大蛇又被人们称作“龙”，被黄帝部落奉为图腾。红山文化蛇形龙玉器，从兴隆洼、查海遗址的玉玦，到翁牛特旗三星他拉遗址的玉龙，已经形成了一个系列。《国语》说“我姬氏出自天鼋”。郭沫若先生认为黄帝的图腾为天鼋，即神龟。在牛河梁遗址多次出土了神龟玉器和玉龟壳。红山文化的勾云形玉器部分造型可能与云有关。《国语》记载，黄帝之子十二姓中，有“人面鸟身者”，可能以鸟为图腾。在牛河梁红山文化遗址的墓葬中，确实出土了玉鸟。这些图腾性玉器反映了5500年前红山先祖的生产、生活、生育情况，而玉龙、玉凤则是红山最尊崇的玉器。“龙凤”就是有熊氏黄帝之前北方早期农耕文明的见证。

据史载，黄帝“迁徙往来无常处”，有专家据此认为，当时的黄帝部族还带有浓厚的北方游牧和渔猎民族的习俗。而对黄帝率领的与炎帝作战的熊、

罴、貔、貅等猛兽，一般认为是黄帝部族内以野兽为图腾的诸部落名称。黄帝战蚩尤于涿鹿之野，其地在今河北省西北部。再联系到周武王封黄帝之后于蓟，其地在今燕山南麓长城脚下，与辽西相邻。把牛河梁考古发现与古史传说相联系，于是有考古学家大胆猜测，牛河梁可能是黄帝时期文化的大本营，黄帝从辽河流域，甚至从牛河梁走向黄河流域。

假如黄帝是来自北方的红山文化。可是，灿烂的红山文化却在距今5000年左右突然消失得无影无踪，黄帝和他的部落似乎一下子就从辽西大地人间蒸发了！等到此后接续的夏家店文明出现时，中间的文化断层长达整整1000年之久！当时到底发生了什么？黄帝为何要离开生养他的故土？他去了哪里？解密版本、新异说法层出不穷，而最新的研究成果则倾向于“天灾说”。

古岩画证实天灾导致迁徙。2011年8月，考古专家吴甲才在赤峰市翁牛特旗境内发现了一幅史前岩画，这幅岩画磨刻在一块磁铁石上，包括18个造型奇特的符号，有人体符号、圆顶房屋和从天而降的携带“尾巴”的火球，还有人类迁徙的场景等。根据周边出土文物和岩画磨刻方式判断，这两幅可视可解的象形文字岩画处于红山文化晚期。据科学家研究得知，在距今5000年左右，地球北部曾被一颗天外彗星撞击。那时漫天飞舞陨石雨，陨石雨过后，地球气候剧烈波动，出现了一次长达600多年的全球降温期，学界称为“小冰期”。红山玉器专家任南先生说，在那个时代的辽河流域，也就是红山文化核心区的最高气温也就在5到10摄氏度间波动，大量生物因严寒灭绝，人类被迫南迁，已进入史前文明高峰的红山文明惨遭重创。这是否从一个侧面印证了黄帝部落南迁之“天灾说”呢？

历史上传说黄帝战炎帝、战蚩尤，地点就在河北涿郡附近。黄帝部族之所以挺进中原，引发这场战争，可能就是因为灾害迫使黄帝部族南迁，到了原不属于自己的领地。但这次南迁的最直接后果是让红山和仰韶两大文明、黄帝和炎帝两大部族会聚中原，形成我们今天的华夏民族。

红山文化被发现后的1983年秋天，在牛河梁绵延十几公里的群山上，考古人员发现了有规律分布的女神庙、祭坛和积石冢群。经过碳十四测定，女神像的确是新石器时代晚期的作品。人们终于在长城外找到了中华民族一个更老的家！

与黄帝相比，更早传说中的人物有被称为“三皇”之一的女娲，也就是中华民族的母祖。而在牛河梁红山文化遗址的众多发现中，很多居然都能与女娲的传说联系上。20 世纪 80 年代初，在牛河梁红山文化遗址一号地点女神殿中出土了一尊完整的与真人一样大的泥塑女神头像，和女神头像同时出土的还有 6 个大小不同的残体泥塑女性裸体群像。已出土的女神上臂塑件空腔内带有肢骨，因遭火焚多成灰渣，专家推测有可能是人骨。联系中亚曾有在人头骨涂泥成像的崇拜形式，牛河梁女神像有可能是以现实中的人物为依据塑造出来的。那么，牛河梁女神像是否与传说中的女娲氏有关？古籍记载中，女娲的第一大功劳就是团黄土做人。而牛河梁女神带有肢骨的塑件，与古籍记载惊人的相似。

红山女神的出现还让人想到了女娲的“采石补天”。史料记载，天崩地裂时“女娲乃炼五色石以补苍天，断龟足以立四极”。而在距离牛河梁女神庙一公里的地方，有一座人工夯筑起来的小土山，形状为圆锥形、小抹顶，考古专家将其称为中国的“金字塔”。“金字塔”顶部是炼铜遗址，有 1500 个炼红铜的坩埚，坩埚像现代人用的水桶一般大小。这个冶炼红铜的遗址与传说中女娲炼五色石情节十分吻合。对“金字塔”周围的墓葬进行挖掘的结果更令人称奇。一座积石冢的中心大墓里出土一具完整的男性骨架，头部两侧有两个大玉环，胸前佩有双龙相交的勾云形佩，头的上部有玉箍，腕部有镯，双手各握一玉龟，一雌一雄，相配成对。奇怪的是，玉龟无头无尾无足，浑然一体。这样的玉龟同样也出现在其他积石冢中，联想到古籍记载中女娲补天时“断龟足以立四极”的神话传说，人们怎能不产生与之相应的种种遐想……

上古时期没有文字记载，我们只能放飞联想的翅膀。女娲真的生活在牛河梁，并且用黄土捏人和采石补天吗？假如没有那场重大的浩劫灾难，还能有红山和仰韶两大文明的碰撞吗？还会有华夏文明之说吗？

从上古神话传说中走来，赤峰用近万年时间向世人诉说着早期农耕文明、早期青铜器文明、游牧文明、草原帝国文明……

参观完赤峰博物馆，我突然发现自己已融化在它悠久璀璨的历史文化长河里……

2017年6月15日发表在“中国散文网”

# 温州之旅

2016年5月9日上午，我乘坐大巴车去温州，经过五个小时的车程，到达永嘉县瓯北镇，入住人人国际大酒店。晚上和小伙伴们去逛街，品尝鸭舌、锅贴、炒粉干等风味小吃，看瓯江夜景。

10日上午，小雨初歇，我们到大若岩镇李大屋村的崖下库景区游览。景区内深谷长峡、重崖叠嶂，险峻雄奇、清幽隽永，可谓是一山一谷一世界，极尽了大自然造物主的恩宠，真是一首（幅）回味隽永的山水诗（画）、一个美丽的桃花源！进入景区，约8分钟后，我便被白花花欢腾而下的山涧水吸引住了。山涧上有个石拱桥，美女帅哥们争相在桥头拍照留影。由于前几天下过雨，山涧水翻滚过石块急速而下，不时撞击到大石头上，发出悦耳的哗哗声，让人耳目一新，有的人不由自主地弯腰探身伸手去感受它的清美。

再往上走，两侧是陡峭的绝壁，据说有三百余米高，中间仅露一线蓝天，中间横挂了座铁索桥，从下面看像一条带子。在左侧高七八十米的悬崖上挂着一条飞瀑，听导游介绍说叫含羞瀑。陡壁上凿出高约20米的石阶，可扶栏攀登，直上山崖左侧一缺口。再趋前四五步至观景台，陡见一巨瀑从前方扑面而来，暴风裹雨，寒气逼人，这便是含羞瀑。由于下过雨，此时的含羞瀑一点也不“含羞”，而是飞流直下，气势磅礴，上面成段，到下面飘洒开来，罩住下面整个100平方米大小的潭面，还溅湿了旁观者的衣服。四周全是陡峭石壁，人立此处，如坠深井，令人望而生畏，胆小的美女们尖叫着跑开，远远地感受它的壮观。回走到下面，再向右侧上爬，过两个亭子，便到了蜿蜒匍匐在陡壁的栈道上，站在向外突出两米多的玻璃观景台上极目远眺，瞬间有“一览众山小”的感觉。那座铁索桥凌空悬架于两边的崖上，走在上面直摇晃，令胆小者望而却步。

午饭后，我们四五个人一组，乘坐竹筏在楠溪江中体验了漂流，感受了青山两岸走的意境。此后三天，我们游览了史称“东南第一山”的世界地质公园——雁荡山，它留给人的总体印象是日景耐看、夜景销魂，一景多变、移步换形，尤其是号称“雁荡三绝”的灵峰夜景、灵岩飞渡和龙湫飞瀑更具神韵。为此，历史上有很多文人墨客慕名而来，明代徐霞客曾在此留下千古名篇《游雁荡山日记》。

11 日上午，碧空如洗，朵朵白云飘浮着，满山青翠，奇峰怪石林立，碧潭深邃，勾勒出一幅奇美的山水画……我们用约两小时看完了灵峰日景，在清光绪年间的果盒桥（石拱桥）上照相，在斗鸡峰前凝望，在合掌峰前深思，在观音洞里品尝山泉，在摩崖石刻前品读，在写生人旁看作品，在许愿潭前投币许愿……灵峰日景以层峦叠嶂、古洞石室、群峰峥嵘吸引着我们，尤其是高 113 米、宽 14 米、深 76 米的观音洞，藏在合掌峰中间，可谓是山中有洞，洞中有天、有泉，别有一番意境。当晚夜幕降临，我们去看灵峰夜景。在导游的引导下，我们思绪飞扬，看到诸峰剪出片片倩影，“雄鹰敛翅”“犀牛望月”“夫妻峰”“相思女”和“双乳峰”等一一显灵，形神兼备，令人浮想联翩、情思飞动！这些印证了当地的民谣：“牛眠灵峰静，情侣月下恋。牧童偷偷看，婆婆羞转脸。”

12 日上午，参观灵岩景区。该景区是雁荡山的明庭，是考察探索大自然塑造流纹岩形成叠嶂奇洞的典型地区。经过灵岩古刹后入安禅谷，古木参天，绝壁四合，雄壮浑庞，精致奇巧。人处其中，顿觉万虑俱息，使人心境沉静，真是心灵歇息的好地方！景区内有“老僧拜塔”、天聪洞和小龙湫等景点。小龙湫的瀑水从 70 米高的断崖上飞流而下，如长龙饮涧，涧间乱石怪异，来参观留影的游客络绎不绝。我最难忘记的是观看高空飞渡的精彩表演。据说，灵岩飞渡最早起源于农民上山采草药，后来演化，飞渡表演始于 1916 年。它是在天柱峰和展旗峰之间悬挂着一根钢索，表演人员除了横空表演外，还在 270 多米高的天柱峰顶用缆绳悬空而下表演。我们早早租好了座位等待，10:30，乐清民歌乐曲《雁荡谣》响起，在主持人的配音解说下，高空“舞台”上的表演人员突然来个“猴子捞月”，接着又来个悬空翻跟斗，表演得惊险刺激，“仙女散花”使整个表演达到了高潮，引来游客的阵阵喝彩声。

13 日上午，游览大龙湫景区。在导游的介绍下，我们先是观看感受了剪刀峰、昭君出塞、熊岩、桅杆峰、一帆峰等山峰的美姿，最后去看了大龙湫瀑布。大龙湫瀑布落差 197 米，为中国瀑布之最，有“天下第一瀑布”之誉。飞瀑腾飞直下，宛如白龙飞舞！它在空中、潭底幻化成两条龙，腾飞翻卷，仪态万千，变化无穷，上段是水，中段以下变成烟雾，实际上到底是水是烟雾真的难以区分。大龙湫的姿态着实迷人，又让人说不清楚，怪不得清代诗人江湜感叹：“欲写龙湫难着笔！”

温州一行，让心灵歇息。雁荡三绝，令人回味无穷！

发表在舟山市定海区文联杂志《望潮》2016年第4期

# 梦回金沙古蜀王国

从成都回来30多天了，我几乎夜夜梦到四只金灿灿的神鸟首尾相接，围绕着一轮红日飞翔，甚至白天只要稍一闭上眼，它们就精灵般飞翔在眼前，灵动飘逸，它们是传说中的凤凰吗？我猜是的，它们从上古飞来，从《山海经》中飞来，飞到了3000多年前的金沙古蜀王国，被古蜀人顶礼膜拜。它们反复引我重回那个神秘的古国遗址。

## 一、太阳神鸟在飞翔

庚子鼠年十月，我来到成都，慕名走进金沙遗址的怀抱。当我在博物馆主道路西侧的太阳神鸟广场前站定，眼睛便被那尊太阳神鸟雕塑深深吸引住。图案中间镂空，内层分布有十二条旋转的齿状光芒，那是中心的太阳向四周喷射出的十二道光芒，外层图案由四只神鸟首足前后相接，围绕着旋转的太阳反方向在飞翔。我在四川省博物馆展厅里瞻仰过出土的太阳神鸟原件，整个图案似一幅现代剪纸作品，线条简练流畅，极富韵律，充满强烈的动感。如果把太阳神鸟放在红色衬底上，动感更强。据考古队员推测，太阳神鸟是当时能工巧匠用金子捶打做成祭祀用的金箔，然后镶嵌在一件红色漆器上。金箔厚度只有0.02厘米，足见3000多年前古人雕刻工艺的精湛。

金箔又被称为“四鸟绕日”，生动地再现了远古人类“金乌负日”“日中星鸟”等神话传说，体现了古蜀人对太阳及神鸟的强烈崇拜。环绕太阳飞翔的四只神鸟，反映了先民们对美好生活的向往，体现了自由、美好、团结向上的寓意。十二道太阳光芒与四鸟的“十二”和“四”是中国文化经常使用的数字，诸如十二个月、十二生肖和四季、四方等，说明当时的先民们对自然规律已有了深刻认识。

日出日落、昼夜变化、四季更替，让远古人类直接感受到了太阳的强大力量。因此，太阳就成为各地先民崇拜的对象，祭“日”就成为必然，古蜀人尤为突出。以鸟为图腾的古蜀人在崇拜太阳的同时，很自然地把太阳和鸟联系在一起。在《山海经》中有“金乌负日”的神话传说，如《山海经·大荒东经》：“汤谷上有扶木，一日方至，一日方出，皆载于乌。”《山海经》中“帝俊生中容……使四鸟”，说的是太阳飞速旋转，是四只神鸟驮着在天上飞过。在中国远古神话传说中，太阳鸟就是阳鸟和凤凰，凤凰的“凰”字（即“皇”字）正像太阳鸟的形状，被赋予了美丽辉煌和崇高无上的含义。古蜀人虔诚地将黄金这一人世间唯一拥有太阳光芒的物质锤炼成“太阳神鸟”的时候，他们也许无法想到在3000多年以后的2005年8月16日，它作为中国文化遗产的标志，已经传遍中华大地。

## 二、再现古蜀国滨河祭祀盛况

2001年年初，在成都金沙遗址附近的蜀风花园大道的工地上，轰鸣的挖掘机打开了一个尘封了3000多年的地下宝藏，它惊醒了考古者，更惊呆了世人！经过长时间、大规模的考古勘探与发掘，考古人员确认这是一处面积近15000平方米的古蜀王国的专用祭祀区。整个金沙遗址出土的珍贵文物多达6000余件，包括金器200多件、铜器1600多件、玉器2300多件、石器1500多件、漆木器10多件，出土象牙总重量以吨计算，此外还有数千枚的野猪獠牙、鹿角和数万件的陶器。

在遗址馆，我近距离实地参观了几十处遗迹，感受了考古发掘的过程，更感受到了古蜀国祭祀活动的频繁和宏大气派。特别是当我把眼睛贴近站立式9DVR镜并多角度转动时，瞬间忘记呼吸，好像灵魂被抽空，躯体好像融入古蜀王国美丽富饶的画面和滨河祭祀盛况中。古蜀国金沙，植被繁茂，树木参天，鸟语花香，古人半裸着身体在劳动，有的在河上叉鱼，有的在土地上采摘果物，梅花鹿、野猪在林子里奔跑，大象在河岸上悠闲地走动。到了晚上，篝火熊熊燃烧，人群围着火堆欢歌跳舞……接着祭祀场面出现了，河岸边，一排排古人手放在头顶，虔诚地跪在地上，朝着太阳，头戴黑白怪异面具的巫师摇动着手中法器，地上摆放着成堆的象牙，以及各种石器和一些陶器、漆木器。接着，祭祀场面发生了变化，参拜人衣服好像穿得多了，巫师戴了金面具站在一棵高大的榕树下，手中的法器换成了青铜器，地上的祭品除了成堆的象牙外，有许多玉人、玉鸟、青铜立人等。最后一个场面宏大惊人，人群跪拜着，地上摆满了野猪獠牙、鹿角、美石和陶器，玉器、青铜器、金器和象牙的数量明显少了，巫师或当时的王头戴金冠，脸戴金面具，手中拿着权杖，由两个侍从跟着走上高高的亭子形的祭祀台——神社，人群欢呼，然后跪拜……据考，祭祀活动历经500多年，每次祭祀后的祭品都被埋进河岸边的土层里。

## 三、感受金沙古蜀王国灿烂的文化

在陈列馆，随着缓慢的脚步，历史的迷雾渐渐散开，古国的身姿缓缓显影，3000多年前一段辉煌的文明梦幻般地呈现在我眼前。

第一展厅“远古家园”用立体画面模拟展示了古蜀金沙人的生活：蓝天下是广袤的田野，河道弯曲伸向远方，草盛树绿、远山苍茫；河中有人撑着小舟在过河，河岸边是成群的犀牛、麝犬、亚洲象、水鹿和猪獾等，有两人用木棍抬着一头野猪往回走；不远处，有草屋柴扉，院外有只黄狗在迎客，院中一年轻女人怀抱婴儿向远处张望，一小孩站在她身后，院中有一老者在编织箩筐；河对面是一片村庄，全是草屋，好像还有集市，有人在走动……《山海经·海内经》记载：“西南黑水之间，有都广之野……爰有膏菽、膏稻、膏黍、膏稷，百谷自生，冬夏播琴。鸾鸟自歌，凤鸟自儛，灵寿实华，草木所聚。爰有百兽，相群爰处。此草也，冬夏不死。”金沙遗址出土了数以吨计的象牙和众多的野猪犬齿、鹿角、马骨等动物遗骸以及大量的乌木及植物遗存，也证明了3000多年前的成都平原呈现出一派森林密布、河渠纵横、动物繁多的景象。不难看出，在这个绿色天地之中，古蜀先民与大自然亲密拥抱、和谐相处。

第二展厅“王都剪影”展示了古蜀人居所、烧陶、冶铸、制玉和墓葬等，描摹出一幅充满生机与活力的古蜀王都生活画面。第三展厅“天地不绝”集中展示了祭祀区出土的金器、玉器、石器、象牙、卜甲等文物，重点表现金沙王国的宗教祭祀和金沙先民的精神世界。第四展厅“千载遗珍”荟萃金沙遗址最有特色的30余件精品，其中太阳神鸟金饰、金冠带、金面具、玉璋、石人、石虎等最令人瞩目。

在远古时代，人们认为万物有灵，对自然神与祖先神充满了敬畏之情，常举行各种祭祀活动，旨在与天地神灵沟通，希望得其庇佑，而金器、玉器、石器和象牙便是重要的祭祀器具。

中华玉文化源远流长，新石器时代的玉器更是神权、王权的象征。《山海经·中山经》记载：“……岷山，江水出焉……其上多金玉，其下多白珉。”金沙出土玉器2300余件，仅这里就展出400余件，说明古蜀人很早就发现了玉石并制作成器物。在第三展厅，我看到一只精美的小玉鸟和一串串绿松石珠，还有玉琮、玉璧、玉璋、玉戈、玉凿，以及玉牌形饰、玉挂饰及玉料等。让人眼前一亮的是第四展厅展示的十节玉琮，高约22厘米，翡翠绿色，据称其造型风格与良渚文化的完全一致，该玉琮雕刻极其精细，琮表面有细若发丝的微刻花纹和一人形图案，堪称一绝。难道当时它是通过长江这条自古以来的黄金水道自下而上运输至此的？或是古蜀人学会了良渚文化的玉雕技术？

展示的30多件金器包括金面具、金带、圆形金饰、蛙形金饰、喇叭形金饰等。金面具与三星堆青铜面具在造型风格上基本一致。铜器展示400余件，基本上为小型铜器，主要有铜立人像、铜瑗、铜戈、铜铃等，其中铜立人像的造型风格与三星堆的青铜立人像几乎完全一致，这说明了两者文化渊源很深。石器有石璧、石璋、石跪坐人像、石虎、石蛇等。石跪坐人像造型栩栩如生，头顶方形冠饰，两侧上翘，长辫及腰，口部涂砂，双手背后交叉做捆绑状，有可能是个战俘或奴隶。石虎造型古朴生动。象牙器40余件，有的是整根象牙极有规律地朝着一个方向摆放，有的象牙被切成饼状或圆柱状，还有的只取象牙的尖来祭祀。

“蜀道之难，难于上青天。蚕丛及鱼凫，开国何茫然！尔来四万八千岁，不与秦塞通人烟。”李白在《蜀道难》中曾经感慨谜一般的古蜀文明。是谁创造了这段神话，是谁铸就了这个奇迹？他们来自哪里，又去向何方？茫茫宇宙，星河灿烂。同是北纬30度的古希腊、古埃及、古巴比伦、古希腊、前古典时期的玛雅文明和古蜀文明有何关系？发源于两河流域的苏美尔文明——全世界最早的文明之一，当它走向衰落时，苏美尔人中的一部分人是否迁移到了华夏，来到了长江上游的古蜀国，催生了灿烂的三星堆文明？三星堆出土的凸目人面像和苏美尔人有关系吗？因为苏美尔人长相五官分明：瓜子脸，高鼻梁，大眼睛。

《华阳国志·蜀志》载蜀之先王“蚕丛，其目纵，始称王”。蜀人的天神烛龙和祖神蚕丛都是以“纵目”而闻名，蜀人的族名“蜀”又是以目大而著称。与此形成鲜明对照的正是三星堆器物坑出土的“纵目”“凸目”“大目”等各类铜像饰。另外，三星堆出土的青铜神树就是古代蜀人心目中的一棵通天神树，是十日神话传说中扶桑与若木的象征。青铜神树分为三层，树枝上共栖息着九只神鸟，大概就是古蜀人想象中太阳精魂“日中金乌”的形象，这正是三星堆文化崇日的印证。

考古界普遍认为，成都平原较早的考古文化是宝墩文化，时期为公元前2700年至前1700年，是商周时期古蜀文明的源头。金沙遗址的发现，证明了它是三星堆文化的余脉，是战国蜀文化的源头。大约在春秋中期（前600年），金沙王国已渐趋衰微，其中心位置或已转移。随着成都商业街大型船棺葬、新都马家大墓等一批战国时期墓葬的问世，人们见证了古蜀文明的再度辉煌。由此，我们不难得出这样一个发展脉络：古蜀文明从宝墩文化孕育的史前古城址群中走来，经过三星堆遗址，来到金沙遗址，再到战国船棺墓葬。公元前316年，秦灭巴蜀开明氏王族，古蜀文明从此逐渐融合在中华文化大家庭之中。

在陈列馆出口处，我看到一根长27米重达10吨的乌木——阴沉木。据介绍，它直径最大处2.1米，其死亡年代约距今6500年，生长年代近1000年。我惊叹之余闭上眼睛，感觉跨越了时空的长河，听到了神鸟的鸣唱，看到四只飘逸的神鸟正托着一轮太阳在古蜀王国的天空飞翔……

发表在舟山市定海区文联杂志《望潮》2021年第3—4期（合刊）

# 心灵的绿洲

巴山大峡谷位于四川省宣汉县境内，与张家界、神农架生态旅游区共同构成了中国西南喀斯特地貌的旅游铁三角。先秦时期，大巴山地区曾经先后有过巫、庸、巴三个极具神秘色彩的古国，并将其文化基因深深植入我们的血脉。

己亥猪年5月20日傍晚，我随团队来到它的怀抱。到了才知道，让我惊讶的不仅是巴人文明，还有“风景这边独好”的绝美风光。晚上我们住在渡口小镇风情街上的燕子酒店。没有下雨，我却想到了写《夜雨寄北》的李商隐，诗人当时的心情有对夫妻分离的惆怅，还有对现实的愤懑与绝望。而我那时的心情却是美好的。

第二天，早餐过后，我们坐车来到巴山大峡谷的核心景观区——桃溪谷。这里自然风光优美。景区内有大象洞、祈祷桥、鱼泉台等景点，幽、秀、奇、险，简直是大自然鬼斧神工之作。

首先畅游了大象洞。大象洞真的是别有洞天，是多年以来钙化沉积而成的溶洞，也是我国干溶洞中的典型。洞内上下共分为四层，有迷幻森林、彩虹步道、月光石林、时光隧道、巴文化长廊等景点。进入大象洞，好像开启了神奇的探秘之旅。各种造型的钟乳石纷纷映入眼帘，再搭配五彩缤纷的梦幻灯光，更显千奇百怪，美不胜收！有的大气磅礴，有的玲珑剔透，有的呈湖光山色，有的似动物群居，有的深不可测。走在淡紫色的时光隧道里，我心情喜悦，感觉如梦如幻，有穿越万年光阴的体验。悉数这些玲珑剔透的石笋、石柱、石幔、石花，这绝对是一场神话之旅！大象洞之美，渗透心灵！

简直是“人间仙境，地下天堂”。我写了首小诗《大象洞奇观》作为印证：“个中别是一重天，认向嶙峋识大千。决胜张公传世作，如临王母品桃筵。逍遥仙众腾云列，浩渺星河带泪悬。上古摩崖参不透，禅心似水半开莲。”

出大象洞，乘电瓶车前往桃溪谷。谷内奇峰矗立、峭岩绝壁、峡谷幽深、飞瀑流泉，景致天成的自然景观被众多学者誉为“岭脊峰丛甲天下，峡谷秘境醉人间”。在崇山峻岭的峡谷间，桃溪谷无疑是这千仞壁立中最温柔的所在。沿着鱼泉河逆流而上，大口呼吸着醉人的氧气，一步一景，在流泉飞瀑间感受一丝丝清凉，在浓荫蔽日中回味大自然赋予的那份舒爽。大家纷纷在定心石头前拍照留影。定心石是悬架鱼泉河峡谷最窄段的一块大石头，距河面 5 米左右，石头悬架形成一个简单天然的桥面，距鱼泉洞 400 米左右。白花花的鱼泉飞瀑欢唱着滚滚而下，一条大大的野生娃娃鱼在水中畅游。在这清幽之地一路前行，藤蔓谷、阳鱼桥、鱼泉洞、小石潭、画架沟……眼随景动，景由水移。在桃溪谷停留的时间越久，所探寻到的美景便会越多。站在幽幽吊桥上，看着谷内茂盛的植被，脚下是漫流的溪水，让人产生无限的遐想。

因时间关系，我们只在桃溪谷游玩了半天，下午转场去成都。坐在汽车上离开时，远远地，我仿佛听到远处传来隆隆的枪炮声，看到红四方面军将士正在和四川军阀部队恶战；看到李自成、张献忠率领部队在此处和官军周旋角逐；看到了秦末汉初樊哙在将军坪屯兵驻扎；看到巴人在山中攀爬、攀缘，快得就像是长着翅膀的鸟儿；看到了庸人的悬棺葬；还看到了上古“巫山人”在虔诚地祭日……

2021年1月9日发表在《舟山日报》

# 走进嵊州

癸卯年清明节过后的第一个星期六，我们定海作协一行30余人来到绍兴市嵊州采风。

走进崇仁古镇，我便被它的宁静与庄重典雅所吸引。这是一个美丽幽静的古镇，商业开发的气息没有乌镇、周庄这类古镇开发得彻底，所以保留着一份独有的宁静。据史料记载，崇仁镇始建于唐代，兴起于宋庆历年间，繁荣于明清，至今已有1300多年历史。它像一位安详的老人，以沧桑的建筑群面貌和厚重的历史文化向人们诉说着悠悠往事。

从崇仁六村一下车，一眼看去是气势雄伟的斑驳高墙、别致的屋檐和由砖雕装饰的马头墙，显得典雅而庄重。更让我惊叹的是一个个镶嵌在墙上的石雕窗户，图案镂空而复杂，中间是两个对望地抱着财宝的貔貅，或是三个对望说笑的人物，形象活泼、栩栩如生。整个古镇有宋朝遗风，基本保持明清风貌，砖雕、木雕、石雕三雕艺术精美绝伦，赏心悦目。古街小巷弯曲多变，身处其中如入迷宫。古井悠悠，传说典故更是引人入胜。

“乡村文明是中华民族文明史的主体，村庄是这种文明的载体，耕读文明是我们的软实力。”上千年历史的传统村落是传承中华优秀传统文化的有形载体，在一代代村民的日常生活中承载起华夏文明生生不息的基因密码，薪火相传、代代守护。崇仁六村正是由大家族尤其是裘氏家族通过公祠、家风家训传承着传统文化，保留乡村风貌，让一代代人记得住乡愁。

踏着卵石铺就的小路，我们来到了玉山公祠。我国现有的公祠很多，如苏公祠、张公祠、韩公祠等，都是为祭祀某个名人而修建的。玉山公祠是主祭崇仁裘氏十九世祖玉山公，他字佩锡，号玉山，附贡生，敕赠儒林郎，生于康熙三十九年（1700），卒于乾隆五十三年（1788），享年89岁。他置田千顷，但提倡勤俭治家，体恤民情，具同情心。遇大旱灾，他赈米煮粥，解救难民，对死而无钱安葬的人，他赠棺木资助；年逾八十，还拄杖谈论诗文。他是仁义的传承者！崇仁裘氏从东晋到北宋，世耕桑，守以仁义，600余年，人不异居，家不分炊，循规蹈矩。因此，北宋真宗赵恒大中祥符四年（1011），被敕封为义门。义门义风呈异彩，照壁上方高高悬挂着宋真宗当时的圣旨便是最好的印证。整座公祠建于清乾隆五十六年（1791），多雕梁画栋，照壁上方有41组砖雕，人物、花卉图精美绝伦，特别是古戏台四个台桩上方的牛腿，神仙、花鸟图案雕刻得栩栩如生，看得我们赞叹不已。戏台采用单檐歇山顶，藻井以16组斗拱分八层收缩至顶，导游介绍说这不但美观，而且有“扬声器”的作用。注目观看，发现戏台顶部站着砖雕的哼哈二将，最上面是两条飘逸的砖雕龙，龙须龙尾相对，活灵活现。

杜甫曾说：“剡溪蕴秀异，欲罢不能忘。”我在心里默诵着李白的诗：“湖月照我影，送我至剡溪。”“竹色溪下绿，荷花镜里香。”我们来到越剧小镇施家岙。站在摇摇晃晃的吊桥上，清澈的剡溪水在脚下缓缓流过，远看溪水逶迤，蓝天白云、青山夹岸，虽没有时间去观赏“九曲胜景”，但彼时也感觉心旷神怡。非遗馆里，陈列着精美的竹编、漆器、木雕、根雕，站在作品“竹根上的涅槃”前面沉思，眼里都是惊叹，这是一个雕刻在大竹根上的和尚，真人般大小，一手拄杖，一手呈作揖状，胸部是中空的，面部表情安详，显得非常空灵。戏迷馆里，我认真观看了墙上的一幅幅图板，有的是介绍越剧的起源、发展以及代表人物；有的记述唐玄宗李隆基是个文艺全才，被尊称为戏神——梨园神；有的介绍了越剧的创始人之一——马潮水15岁开始“唱书”，后来创办越剧史上的第一个男科班；还有的介绍裘光贤在镇西戒德寺创办女子科班“高升舞台”，“越剧皇后”筱丹桂和“金嗓子”傅全香均出自其门下。以前偶听越剧，只感觉调子好听，但未能完全听懂方言，所以我以前对它兴趣不大。为了体验越剧艺术的美，我还是和大家一起走进了古戏楼，一楼的贵宾座早已卖完，只能到二楼看。15分钟时间，看了三个片段，艺人在下面舞台中央咿呀咿呀地唱，幸好旁边的柱子上有字幕，否则又是听得云里雾里。最后演唱的是《梁山伯与祝英台》中的“十八相送”，一边看台词，一边欣赏演唱。听着听着，好像突然有一汪清泉注入心灵，又如坐云端小酌一杯美酒，不禁摇头低声哼唱起来。

第二天，我们参观了坐落在金庭山脚下的王羲之故居和附近的华堂古村。游览完金庭观、书圣殿、右军祠、书法园林等景点，最后穿过一个低矮的石质牌坊，拾级而上至山麓，拜谒了他的陵墓。看到陵墓旁边有两间破旧的房屋，顿感惊奇，导游介绍说那是以前守墓人居住的。东晋永和十一年（355），52 岁的王羲之不满官场倾轧，弃官归隐金庭，纵情于山水之间，这和陶渊明“采菊东篱下，悠然见南山”的洒脱是多么相似！我们不但要学习他“临池学书，水为之墨”的勤奋，还要学习他不满社会恶疾的傲骨！

一排白墙青瓦马头墙映入眼帘，清澈的溪水倒映着徽派房屋及路边的柳树，走过一座小桥，便到了华堂古村。村口正面是一个高高的石质牌坊，上面雕刻着“书圣”二字。在“进士院”里了解其来历，在王氏宗祠里认真观看，在楼前驻足静思……在一处民居的院里，一位老翁在现场书写，身后的墙上挂着“贤以弘德”“宁静致远”“观海听涛”“墨池鹅沼”等作品，字体飘逸、苍劲。经询问，才知作者是王羲之五十四世裔孙伯江，已 90 岁了。惊叹之余，请老先生赐书法两幅以留存。

让心灵歇息，常梦寐以求。在嵊州采风，暂时放下生活和工作的压力，沐浴着春风，满眼美景，感受着人文，如同徜徉在厚重的历史文化长河里。

发表在舟山市定海区文联杂志《望潮》2023年第1—2期

# 文儒坊里见底蕴

福州，这个令多少人为之倾倒的城市，一座山川秀美、人文景观璀璨之城，位于东海之滨，常年被海洋的蓝色温柔环抱。2023 年 5 月上旬，我来到福州，走进这座美丽的海滨城市，随处可见一种诗意在绽放。一条百年古街，历史的年轮烙印其上，处处蕴藏着文化的底蕴，勾勒出老城一角的华章——这就是福州城内的文儒坊。

当历史的风尘早已散尽，唯一不朽的就是那一份浓浓的文化底蕴。那种蕴藏着智慧与信仰的气息依旧散发着光芒。正如福州古城的象征三坊七巷一样，经历了风风雨雨、时代变迁，仍旧以其特有的方式静静地守望着历史与未来的交替。而这一切的一切都离不开那些文化人，如清朝进士陈承裘和他的子孙所代表的“六子科甲”，还有林则徐、沈葆桢、郑振铎和陈衍等名人。六子科甲是文儒坊里的一个地名，这里曾是明清时期福州府的科举考场，出现过六位进士和众多举人，这些科甲进士在历史上留下了许多佳话和事迹。六子科甲的历史底蕴和文化内涵不仅体现了福州城的文化传承和人文精神，也反映了福州城的教育水平和文化底蕴。他们犹如历史长河中的一盏盏明灯，照亮了文人和城市前进的道路。他们将古典文化传承下去，使福州这座历史文化名城愈发充满底蕴与活力。

走在文儒坊的街头巷尾，历史的痕迹无处不在。那些古色古香的建筑、古朴的街巷、古老的树木，都仿佛在诉说着一段段古老的故事。而那些古老的建筑更是见证了福州的历史变迁。它们见证了福州从古至今的繁荣与沧桑，也见证了福州文化的传承与发展。文儒坊内有许多古建筑，这些建筑见证了福州古城的历史变迁。其中最为著名的是文儒坊23号古建筑，这是一座保存完好的明清古建筑，具有很高的历史和文化价值。这座建筑的主人曾经是福州城的一位名士，他的故居也成了福州古城的文化遗产之一。位于文儒坊13号的林则徐故居，更是爱国主义和禁烟英雄不屈灵魂的象征。此外，文儒坊内还有许多其他的古建筑，如古井等，这些建筑都成了福州古城的文化底蕴。

漫步在文儒坊中，仿佛穿越了时空隧道，来到了一个充满诗意的地方。这里的每一块石头、每一片树叶、每一座建筑都散发着古老的气息。那些建筑仿佛凝固了时间，成了历史的见证者。在这里，你会不自觉地放慢脚步，聆听那些岁月的故事，感受那些历史的沉淀。

在这里，你还能感受到一种文化气息的熏陶。文儒坊是一个文化气息浓郁的地方，这里的居民大都热爱文化，喜欢读书、写字、画画。他们用自己的方式传承着福州的文化，也用自己的方式守护着这座城市的底蕴，如这里每年都会举行盛大的舞龙舞狮表演，此外，还有庙会习俗。在这里，你可以感受到那种对文化的热爱与执着，那种对历史的敬畏与尊重。

福州的文化底蕴不仅仅体现在建筑和人文上，更体现在精神层面上。这里的居民用自己的方式诠释着福州的文化内涵。他们将福州的文化传承下去，也用自己的方式影响着这座城市的发展。

文儒坊里见底蕴，这是福州这座城市的魅力所在。这里不仅有历史的痕迹、文化的气息，还有坚韧不拔、自强不息的精神。正是这些因素共同构成了福州这座城市的底蕴，使得这座城市愈发充满了活力与魅力。

漫步在文儒坊中，你会发现这里的一草一木、一砖一瓦都散发着诗意与浪漫的气息。那些古老的建筑、那些沧桑的街巷、那些朴素的居民，都在向你诉说着一段段古老的故事。在这里，你可以感受到历史的厚重、文化的魅力、精神的传承。而这些都将成为你人生中宝贵的财富。

让我们一起走进文儒坊，感受那份历史的沉淀、文化的气息、精神的传承吧！在这里，你会找到属于自己的一份宁静与感动，也会找到一份对生活的热爱与执着。

写于2023年6月

# 瞻仰张衡博物馆

2015 年 8 月初，我带妻儿回到河南南阳老家探望父母。南阳是一个历史悠久的地方，有着厚重的文化底蕴，这里有卧龙岗武侯祠、汉画馆、医圣祠、南阳府衙等名胜古迹。那些历史的痕迹，那些文化的沉淀，都深深吸引着我。张衡是南阳“五圣”之一，是我国东汉时期伟大的科学家、天文学家、发明家和文学家。作为南阳人，我常常引以为豪，心中也常怀景仰之情。因此，我决定带妻儿一同前往张衡博物馆，一同感受这份厚重的历史，体验一次历史与现代的碰撞。

从蒲山镇大马营村驱车约 20 分钟就到了石桥镇，这个小镇在南阳的北部，历史悠久、人杰地灵。张衡博物馆就坐落在这里，它是南阳目前最大的自然科学类博物馆。博物馆景区占地面积 16000 平方米，由张衡墓园和博物馆两大部分组成。博物馆部分主要有综合展厅、模拟地震馆、古天文馆、碑刻长廊等。

博物馆外墙以灰白色为主，与周围的古朴建筑相映成趣。山门前面有一对高大雄伟的汉阙，为砖石结构，上覆重檐屋顶，阙身饰有朱雀图形，威严而庄重，仿佛在诉说着千年的历史。一进入山门，我们就被那浓厚的科学气息所包围，仿佛穿越到了张衡生活的时代。馆内绿树成荫，芳草如茵，鲜花盛开，鸟语花香，空气清新宜人。我牵着 6 岁儿子的小手，他眼中闪烁着对眼前事物的好奇。我告诉他，现在脚下的大道叫神道，神道左右两边地上安设的八尊石兽石人叫石像生，石像生后面东西两边均为 30 多米长的回廊。妻子听了也是一脸的佩服。

神道的尽头，正中央矗立着张衡的雕塑，我站在雕塑前深深鞠了一躬。沿神道拾级而上，便是气势巍峨的享堂，也叫拜殿，里面有张衡生平成就的介绍，详细介绍了张衡的奋斗历程和伟大业绩。展览图文并茂，引人入胜，指南车、记里鼓车仿真模型分布其中。进殿，首先映入眼帘的是张衡的塑像。他头戴文士巾，身着长袍，手捧书卷，端坐在椅子上聚精会神地思考着。妻子和儿子站在塑像前合影留念。张衡博学多才、全面发展，他发明了能测定地震方位的地动仪，改进了当时计时的工具，还发明了浑天仪、候风仪、指南车、独飞木雕（在木质的雕鸟内部装置机关，使之能独立飞翔数里）、记里鼓车等许多对人类社会进步有巨大贡献的仪器。张衡是世界科学文化史上的一座巍巍丰碑，他被后人尊称为“科圣”。为了纪念这位科学泰斗，联合国曾将月球上的一座环形山命名为“张衡山”；1977 年，把太阳系中一颗编号为 1802 的小行星命名为“张衡星”；2003 年，又把编号为 9092 的小行星命名为“南阳星”。张衡名字上了太空，和天地共存，与日月同辉。

拜殿前为大理石铺砌的宽阔平坦的月台，凭栏眺望，蒲峰远峙，白河如带，古塔巍然耸立，村舍农田相间，近处楼亭各抱其势，奇树异草争荣斗妍，宛如一幅优美的彩墨长卷，让人心旷神怡、流连忘返。拜殿东西两侧为通高 7 米的砖混结构的浑天仪、地动仪大型雕塑，向人们展示着这位科学巨匠的伟大发明。拜殿近处左侧安放着铜质的赤道经纬仪，右侧安放着铜质的机衡抚辰仪。

绕过拜殿，穿过青砖拱门便是历经风雨沧桑，掩埋这位伟人 1800 多年的墓冢。墓冢为半圆形，高 8 米，周长 79 米，辟有环形甬道，供游人瞻仰游览，外有八角青砖花墙围之，墓前有明嘉靖四十三年（1564）墓碑一通，四周松柏簇拥，庄严肃穆。墓前有两座碑楼，墓东为碑林，竖立郭沫若题词碑、严济慈题词碑等碑刻三十余通。拱门前左右两边各立一尊石狮，门两边镶嵌一副对联：“苍松翠柏留公魂，明月清风吊古墓。”墓北 200 米处，是张平子读书台遗址，相传为张衡少年时期发奋读书的地方。我上高中时的南阳县第四高中校址就在附近，那时经常和同学一起到张衡墓瞻仰，到张平子读书台附近散步。

模拟地震馆内，地上镶嵌着地动仪的模型。地动仪是用青铜铸成的，直径 2 米多，外形像一个酒坛子。地动仪有 8 个方位，分别是东、南、西、北、东南、西南、东北、西北，每个方位上铸着8条龙，龙嘴中含着一颗珠子。龙口下面各站着一只大蟾蜍，张着嘴。据记载，哪个方向一旦发生地震，那个方向的龙口就会吐出小铜丸并落到蟾蜍嘴里，据此确定发生地震的方向。这个科学发明比欧洲同类仪器早1700多年。

第三展厅展示的是张衡的一些书法作品和部分文学作品。在文学上，他是汉赋四大家之一，写作了诗、赋、铭等30多篇，在我国文学史上占有独特的位置。在艺术方面，他是东汉时期著名的六大画家之一。展厅墙壁上镶嵌着他的一些书法集字作品："天生我材必有用""山不在高""海不在深"……字迹苍劲有力，笔力遒劲。《南都赋》《东京赋》《西京赋》等文学作品，全文以金底金字镶嵌在墙壁上，金光闪闪。

最后，来到历史文化展厅。这里展示了南阳地区丰富的历史文化，从古至今，南阳人民创造了无数的奇迹。我们看到了南阳的古建筑模型，了解了南阳的历史变迁，感受到了南阳人民的勤劳和智慧。妻子的眼中闪烁着对家乡的热爱，儿子则被这些充满历史的故事深深地吸引着。

看着儿子兴奋的脸庞和妻子满足的微笑，我深深感到，这次旅行不仅仅是一次简单的参观，更是一次心灵的洗礼。我庆幸能有这样一个机会，和家人一起走进历史，带着对家乡历史文化的敬仰和热爱感受文化的魅力。

我们带着满满的回忆和期待结束了这次张衡博物馆之旅。我知道，未来的日子里，我们会再回来，再次感受这里的历史和文化，因为这里是我们的根。

2016年12月16日发表在"中国散文网"

# 平潭岛之旅

早就在网上得知福建平潭岛很美，是祖国第五大岛，于是就盼望着能早日去一睹它的风采。2023 年 5 月上旬，我终于开启平潭岛之旅，了却了心愿。

那天早上，我们一行 30 余人从福州驱车前往平潭岛。一路上，我们欣赏着沿途的美景。放眼望去，碧蓝的海水与天空融为一体，偶尔还能看到几只海鸥在海面上翩翩起舞。经过一个多小时的车程，终于抵达了平潭岛。

一踏上这座岛屿，我立刻被海风吹拂着，仿佛是海风在欢迎我这位远道而来的客人。海风中夹杂着大海的味道，咸咸的，却又带着一丝丝的清新。我被这股味道深深吸引，仿佛能在这股味道中找到大海的秘密。天空湛蓝湛蓝的，没有一丝杂质，阳光明媚而不刺眼。海岛上重峦叠嶂，绿色的植被覆盖着每一寸土地，宛如一幅天然的水墨画。

首先，我们来到“坛南湾”。这里是“等风来”的绝佳去处，却更宜“返风去”。平潭的风大得有些离谱，但正是这股神奇的力量造就了坛南湾的天然艺术壁画——巨大的风蚀海蚀崖和风蚀柱地貌景观。海边的岩石仿佛被一把巨大的刻刀随意地切割成各种形状，似人物、似山丘、似蘑菇、似蟾蜍等各种景观，形态各异、惟妙惟肖。大海令人陶醉，风则充满神秘。在平潭，与风有关的神话和风俗非常有趣。当地流传着这样一种说法：当渔民出海后，如果第二天还没有归来，家人就会在家附近的大石头上等待，盼望他平安返航。如果石头上已经有了渔民的足迹，那就说明渔船遭遇了风浪，渔民平安无事；如果石头上没有足迹，那就说明渔船遭遇了台风，渔民生死未卜。坛南湾的海滩上就有一块大石头，当地人称之为“仙人脚迹”，据说就是风神留下的足迹。而当地渔民出海前，都会到当地的妈祖庙祈福，祈求平安归来。

平潭所在海峡，与百慕大、好望角并称“世界三大风口”，因此，这里有最美风车田。从沙滩边沿往上望去，有一座巨大的风力发电机的叶片正在缓缓地转动着，就像一条条船儿乘着风在海面上跳跃着。站在风力发电机下，看着巨大的叶片转动着，脚下传来阵阵嗡鸣声，这声音像一首美妙的乐曲。它仿佛让我感受到了风的韵律和海的呼吸交织在一起。再往远看，一片白茫茫的风力发电机田映入眼帘。一架架白色的风力发电机与天空相接，蔚为壮观。叶片旋转的声音、海浪拍打着礁石的声音以及远处游客的嬉闹声，交织成一首动听的歌曲荡漾在海的上空，是那么优美。

接着，我们来到了位于平潭岛南部的北港村，它背靠青山，面临大海。这里的石头会唱歌，因为这里的石头经过海水的冲刷和风化，变得色彩斑斓，形状各异。游客们可以在这里欣赏到各种奇特的石头景观，感受大自然的鬼斧神工。这里的建筑风格独特，具有浓郁的闽南特色，石头厝是这里的典型代表。石头厝是用当地的特有石头砌成，历经风雨侵蚀，依然坚固耐用。这些古老的建筑与周围的自然环境相得益彰，形成了一幅美丽的乡村画卷。漫步在北港村的街头巷尾，你会被这里的风景所吸引。阳光洒在海面上，波光粼粼，与远处的青山相映成趣。村庄周围的山坡上野花盛开，蜂蝶纷飞，为这个古老的小村庄增添了几分生机。你还可以体验传统的乡村生活，品尝居民亲手制作的特色美食，感受这里的乡土气息。

最后，我们来到了平潭岛东北部的68海里处。这里距离台湾新竹南寮渔港直线距离仅68海里。在这里，我们可以感受到两岸同胞的血脉相连和共同的文化背景。我想到网上流行的一首歌曲：“2035年，坐上动车到台湾……”如果能实现，那该是海峡两岸的一大幸事。海面上波涛汹涌，海浪拍打着岸边的礁石，形成了一幅壮观的景象。我们一路走着，可以看到许多湖蓝色石头垒成塔形，漂亮极了，非常养眼。许多游客争相在68航标塔旁边和68海里的“相框”处拍照留影，一群还未走，另一拨已到了。

在平潭岛上，除了美丽的自然风光和独特的文化景观外，海鲜也是不容错过的美食。这里的海鲜新鲜美味，种类繁多。当地的餐馆提供各种美味的海鲜菜品，如清蒸鱼、红烧虾、炒花甲等。在这里品尝美食的同时，还可以欣赏到海滨的美景，真是一种享受。

我们在这里欣赏了独特的自然景观和人文景观，品尝了丰富的海鲜，更是感受到大自然的鬼斧神工和两岸同胞的血脉相连。

我们依依不舍地离开了这个美丽的地方。平潭岛之旅真是一次难忘的旅程，这里的美景和独特的文化将永远留在我的心中。

写于2023年6月

# 湄洲岛上拜妈祖

福建沿海，妈祖的信仰习俗流传已久，世代相传，形成了独特的妈祖文化。湄洲岛正是妈祖的故乡，因此，对我们这些慕名而来的人来说，一睹湄洲岛的风采，感受妈祖文化信仰，也是人生一大快事。

此次旅行，我们一行人从福州市出发，驱车前往湄洲岛。汽车行驶在公路上，透过车窗往外看，路的一旁散布着星星点点的民居，远处是绵延的山峦，山峦上长满了郁郁葱葱的树木。

一到码头，我们就看到一艘大船停在那里。这艘船将带我们前往湄洲岛的妈祖庙。这艘大船的名字叫“天妃 12 号”，登上船，在大海上航行不久，就到了湄洲岛的东海岸。

上岸后，经过一个大牌坊，往山上走，我们在妈祖升天处瞻仰了古迹。在祖庙山巅，看到了高 14.35 米的妈祖雕像，它由 365 块花岗岩雕成，雕像头戴冕旒、身着霞帔、脚踏波涛、手抱如意，面向台湾海峡，翘首企盼，享有“海上和平女神”之誉。我恭恭敬敬地仰望着妈祖雕像，只见它面带笑容，和蔼可亲地望着远方。千百年来，妈祖温暖了亿万航海者的心灵。那时，我默默地祈祷着一路平安，满载而归。

湄洲岛妈祖庙俗称“天后宫”，妈祖庙依山傍海而建，规模很大，气势雄伟，据说始建于北宋，历代重修，现存的建筑大部分是清代康熙年间重建的。来到妈祖庙大门前，看到两座小山对峙在门前形成天然的门阙。站在门前看去，感到这里的风景确实优美。妈祖庙的山门有一个巨大的照壁，照壁上方嵌着“云霄境远”四个金色大字。进入山门就来到龙虎殿，殿内左右两旁塑着八尊神态各异的将士像，左右各为四尊，这就是传说中的“龙虎将军”。再往里走就来到正殿，正殿中央供奉着妈祖金身神像，神像的眼神里充满了慈爱和智慧，让人感到一种无形的安慰和庇护。神像前的供桌上，香烛火苗在轻轻摇曳着，香烟缭绕。此时游人如织、络绎不绝。我也随着人流来到神像前烧香拜祭。那些燃烧的香烛仿佛是祈祷者心中的希望之火，而香案上的香烟仿佛是祈祷者心中对神灵的虔诚信仰的体现。

站在妈祖娘娘的神像前，我不禁陷入了沉思。我想起了那些在海上漂泊的人，想起了那些在风浪中前行的人，想起了那些在生死边缘挣扎的人。我想起了他们对平安和希望的渴望，感受到了他们对妈祖娘娘的敬仰之情。在这个神秘而神圣的地方，我感受到了人类对生命的敬畏和对未来的渴望，也感受到了人类对神灵的信仰和对信仰的坚持。我相信，这种信仰和坚持将会一直传承下去，并不断地影响着人类的精神世界和文化传承。

在天后宫里，我看到了传说中的“龙凤金冠”“如意凤冠”等文物，看到了传说中的“神鞭”“神照镜”，看到了“妈祖出巡”的宏大场景再现。我被这千年的民间信仰文化深深震撼，不禁感叹：“天后宫里人纷纷，流连忘返何时返。”

接着我们来到了天妃宫前的广场上。广场正中是一座高大的石雕喷水池，雕像由一尊妈祖女神像和两头大水狮组成。池中的喷泉正在喷水，无数的水珠在太阳光下闪现出五彩缤纷的光环，美丽极了！在喷水池的两侧各有一只大石狮守护着。它们都披着长长的流水般的波纹花布，形象生动逼真。再往广场两边看去，各有一排华表矗立在那里，象征着国家统一、国泰民安、政通人和。

最后我们来到了九宝殿。殿内供奉着妈祖出生时所献的九件宝贝塑像：如意、仙桃、瓶桃、拂尘、龙泉古剑、佛珠等。殿内香火鼎盛，香客络绎不绝。看完祖庙，我们沿着山路往上爬，来到了山上的一处小亭子里。这里可以俯瞰整个湄洲岛和大海。站在亭子里向远处看去，大海一望无际，海面上有很多船只在行驶，远处有很多高矮不一的山峦和郁郁葱葱的树木，人们来往匆匆。

这次湄洲岛之行，让我感受到了妈祖文化之魅力，也感受到了这里的蓝天碧海。妈祖给航海者以力量和信心，给旅行者以安宁和祝福，给世人以愿望和向往！祝愿天下人都能平安幸福。

写于2023年6月

# 泉州城里觅古韵

泉州，我以前对它的认知几乎都是来自书本、网络和影视剧。那是一个古城，是我用向往编织梦想的地方。我梦想有一天，我能来到这个地方，一探它古老的韵味。

去年5月初，我第一次走进泉州，当时就有种奇妙的感觉，似乎已经踏入一座庞大的历史文化宝库。街头巷尾间弥漫着古老的韵味，沿街摆满各式各样的艺术品，让我如醉如痴。这是一座古老的城市，流传着古老的故事，在时间的长河中流淌不息。

在泉州，你可以看到保存完好的古民居，那些红砖古厝是闽南特有的建筑，一座座纵横交错，连绵成片。古民居与周围的古木交相辉映，显得庄重而典雅。在古民居群中，你可以看到红漆的木门上贴着一副副寓意深刻的对联，那对联的字里行间无不透露出主人的文化底蕴。这些古民居大都为三进或四进庭院结构，中轴线两边左右对称，分设主厅、客房和用人房等。主厅是家庙或祭祖的地方，也是主人待客的地方。厅堂两侧有天井采光，也有排水用的水槽。厅堂正中设神龛，神龛上供奉着祖先的牌位。在这样的地方，你似乎可以找到一种源远流长的文化气息。

站在崇福寺门前，一股浓郁的文化气息扑面而来。那幢古老的寺庙似乎成了历史长河中的一叶小舟，载着古人的故事和今人的遐想，驶向岁月的深处。在开元寺里漫步，我被那精湛的建筑工艺所折服。寺中的古塔、石狮、石经幢，以及那殿宇楼阁的布局和雕刻，无不展现出古人的智慧和才能。古寺的石板路上刻着古老的传说，它们被岁月打磨得光滑而温润，似乎在诉说着一段段古老的故事。

漫步在东西塔下，我想起了古人留下的诗句：“风吹塔铃语，月照塔心香。”那一刻，我仿佛感受到了古人留下的诗意，也感受到了古人的情怀。我想起了古人留下的历史遗迹和民间传说，它们像一颗颗璀璨的明珠，镶嵌在古城的土地上，闪烁着耀眼的光芒。

如果说古老的建筑和庙宇为泉州这座古城增添了古韵和历史感的话，那么古朴的街道和无处不在的商贩则使这座古城充满了生活的气息。走在古老的街道上，你会看到那些坐在门口叫卖的商贩。他们的脸上都刻满了岁月的痕迹，他们的眼中都充满了生活的热情。他们用最朴素的方式经营着自己的小摊位，而他们的身后是那些已经矗立了几百年的古民居。这一切都构成了一幅美丽的画面，让人流连忘返。

自古以来，泉州便以其繁荣的商贸与深厚的历史底蕴而闻名于世。在这座城市的繁华背后，坐落着一座令人瞩目的古桥——洛阳桥，它不仅是一座连接过去与现在的桥梁，更是一颗镶嵌在东海之滨的璀璨明珠。洛阳桥，古称“万安桥”，是中国古代著名的跨海大桥，也是泉州乃至全国的重要文化遗产。它横跨泉州湾，桥身由数百块条石交错铺砌而成，历经风雨侵蚀，依旧屹立不倒。漫步在洛阳桥上，仿佛穿越了时空，回到了那个遥远的宋朝。桥头矗立的石雕狮子仿佛在诉说着古桥的沧桑岁月。它不仅仅是一座桥梁，更是一段历史的见证，一段文化的传承。它见证了泉州与世界的商贸往来，见证了古代人民的智慧与勇气，也见证了中华民族的坚忍与不屈。

我感叹古人的智慧和才情，感叹古城的文化底蕴和历史底蕴。我走进了古城的每一个角落，每一个角落都留下了古人的故事和历史的印记。那是一个让人沉醉的地方，一个让人心灵得到洗礼的地方。古城的美景让我陶醉，古城的故事让我心潮澎湃。

离开泉州的时候，我带着满满的收获和感慨。我知道，这座古城将永远留在我的记忆里，成为我生命中一段永恒的记忆。泉州城里的每一块石头、每一片叶子、每一颗果实都承载着古老的故事和历史的风霜。这座古城不仅是一个景点，更是一座历史的丰碑，一个文化的宝库。

古城的美景让人流连忘返，古人的智慧让人心生敬仰。在泉州城里寻古韵，让我感受到了古人的情怀和智慧，也让我感受到了城市的文化之源。这座古城将永远留在我的记忆里，成为我生命中一个永恒的篇章。我会带着这份美好的回忆和感慨，继续前行在人生的道路上。

写于2024年1月

# 胸中要有丘壑，眼里要存河山

2021 年 10 月，我到广州旅游，怀着无比崇敬的心情参观了三元里人民抗英纪念馆。这是一段充满艰辛、充满抗争的历史，这是中华民族精神史上一块永远闪耀的丰碑。

这是为了抵抗英法联军侵略的斗争，广东人民以自己的力量和智慧，在广州北郊三元里写下了反侵略、反欺凌的壮丽诗篇。这是一次彻底胜利的农民运动，是鸦片战争时中国反抗外来侵略第一次取得胜利的斗争。这表现了中国人民反抗外来侵略的决心。这次斗争有着重要的历史意义，不仅让英法联军认识到中国人民是勇敢的人民，同时也让中国统治者深刻地认识到这场战争并不是用大炮和尖枪能够轻易对付的，必须用人民的团结和国家的统一才能赢得。

“我自横刀向天笑，去留肝胆两昆仑”，这正是当时无数为民族利益牺牲的仁人志士的生动写照。当民族危机空前深重的时刻，他们挺身而出，为民族利益而战；当祖国处于危难时刻，他们毫不吝惜地奉献自己的一切。他们用鲜血和生命培育了我们的民族精神，他们是中华民族的英雄。正是这种精神使我们的民族历经沧桑却依然屹立于世界民族之林。

站在纪念馆的石阶上，看着周围静静矗立的古树和石壁，我不禁感叹：正是这种朴素而深沉的民族精神铸就了我们的民族魂！这种精神是我们的先辈在艰苦的斗争中培育出来的，它是中华民族的根，是中华民族的灵魂。而今，在和平建设时期，这种精神更显得弥足珍贵。当前年轻的一代是幸运的，生活在一个和平、幸福的时代，没有经历过硝烟战火，没有经历过饥饿寒冷。

然而他们和先辈一样肩负着历史的责任，我们都必须接过前辈们的担子，为了祖国更加繁荣富强而奋斗。我们要继承和发扬那种以天下为己任、忧国忧民、不屈不挠、敢于斗争的爱国主义精神。

参观结束后，我站在纪念馆的石阶上向远处望去，远处是一片碧绿的田野，仿佛是三元里人民勤劳的手编织出的绿色的梦；而在城市中高高耸立的纪念碑和身边静静矗立的纪念馆则是人民纪念那些爱国英雄留下的宝贵精神财富，是我们今天为民族复兴奋斗的历史见证，是弘扬和培育民族精神的最好教材，更是三元里人民万世流芳、永垂不朽的见证！

我在纪念馆的石阶上站立了许久，作为一名退役军人，我愿与所有的国人一道将这种精神内化为自己的行动，为民族的振兴和富强贡献出自己的智慧和力量！我相信，在不久的将来，我们的祖国会更加繁荣昌盛，我们的民族会更加团结奋斗，我们的人民会更加意气风发地屹立于世界民族之林！

这次参观，我深深地感受到了中国人民抵抗侵略、保卫家园的决心和勇气。这种决心和勇气来自中国人民对祖国的深深热爱和对侵略者的无比痛恨。同时，我也深刻地认识到了民族精神的重要性。民族精神是一个民族的灵魂，是一个国家、一个民族兴旺发达的精神支柱。在当今世界多元文化的背景下，我们更应该弘扬和培育民族精神，让中华民族的优秀传统文化不断发扬光大。

此外，我也意识到爱国主义是一种强大的精神力量，它能够激励人们为了国家和民族的利益而奋斗不息。在当今时代，我们都应该为祖国的繁荣富强贡献自己的力量。我们要不断学习、不断提高自己，为实现中华民族伟大复兴的中国梦而努力奋斗！

写于2023年8月

# 黄埔军校门前的遐想

2021 年 10 月初，带着一颗激动的心，我踏进了黄埔军校的大门。虽然早已经听过许多关于黄埔军校的故事，但是当真正踏入这片神圣土地的时候，心中依然充满敬畏和崇敬。

这里曾是革命的摇篮，无数的英雄在这里诞生，他们为了国家的独立和民族的解放，用血肉之躯谱写了一曲曲壮丽的乐章。如今，这里的一切都显得那么庄重而肃穆，仿佛还能听到当年那些英勇的将士冲锋陷阵的呐喊声。

首先映入眼帘的是那座庄严的大门，门上镶嵌着“陆军军官学校”几个大字，显得十分醒目。大门两侧是两排整齐的松树，它们像士兵一样笔直地站立着，仿佛在守护着这个神圣的地方。如今，站在大门前，我不禁想起了那些为国家、为民族而英勇奋斗的先辈，他们为了理想和信仰，不惜抛头颅、洒热血，为中国的独立和解放事业作出了巨大的贡献。

走进大门，首先看到的是一座巨大的雕像，基座上刻着“精神不死”四个大字，表达了人们对黄埔精神的崇敬之情。雕像的周围是一圈花坛，花坛里的鲜花在阳光下绽放着，散发着淡淡的香气。

走进黄埔军校，仿佛走进了一座历史的长廊。可以看到许多教学楼和宿舍楼，这些建筑都是民国时期的建筑风格，显得古朴而典雅。校园里还有一些训练场和体育设施，我仿佛看到了一张张坚毅的脸庞，看到了一个个年轻的身影在操场上奔跑，听到了他们的呼喊声在校园里回荡。这些黄埔军校的学生，他们都是为了一个共同的目标而来的——为了国家的独立和民族的解放。他们有的是热血青年，有的是爱国志士，他们为了国家的未来不惜付出一切代价。在黄埔军校的历史中，我看到了许多伟大的将领和英雄人物，他们从军校毕业后，有的在战场上英勇杀敌，有的在后方组织工作，他们忠诚、勇敢、坚韧且富有智慧，这些都是我们中华民族的优秀品质，是应该被学习和传承的。

在参观的过程中，我深深地感受到了黄埔军校的精神和魅力。黄埔精神是一种革命精神，它以爱国主义为核心，注重集体主义和革命英雄主义。黄埔学员们在军校里接受了严格的军事训练和思想教育，他们不怕牺牲、勇于拼搏、敢于担当，为了国家和民族的独立和解放，付出了巨大的努力和牺牲。这种精神深深地感染了我，让我感受到了什么是真正的勇敢和担当。

除了黄埔精神，我还感受到了黄埔学员们的青春和活力，这种青春和活力让我感到无限的向往和憧憬。这些年轻的学员有的是刚刚成年的孩子，有的是热血沸腾的青年，经过学习和训练，具备了坚定的信仰和崇高的理想，为日后投身革命事业打下了坚实的基础。在这里，诞生了中国近代史上许多叱咤风云的将领，如叶挺、陈赓、许继慎、戴安澜等。

参观完黄埔军校之后，我深深地感到，青年一代都应该向黄埔学员们学习，学习他们的勇敢和担当，学习他们的冲锋和奉献。我们应该坚定信仰、勇于创新、敢于担当，为了国家的繁荣和民族的复兴而努力奋斗。同时，我们也应该珍惜当下的幸福生活，不忘初心、牢记使命，为实现中华民族伟大复兴的中国梦而努力奋斗。

黄埔军校是一座神圣的殿堂，它培养了无数英雄豪杰，它见证了中华民族的崛起和复兴。我们应该永远铭记这座殿堂的历史和文化，让它成为我们心中永恒的记忆。同时，我们也应该将这种精神传承下去，让它成为我们民族的精神财富。

写于2022年4月

# 走进新叶古村

江南烟雨，绵延千年，把江南装点得如诗如画。江南水乡，粉墙黛瓦，小桥流水，轻烟细柳，如一幅幅美丽的水墨画。在这迷人的江南小镇中，新叶古村，犹如一颗璀璨的明珠，吸引着无数游人前来一睹风采。

这个迷人的秋天，我随着旅游团来到了新叶古村，开始了这场古文化之旅。大巴车绕过几条曲折的乡间小路后停在了古村口，我们便陆陆续续下了车。一进古村，我就被它的古朴典雅所吸引。古村依山傍水，绿树掩映，青石板路纵横交错，宛如一幅天然的画卷。古村内有许多古老的建筑，它们都是用石头和木头建造的，显得古色古香。

走在石板铺成的小巷中，两侧古色古香的老屋令我顿时觉得仿佛穿越到百年前。高高的马头墙显得严肃而庄重，瓦片层层叠叠、密密麻麻。沿着小巷继续走，便来到了村中的广场。广场中央矗立着一座叶家大宅，雕花的檐角、青石的底座都显得它十分华贵。宅子四周是几个小摊，卖着一些传统的小吃和手工艺品。我穿过熙熙攘攘的人群，不经意间抬头一望，先是大吃一惊，接着便陶醉在这片蔚蓝的天空下。远处的青山层叠着云雾，显得深幽而神秘；近处的古宅间错着绿树，让人眼前一亮。那蓝与绿交织成了一幅画，美得让人流连忘返。我倚在一块大石头上，细细品味这份宁静与美好。石板路两旁尽是些小摊，卖着各式各样的东西。我好奇地走过去瞧了瞧，一位老婆婆正在编竹制品，竹篮、竹椅、竹篓……各式各样。我不禁拿起一个竹篮端详起来，婆婆热情地向我介绍："这竹篮可是我们新叶古村的特色呢！"我点点头，心中不禁对这古村又增添了几分喜爱。

离开了小摊，我们来到了村中的祠堂——叶氏宗祠。一进大门，我便被那威严的建筑震撼了。青石铺成的基座、红漆的大门、白墙黑瓦的装饰……无一不体现出它的华美。两侧的廊柱上挂着一副醒目的对联：“源远流长承古韵，流光溢彩谱新篇。”屋顶上的走兽在阳光下熠熠生辉。穿过前厅，我进入了祠堂的核心——祭台。两根石柱耸立着，仿佛两棵千年古树一般。台上摆满了供品，看着这些具有古文化色彩的东西，我仿佛看见了先人正站在我们面前，向我们诉说这片土地上曾经发生的一切。此刻，我被新叶古村的深厚文化底蕴深深地折服了。

新叶古村不仅有美丽的自然风光，还有丰富的历史文化底蕴。据传，新叶古村始建于宋朝，已有千余年的历史。这里曾是文人墨客的聚集地，许多文人雅士曾在此留下足迹和墨宝。新叶古村还是一个宗教文化圣地，有许多古老的寺庙和道观，如新叶寺、观音阁等，这些寺庙内供奉着各种神祇，香火鼎盛。

在古村里漫步，你还会看到许多古老的建筑和景物。石板桥、老街、古老的房屋和店铺等都保留着古朴的风貌。这里的房屋都是四合院式的二层建筑，每一间屋子都有一个属于自己的小院子。有的屋子墙面上还镶嵌着精美的砖雕和木雕，造型精美、技艺精湛。古村内的商铺也是古色古香，卖着各种传统手工艺品和特色小吃，让人流连忘返。

除了古建筑和历史文化，新叶古村的自然景观也是十分迷人。这里的山水景色秀丽，绿树成荫，小桥流水，让人心旷神怡。走在古村的小巷中，闻着桂花的香味，听到潺潺的溪水声和鸟儿的鸣叫声，仿佛置身于一个童话般的世界。在古村里，还可以欣赏到其他植物，这些植物与古朴的建筑相映成趣，构成了一幅美丽的画卷。

在游览新叶古村的过程中，你可以品尝到各种传统美食，如新叶豆腐、新叶炒粉、鱼头煲等。这些美食不仅美味可口，而且富有地方特色。在这里，你可以感受到悠久的历史文化和淳朴的民风民俗，还可以欣赏到迷人的自然风光和传统手工艺品。如果你是一个喜欢历史文化、自然风光和传统手工艺品的人，那么新叶古村一定是一个值得一游的好去处。

旅行结束了，我不禁感慨：新叶古村真是一个美丽而神秘的地方！如果有机会的话，我一定会再来这里，再次感受这个美丽古村的魅力。

2019年11月20日发表在“中国散文网”

# 都江堰边的遐想

“拜水都江堰，问道青城山。”都江堰是世界文化遗产，是举世无双的人类水利工程。它是由战国时代秦国蜀郡守李冰父子组织修建并沿用至今的。它见证了中国古人的智慧，使成都平原成为沃野和天府之国。

那年初夏，我来到都江堰，那里游人如织，都江堰宛如一条巨龙穿越在岷江上。在微风中，站在索道上俯瞰奔流的江水涌起千层波浪，心中也涌起万千思绪。如此神奇壮丽的工程到底是怎样建造起来的呢？望着远去的山峰和近处涌起的江水，我想到了《孙子兵法》中的一句话：“激水之疾，至于漂石者，势也。”用此形容都江堰再合适不过了。是啊，如果不是千百年来水石在江中撞击激起浪花，又怎能让古人建造出如此浩大的水利工程呢？

站在都江堰边，看着奔腾的江水滋润着沃土，使田野变得绿油油一片。都江堰的美，说不清的妙。走在那古色古香的路上，心也变得悠然自得了。看着那道路、绿树、白云、小鸟相映在一起，显得更加和谐。再远看那静谧的江面，波纹一圈圈荡漾开去，在落日的映衬下依然鲜明无比。看到这里，我不由得心生敬佩，佩服李冰父子的善于决断、深谋远虑。如果没有他们知人善任、广纳贤才、有胆有识、从善如流的品质，是很难造就如此壮丽的都江堰。

都江堰的修建，让岷江这匹桀骜不驯的野马变成了温顺的良驹，使水患得到了控制，变害为利。它是伟大的中华民族勤劳智慧的结晶，是我国浩瀚水利工程中的一颗璀璨明珠，永放光芒。站在伏龙观，仰视雄伟的大坝，历史的气息迎面扑来，让人不得不赞叹古人的智慧与毅力。卧铁、引水铜牛、分水鱼嘴……这些无不彰显着古人的智慧。它就是一座伟大的精神宝塔，永远矗立在中华大地之上。

站在都江堰边，我感受到了人类的无穷创造力，同时也对古人那博大的胸襟产生了敬意。作为一项伟大的造福于民的工程，都江堰不与江河争地，不与自然争利，它把对人类的贡献发挥到了极致。它用岁月的流水缓缓地滋润着千里沃野，用时间的波涛悄悄地浇灌着古往今来的万千生命。在这里，人与自然达到了和谐的统一，水利工程与自然景色浑然一体。古人对自然、环境、生态的敬畏和尊重，是值得我们深思的。

在都江堰边，我听到了江水拍打岩石的哗哗声，仿佛是自然的欢歌，它让我沉醉其中，也让我产生了很多遐想。在那远古的时代，李冰和他的助手们是如何用智慧与汗水谱写治水新篇的？那洪水泛滥的年代，都江堰两岸人民是如何在惊涛骇浪中挣扎生存的？那些默默无闻的工匠是怎样将一块块顽石打磨成规整的形状，为人类造福的？那些来此旅游的人，他们是否感受到了都江堰所散发出的魅力……

都江堰的美不仅在于它宏伟的工程和景色，更在于它所散发出的宁静、祥和、美丽、质朴的气息。这种气息是都江堰历经千年风雨而依然矗立、依然造福于民的原因所在。在这里，没有尘世的喧嚣和纷扰，只有清清的江水、悠悠的鸟鸣和古朴的小镇。我仿佛看到了古人那种“静以修身，俭以养德”的精神风貌，也仿佛感受到了他们那种“与民同乐，与世共舞”的高尚情怀。

站在都江堰边，我不禁想起了古人的一句诗：“问渠哪得清如许，为有源头活水来。”都江堰之所以能够千年不衰，源远流长，正是因为它的“源头活水”。这源头的活水，正是古人的智慧、汗水和创造力的体现。正是因为有了这源头的活水，都江堰才能够在历史的河流中经久不衰，一直为人们造福。

然而，如今我们常常面临着“源头活水”枯竭的问题。随着人类对自然资源的过度开发和使用，我们的环境、生态、气候都在遭受着前所未有的破坏。因此，我们需要重新审视我们的行为和价值观，重新思考人与自然的关系。我们需要保护好我们的“源头活水”，让它们永远流淌下去。

在都江堰边，我感受到了人类与自然的和谐相处所带来的美好和幸福。

我希望我们每一个人都能够从都江堰中汲取智慧和力量，用我们的双手去创造更加美好的未来。让我们共同努力，让“源头活水”永远流淌下去！

写于2020年8月

# 回味在宽窄巷子的悠闲时光

从成都回来有好几个月了，我常常会想起那座古老的城市，想起在宽窄巷子游玩的美好时光。

那是一个秋日的傍晚，正值夕阳西下，我怀着激动与喜悦步入宽窄巷子。这是我此生首次与宽窄巷子的不期而遇，却是人生最美丽的遇见之一。这里曾经是老成都缩影，传统与现代交织，是一幅传统与新潮共融的水墨画卷。宽窄巷子的悠然生活让我感到身心舒缓，仿佛身处古代与现代交织的世界。我陶醉在这样闲适的环境中，恍若到了梦境里一般。

宽窄巷子是成都唯一遗留下来的较成规模的清朝古街道。来到宽窄巷子，淡淡的古朴气息迎面而来。一进宽窄巷子，首先映入眼帘的是一座座古色古香的建筑。它们错落有致地排列在一起，形成了一道独特的风景线。这些建筑大多采用木质结构，屋顶上铺着青瓦，显得古朴典雅。每一座建筑都有着自己独特的风格和特色，有的雕梁画栋，有的石刻木雕，有的镂空花窗，让人目不暇接。立于每户门口的门墩，既美观又实用。大红门墩加上精细的雕工，门墩上的“福”字、“寿”字栩栩如生，花纹样式古色古香，给人一种庄重大方之感，让人忍不住驻足停留，在这里留个影。这些建筑仿佛在诉说着一段段古老的故事，让人不禁为之动容。

在宽窄巷子中，各种商品琳琅满目。这里有传统的蜀绣、蜀锦等手工艺品，也有各种地方特产和特色小吃。可以在这里购买一些纪念品，或者品尝一些地道的美食。此外，这里还有许多创意小店，可以在这里淘到一些独特的小玩意，为旅行增添一份乐趣和纪念价值。

当夜幕降临，宽窄巷子里的演出也开始了。这里的演出形式多样，既有传统的川剧变脸、舞狮表演，也有现代的街舞、爵士舞等时尚表演。演出地点在广场、公园等地进行，吸引了众多游客前来观看。演员们的精彩表演让游客们惊叹不已，也给我留下了深刻的印象。此外，宽窄巷子里的音乐也十分热闹，夜晚的酒吧和咖啡馆里传来优美的旋律和歌声，为游客们营造了一个充满文艺气息的氛围。

在这悠闲时光中，最令我难忘的还是那些随处可见的市民。他们在宽窄巷子里悠然自得地生活着，仿佛这个地方就是世外桃源。在茶馆里品茶、聊天、打牌的人们，在街头巷尾摆摊卖艺、展示手工艺品的人们，还有散步、遛狗、跳舞的老人们……他们都在这座城市里找到了属于自己的幸福时光。

漫步在宽窄巷子里，感受着这里独有的悠闲氛围和美景，仿佛时间在这一刻变得缓慢而宁静。这里的一切都让我感到心旷神怡，让我感受到生活的美好和幸福，也体会到了传统与现代交织的魅力。

回味在宽窄巷子的悠闲时光，让我对这座城市充满了向往和留恋。在这里，我找到了生活的真谛和幸福的意义。希望有一天能够再次来到这里，再次感受这份悠闲和美好。

写于2021年12月

# 仰望蜀国历史的天空

成都市的繁华地带坐落着一座古老的祠堂，祠堂内绿意盎然、古木参天，这便是赫赫有名的成都武侯祠。这座祠堂不仅仅是一个历史的见证者，更是一首娓娓动人的历史长诗，一曲激昂澎湃的历史交响乐。它向我们展示了蜀汉文化的深厚底蕴，以及那些熠熠生辉的历史人物和动人的故事。

2021 年 10 月中旬，我来到成都，有幸参观了武侯祠。武侯祠是纪念三国时期蜀汉丞相诸葛亮的祠堂，其占地近 15 万平方米，位于成都市武侯区武侯祠大街 231 号，始建于公元 223 年，主要由惠陵、汉昭烈庙、武侯祠和三义庙四部分组成，是诸葛亮、刘备的君臣合祀祠庙，也是后世君臣祠庙的典范。它由大门、二门、刘备殿、过厅、武侯祠、鼓楼、碑亭等构成。它所具有的历史价值和文学价值都不可小觑，让我们得以了解古人的风采和精神，同时也反映出了三国时期蜀国的历史和文化。

走进武侯祠，仿佛走进了一条历史的长河。漫步在古朴的回廊之间，那千年前的风云变幻仿佛就在眼前。映入眼帘的是一片绿意盎然的园林，每一株古树似乎都在诉说着一段尘封的历史，每一块碑刻仿佛都在述说着一个英雄的故事。这便是武侯祠的魅力所在，它让我在欣赏自然之美的同时，也能感受到历史的厚重和文化的积淀。

而在这历史的天空下，最引人注目的便是那座巍峨耸立的诸葛亮殿。殿内供奉着诸葛亮的神像，他面带微笑、目光深邃，仿佛洞察世事，又仿佛为人间播撒智慧的种子。这座神像不仅仅是三国历史文化的象征，更是诸葛亮精神的寄托。那“鞠躬尽瘁，死而后已”的精神让他成了后世人们敬仰和学习的楷模。

而那些被镌刻在碑文、壁画上的历史故事，更是让人感受到了蜀汉文化的博大精深。从“三顾茅庐”到“六出祁山”，从“白帝托孤”到“空城计”，这些脍炙人口的故事无一不展现了诸葛亮的智勇之才和忠诚之心。而那些与他一同并肩作战的蜀汉将领，如关羽、张飞、赵云等，他们的英勇事迹也成了武侯祠的一大看点。这些英雄人物的故事不仅是蜀汉文化的瑰宝，更是中国传统文化的重要组成部分。

漫步在武侯祠中，我时刻会被那些历史人物的智慧和勇气所感动。他们为了国家的繁荣和民族的复兴，不惜付出一切代价。这种精神正是我们今天所需要继承和发扬的，而这座武侯祠也成为传承历史文化的重要载体。

站在历史的天空下，我们不仅要仰望那些伟大的历史人物，更要思考他们的精神对今天的生活有何启示。我们要学习诸葛亮的智勇之才、忠诚之心，学习那些蜀汉将领的英雄之气、牺牲之勇。只有这样，我们才能更好地面对生活的挑战，才能更好地实现自己的人生价值。

同时，这座武侯祠也向世人展示了历史文化的重要性。历史是一面镜子，它能够让我们更好地了解过去，更好地规划未来。而文化则是一种精神的力量，它能够让我们在快节奏的生活中保持内心的宁静和坚定。因此，要珍视历史文化，传承历史文化，让它成为我们人生道路上的指引灯塔。

仰望蜀国历史的天空，我思索良久。古人用智慧和勇气为我们留下了宝贵的文化遗产，我们要继承和发扬这些精神，让它们在新时代背景下焕发出新的光芒。只有这样，我们才能更好地面对未来的挑战，才能更好地创造属于我们的历史篇章。

写于2022年3月

# 重庆之旅

己亥猪年5月中旬，初夏的阳光铺洒在重庆的土地上，空气中弥漫着新生的气息。在这样的日子里，我们一群人从宁波乘飞机来到了这个美丽的山城，开始了一次别开生面之旅。

清晨，我们迎着微凉的晨风，乘着大巴穿越在城市的街道上。车窗外的风景如同画卷一般展开，青山绿水、蓝天白云，仿佛让人置身于一幅天然的山水画中。重庆，这个神秘而美丽的城市，向我们敞开了她的怀抱，让我们领略到她历史的沧桑和现代的繁华。

首先来到磁器口古镇。一进入古镇，那古朴气息扑面而来，仿佛带我穿越到了古代。这是一个充满历史气息的地方，这里的老街、古建筑、传统手工艺品都让人流连忘返。我很快被那石板路两旁的古建筑所吸引，青砖黑瓦、飞檐翘角，古色古香。漫步在古街上，两旁的商铺林立，各色商品琳琅满目。最吸引人的是一个叫“小李子”的商铺，一个男店员打扮成古人模样，手持一把大木梳，一边说唱一边叫卖着梳子，引得许多人观看，销量也不错。古镇里的传统手工艺品也是非常值得购买的纪念品，如剪纸、泥人等。

沿街漫步，目光所及之处都是一幅幅生动的画面。古镇的居民们穿着传统的服饰，笑容满面地穿梭在狭窄的小巷中。那一份淳朴的民风，让人不禁感叹时光的美好。品尝着古镇独有的小吃，如麻辣豆腐干、酸辣豆、陈麻花等，感受着那份古朴而浓郁的巴渝风味。古镇不仅仅是一座古建筑群，更是一座历史的记忆之库。沿着小路，我找到了那座古老的戏楼，古老的剧目和那悠扬的唱腔仿佛在诉说着一段段往事。坐在那里，感受着那悠悠岁月中的繁华与落寞。阳光透过石板缝洒在地上，与那青砖黑瓦交相辉映，宛如一幅流动的水墨画。

游玩了一个上午，我们依依不舍地离开了古镇。古镇的古朴与宁静让人流连忘返，仿佛时间在这里停滞不前，而那些美好的回忆将永远留在我的心中。这个充满历史韵味的古镇，它让我感受到了时光的流转和岁月的沉淀，这不仅是一处游玩的好去处，更是一次心灵的洗礼。如果以后有机会，我还会再次回到这里，重温那美好的时光之旅。

下午来到洪崖洞，这是一个极具特色的地方。它是一个位于重庆市渝中区嘉陵江畔、悬崖之上的古老而神秘的建筑群。一进入洪崖洞，首先映入眼帘的是一条古色古香的长廊，廊上挂满了红灯笼，让人仿佛置身于古代的市井之中。沿着长廊前行，便来到了一个热闹的市场，市场内商铺林立，各种商品琳琅满目，从传统的重庆特产到异国风味的食品，应有尽有。市场的喧嚣声、吆喝声此起彼伏，让人感受到了重庆的市井气息。

沿着市场的小巷深入，我发现这里有许多别具一格的小店。有的卖手工艺品，有的卖地方特产，有的则是咖啡馆和酒吧。可以在这里品尝到地道的重庆火锅，也可以在咖啡馆里享受一份宁静，还可以花点钱去掏个耳朵或修个脚。

走出市场，沿着陡峭的楼梯向上攀登，便来到了洪崖洞的最高点。在这里，可以看到许多古老的建筑和壁画，这些壁画充满了巴渝文化特色，让人感受到了重庆的历史底蕴。在这里还可以俯瞰整个嘉陵江，欣赏到重庆这座山城的独特风貌。

在洪崖洞游玩，不仅可以欣赏到美丽的风景，还可以感受到重庆的历史文化。这里有着丰富的巴渝文化、码头文化，还有着许多古老的传说和故事。在这里，你可以听到老重庆的故事，感受到这座城市的历史底蕴。

我们在洪崖洞附近吃的晚饭，用餐时还现场观看了川剧的变脸表演。晚饭后大家各自行动，去欣赏重庆的美丽夜景。洪崖洞景区灯火辉煌，犹如星辰点缀在夜空中，与江面上的倒影交相辉映，构成一幅美丽的画卷。江面上灯火闪烁，如同星星落入人间，而洪崖洞的灯火则像是为这夜色增添了一抹亮色。

第二天上午，我们来到白公馆。这是一座历史悠久、具有深厚文化底蕴的革命纪念馆，一个充满历史故事的地方。走进白公馆，首先映入眼帘的是一幢幢具有民国时期风格的建筑，它们静静地矗立在那里，仿佛在诉说着那段沉重的历史。沿着小路往前走，你会看到许多展馆和雕塑，它们展示了中国共产党在白公馆进行革命斗争的历史。

我漫步在白公馆的庭院中，感受着这里的宁静与美丽。在这里，我仿佛看到了当年革命志士们抗争的身影，他们为了民族独立和人民幸福，不惜付出生命。我还看到了许多文物和艺术品，它们都是历史的见证。其中最让我印象深刻的是一幅名为《红岩》的壁画，它生动地描绘了革命烈士们为了理想和信仰而斗争的场景。壁画中的人物形象栩栩如生，仿佛就在眼前。

游玩白公馆，让我对那段历史有了更深入的了解，也让我更加珍惜现在的幸福生活。我相信，只有不忘历史，才能更好地走向未来。它不仅是一个景点，更是一段历史的见证，不仅让我增长了知识，也让我更加坚定地走追求真理和正义的道路。

重庆有一种独特的交通工具，它穿行在高楼大厦之间，以其独特的视角和惊险的旅程吸引着无数游客，让人叹为观止。这就是具有独特魅力的穿楼轻轨。

当我们站在地面的某一处仰望这座城市，可以看到轻轨像一条银色的巨龙蜿蜒在楼宇之间。这是一种极其奇特的景象，高楼与轻轨交织在一起，形成了一幅动人的画面。当我们坐上轻轨，去亲身经历轻轨穿楼的那一刻，当时的心情是既紧张又兴奋，许多人都发出了长长的尖叫声。那是一种仿佛在云端穿梭的感觉，仿佛我们正在与这座城市共舞。轻轨在楼宇间穿梭，伴随着轰鸣声和疾驰而过的风，让人有一种飞驰而过的快感，还会有一种悬浮在空中，被轻轨带向未知地方的奇妙感觉。这种体验让人既惊又喜，让人对重庆这座城市的独特魅力有了更深的理解，也让人看到了城市充满活力与创新的一面。

这次重庆之旅，我们不仅领略了美丽的风景、悠久的历史文化和人文景观，还品尝了许多美食，购买了不少纪念品。这次旅行，让我真正感受到重庆这座城市的魅力所在。我相信，这次旅行一定会给大家留下深刻的印象和美好的回忆。未来的重庆一定会更美好！

2020年7月10日发表在“中国散文网”

# 仰望泸定桥

一条河，一座桥，一段历史，一种精神。桥是泸定桥，河是大渡河，精神便是长征精神。在红军长征途中，泸定桥是一座必过的桥。而泸定桥便是长征路上一道独特的风景线。

2021 年金秋十月，我来到四川省泸定县，有幸去参观了泸定桥。这是一座横跨在大渡河上的铁索桥，横跨着历史与未来。站在泸定桥上，我不禁为之心潮澎湃。这座桥，历史已印证了它是长征路上的一大险关，见证了红军长征的艰辛与勇敢，见证了中华民族的坚韧与不屈。

抬头仰望泸定桥，我仿佛看见，桥头的峭壁上草木葱茏、风动云涌。枪炮声、喊杀声、烈马嘶鸣声响彻苍穹。铁索上的每一处弹痕都记录着战士们穿越硝烟的勇猛，而桥下的激流又在诉说着一种悲壮的传奇。“大渡桥横铁索寒”，毛泽东的这句诗把泸定桥的险要和红军将士们飞夺泸定桥的激烈战斗场面描绘得淋漓尽致。1935 年 5 月 25 日，在这样一场惊心动魄的战斗中，红军将士们凭着勇敢和智慧，以少胜多，以不畏强敌的精神战胜了敌人。从此，这座桥便载入了中国革命的史册。

仰望泸定桥，我感受到了浓厚的人文气息。这座桥连接了历史与现代，也连接了长征精神与现代社会。在这里，我深刻地感受到中华民族的传统文化和精神信仰。在泸定桥上，我看到古老的桥身和铁索，这些历史遗迹不仅见证了红军长征的历史，也传承了中华民族的文化传统。

仰望泸定桥，我感受到了长征精神的伟大。“红军不怕远征难，万水千山只等闲。”长征，是一首豪情壮志的赞歌，是一段永垂不朽的历史。它见证了红军的英勇与坚韧，见证了中华民族的顽强与不屈。长征是中国革命史上不朽的丰碑，是中华民族的英雄史诗。在这场艰苦卓绝的长征中，红军将士们面对着无数的艰难险阻，坚定信念，勇往直前。在泸定桥上，我仿佛看到红军将士们英勇无畏的身影，他们用生命和鲜血谱写了一曲曲壮丽的赞歌。

仰望泸定桥，我感受到了民族精神的传承。泸定桥不仅仅是一座桥，它已经超越了物质的范畴，成了一种精神、一种象征。当我们的心灵越过千年，当岁月的尘土飞扬在岁月的长河中，是谁还在坚守着那个古老的传说？当苍茫大地上的风云再次为这雄浑的乐章翻涌时，那飞越激流的勇士是否还在向我们传递着永恒的力量？在这里，我看到无数的游客前来瞻仰历史遗迹，感受长征精神的伟大。他们在这里留下了自己的足迹和感慨，也传承了中华民族的民族精神。

仰望泸定桥，我想到了许多有关民族复兴的梦想和期望。在新时代的背景下，我们面临着前所未有的机遇和挑战。我们需要继承和发扬长征精神，不断探索和创新。

泸定桥不仅仅是一座桥梁，更是一座精神的桥梁。在这里，我深刻地感受到中华民族的传统文化和精神信仰，也感受到长征精神的伟大和民族精神的传承。这是一次难忘的经历和感受。它让我感受到了浓厚的人文气息、伟大的长征精神和传承着的民族精神。我相信，在新的时代背景下，我们一定能够继承和发扬长征精神，为实现中华民族伟大复兴的中国梦而努力奋斗！

写于2022年3月

# 难忘鲁镇之旅

那年5月初，一个美好的时节，我来到了美丽富饶的江南水乡——绍兴，开启了一场难忘的鲁镇之旅。在这里，我不仅领略了秀美的风景，还欣赏了丰富多彩的剧情表演，更品尝了当地的美食佳肴。

随着车辆缓缓驶入鲁镇景区，古色古香的建筑便出现在眼前。这里是一座充满江南水乡特色的古镇，青石板路、乌篷船、小桥流水、白墙黛瓦，仿佛穿越到古代。我们漫步在鲁镇的街道上，感受着这里的宁静与祥和。

首先映入眼帘的是一座高大的牌坊，牌坊上雕刻着精美的图案，上面写着“鲁镇”二字。牌坊两侧是熙熙攘攘的人群，大家纷纷在这里拍照留念。

接着我们来到了鲁镇剧场，准备观看一场精彩的戏剧表演。表演者们身着古装，在舞台上演绎着各种戏剧场景，他们的表演非常生动传神，将鲁镇的历史和文化表现得淋漓尽致。观众看得津津有味，不时爆发出阵阵掌声。我们八九人还观看了一场关于江南水乡爱情故事的戏剧表演——《雷雨》，剧情表演更是精彩纷呈，场面惊心动魄，仿佛真的回到了那个年代。演员们通过精湛的演技和道具的使用，将故事情节表现得非常生动感人。在故事中，我们感受到了爱情的甜蜜与痛苦、亲人的分离与重逢，感受到了鲁镇的历史文化背景和风土人情。

看完表演后，我们开始四处游览。景区内有众多的景点，如江南园林、名人故居、老街、茶馆、水巷、石板路等，可以边走边欣赏这些美景。在这里，可以坐上乌篷船游览水巷，领略古镇风光的宁静和优美；可以在茶馆里品茶、听戏；可以在老街上漫步，感受古镇的古朴和幽深；可以参观名人故居，了解当地的历史和文化。

在游览过程中，我喜欢坐乌篷船游览水巷。乌篷船在清澈见底的水面上缓缓行驶，两岸是古色古香的建筑和绿树成荫的小巷。船夫一边摇着船桨，一边讲述着鲁镇的历史和文化，让我更加深入地了解了鲁镇的文化底蕴。

继续漫步在鲁镇的街道上，欣赏着这里的风景。沿途看到了许多古色古香的建筑和店铺，如茶楼、酒肆、小吃摊等。我们品尝了一些当地的美食佳肴，如臭豆腐、糖醋排骨、黄鱼面等。这些美食不仅味道鲜美，而且价格实惠，让人回味无穷。

我们还参观了一些历史遗迹和博物馆，更加深入地了解了鲁镇的历史和文化，感受到了这里深厚的人文底蕴。

游览了半天后，我们回到酒店休息。回想这半天的经历，我感到非常充实和愉悦。此次鲁镇之旅，让我深刻感受到了江南水乡的风土人情和文化底蕴。在这里，不仅可以欣赏到美丽的风景，还可以感受到当地人民的热情好客和淳朴民风。这里是一个让人流连忘返的好地方。希望有机会再次来到鲁镇，感受这里的宁静与祥和，继续领略这里的美丽风景和丰富文化。

2018年8月20日发表在“中国散文网”

# 烟雨千岛湖

曾经我只知道千岛湖是个山清水秀的好地方，却未曾有机会去领略。如今，在6月初，我有幸来到这里，身临其境，投入它的怀抱，眼前的一切让我如痴如醉。

那天清晨，天空中下起了淅淅沥沥的小雨。我撑一把伞，漫步于街头，吹来一阵阵微风，使人感到清爽惬意，那如丝如缕的雨，不禁引起了我的遐想。这雨宛如乐曲的小音符，又宛如孩子童真般的一声声欢笑。千岛湖上，淡妆素抹，宛若一位披着轻纱的女子。空气中仿佛酝酿着什么，渐渐地飘来一阵泥土的芬芳，厚重而坚实，也许是种属于自然特有的清香吧！它被湿润的空气熏陶着，慢慢弥漫开来。

我撑着伞，慢慢走着，不经意间瞥见了一朵淡紫色的野花，它那纤细而娇小的身姿顽皮地在嫩绿的小草中晃动，散发着它特有的芬芳，它身上好像还残留着夜晚的露珠。小雨慢慢停了，远处云雾缭绕。千岛湖上空，一线阳光和雾气交织在一起，把岛浸在浓雾里，只露出青葱的山尖，显得朦胧而神秘。这是一幅飘浮在空中的水墨画，千岛湖就像是云上的仙境。

在船头站定，看着船后波光粼粼的浪花，船身在漂移，水纹在扩散。看着湖面上的雾慢慢散去，千岛湖的美景也逐渐展现在我的眼前。远处的山峦层叠，近处的湖水碧绿。山脚下是一座座小岛，像翡翠镶嵌在千岛湖的怀抱中。随着游船的行进，一座座小岛不断地出现在视线中。它们形态各异，有的像骆驼，有的像狮子，有的像猴子……每一座小岛都有着自己独特的魅力。而岛屿上的植物更是丰富多彩，有翠绿的竹林，有茂密的松树，还有各种鲜花盛开。这些植物与湖水相映成趣，构成了一幅美丽的水墨画卷。我不禁诗兴大发，即兴自创并吟诗一首《烟雨千岛湖》：“碧波浩瀚烟雨蒙，远山青黛舟慢行。梅峰凭栏瞰胜境，多少翡翠镶盘中。美寰绝伦人人赞，似梦如幻亦成仙。纷纷拍照留纪念，泼墨美画挂眼前。”

忽然雨下大了，豆大的雨点纷纷扬扬地落下来，淋湿了游人的衣裳。游客们纷纷回到船舱中。船头溅起的水花在空中飞散，就像一串串明珠。船儿划开水面荡漾出的水波纹，一圈一圈地荡漾开来。烟雨中千岛湖的美景最让我陶醉。那是一种朦胧的美，一种诗意的美，千岛湖仿佛变成了一个神秘的世界。远处的岛屿若隐若现，近处的湖水波光粼粼。湖面上飘着薄薄的雾气，山上的绿树在雨中更显得苍翠欲滴。山尖上笼罩着一层薄薄的云雾，若隐若现。整个湖面都笼罩着一层蒙蒙的薄雾，给人一种神秘的感觉。

在这样的美景中，我不禁想起了那句诗：“水光潋滟晴方好，山色空蒙雨亦奇。”这是苏轼赞美西湖的名句，而现在，我觉得它也同样适合千岛湖。烟雨中的千岛湖，更像是一首美丽的诗，一幅动人的画。

夜色中的千岛湖更有一番风味。夜幕降临了，湖面上的灯塔亮了起来，水里的鱼儿也活跃起来。不少胆大的小鱼围着灯火辉煌的桥洞追逐。远处一座宝塔形的楼房在灯火映照下，影子长长斜映在湖水中。站在回廊式的望湖楼上，推开窗户，临窗望着整个诗景般美丽的千岛湖，是那么心旷神怡。眺望整个千岛湖，宛如碧绿欲流的翠玉盘上撒满了璀璨闪耀的明珠，时而波光粼粼，时而微波荡漾。此刻，岸边五彩的灯光映照在湖面上，是那么柔和。一切似乎都是静止的，却又是流动的，夜晚的千岛湖，迷离幻美的景色似乎是一幅最诱人的立体油画。

在烟雨千岛湖的旅游中，我有了许多感悟。首先，我觉得大自然是最美的风景。无论是千岛湖的山水，还是那些形态各异的岛屿，都是大自然的杰作。而千岛湖的美丽，也正是大自然赋予世人的恩赐。我们应该珍惜它，保护它，让它的美丽永远流传下去。其次，旅游也是一种感悟生活的方式。这次旅游，我感受到了大自然的魅力，也感受到了生活的美好。这种美好的感觉，让我更加珍惜自己的生活，也让我更加热爱这个世界。最后，烟雨千岛湖也让我明白了什么是朦胧的美。这种美是一种神秘的美、一种诗意的美。它让人陶醉，让人流连忘返。我想，这就是旅游的魅力之一吧。

此时，我坐在书桌旁，面对着窗外，又想起那烟雨中的千岛湖了。我似乎又看到了那水天相接的地方，飞渡到那令人神往的仙境，去欣赏那“朦胧烟雨千岛秀”的画意，去领略那“碧水荡漾青山黛”的美景，去品味那“千岛万象诗画间”的意境………

2017年7月20日发表在“中国散文网”

# 西施故里的诗与远方

阳光透过薄薄的云层洒在古老的西施故里。那年6月初，我踏着青石板路，步入了这片充满历史韵味的土地。

走进西施殿的大门，映入眼帘的是一片绿意盎然的园林。树木葱茏、花团锦簇，清新的空气让人心旷神怡。沿着石板路向前，一座古朴的牌坊映入眼帘，上面题写着“苎萝春色”四个大字，引人入胜。穿过牌坊，便来到了西施殿的主殿。

西施殿是一座古朴典雅的建筑，飞檐翘角，雕梁画栋。殿内，一位美丽的少女雕像静静地坐在那里，仿佛在诉说着一段古老的故事。我驻足片刻，想象着这位美丽的女子在那个战乱的年代，是如何选择了为国家牺牲自己的命运。周围的壁画、楹联、匾额等文化元素，无不彰显着深厚的历史底蕴。漫步其中，仿佛穿越时空，回到了那个充满传奇色彩的年代。走出殿门，我来到一片荷花池，池中的荷花在阳光下摇曳生姿，仿佛在为这位美丽的女子献上最后的敬意。

接着，我来到了郑旦亭。这处古迹诉说着另一位巾帼英雄的故事，她与西施一样，为国家付出了巨大的牺牲。在这里，我感受到了历史的厚重和人文的关怀，不禁对那些为了国家、民族而奋斗的人产生了深深的敬意。

沿着石板路继续前行，我来到了古井旁。这口古井见证了西施故里的历史变迁，据说当年西施常在此汲水浣纱。我俯身捧起井水，清凉甘甜，仿佛能感受到她纯洁无瑕的心灵。在这里，我感受到了古人对美好事物的追求与向往。

漫步在故里的田野间，我看到了辛勤耕作的农民。他们脸上洋溢着朴实的笑容，仿佛在告诉我，这片土地上的故事从未改变。我感受到了这里的人们对这片土地的热爱和尊重，他们用自己的双手守护着这片古老的土地，让它焕发着新的生机。

夕阳西下，我站在古老的西施故里，感受着这里的宁静与和谐。这里不仅有历史的沉淀，还有人们对美好生活的追求。这里的人们用他们的智慧和汗水，让这片古老的土地焕发出了新的活力。

夜幕降临，我依依不舍地离开了这片古老的土地。但我知道，这里的故事将永远留在我的心中。我相信，无论时光如何流转，西施故里的美丽与传奇都将永远流传下去。

回到城市的生活中，我时常会想起西施故里的种种。那里的每一寸土地、每一片绿叶、每一座古建筑，都仿佛在诉说着一个又一个美丽而动人的故事。这些故事让我感受到了历史的厚重和人性的光辉，也让我更加珍惜现在的生活。

西施故里的魅力和诱惑很多，它不仅是一个美丽的景点，更是一份历史的记忆、一份文化的传承与精神的寄托、一份人性的关怀。它让我们在忙碌的生活中停下脚步，去感受那些被遗忘的美好，去思考那些关于生活、关于人性、关于历史的问题。在此，写一首诗以纪念西施这位伟大的女性。《西施赞》：“苎萝山下越施女，美艳绝伦惊溪鱼。少伯献出美人计，以身许国重大义。身去吴国心在越，忍辱负重以报国。功成身退泛五湖，荷花神女归隐去。”

所以，如果你有机会，一定要去西施故里看看。在那里，你可以感受到历史的沉淀和人文的关怀；在那里，你可以找到那份属于自己内心的宁静与和谐；在那里，你可以找到那份对美好生活的追求与向往。

我们应该珍惜这些宝贵的文化遗产，传承古人对美好事物的追求与向往，让更多的人了解西施故里的故事，感受历史的厚重与文化的魅力。

2018年9月16日发表在“中国散文网”

# 诸暨五泄风景美如画

那年5月中旬，风和日丽，我随团队一行20余人，从绍兴鲁镇坐大巴车前往诸暨五泄风景区游玩。

沿着一级级台阶向下走去，一片翠绿跃入眼帘。微风轻拂着树梢，带走了心头的烦躁。踏着新绿的草地，不时有一丝凉意窜入脚底，为五泄的旅途增添了一分清爽。一路走去，清幽宁静，少了城市的喧闹和嘈杂。

沿途的风景如诗如画，如同一幅流动的山水画，一览无遗地展现在眼前。沿着溪流蜿蜒的小径向前走去，一路上尽是山清水秀的景致。清澈见底的溪流在山石间穿梭流淌，发出悦耳动听的潺潺水声。

不知不觉中，我们来到了第一泄。瀑布从高高的山崖上飞流直下，溅起朵朵水花。瀑布下的水潭碧绿如玉，清澈见底。潭中的鱼儿自由自在地游来游去，令人心旷神怡。

沿着小径继续前行，第二泄、第三泄接踵而至。瀑布的水流越来越大，声音也越来越响。瀑布下的水潭也变得越来越大，潭中的水也越来越深。在这里，我们看到了许多垂钓者悠然自得地坐在岸边垂钓，他们时而聚精会神地盯着水面，时而悠闲地抽着香烟，好不惬意。

第四泄是一处观景台。在这里可以俯瞰整个五泄景区的美景。站在观景台上放眼望去，整个五泄溪流呈现在眼前。这里山清水秀、鸟语花香、空气清新、景色宜人。在这里，我感受到了大自然的神奇和美丽。这里的每一位旅行者都是那么自由而又放松，在都市中早已遗忘了宁静的感觉突然重现眼前，显得如此美好。它像一个孩子重新回到了母亲的怀抱一样，得到了安宁与快乐的感觉和爱抚。望着这个平静的小山村，呼吸着纯净而新鲜的空气，我看到清澈的泉水在静静流淌着。这里的天空是那么蓝，白云悠闲地在空中飘着，漫步在小道上，满眼都是翠绿和嫩黄，处处弥漫着鸟语花香，让人的心情一下子舒畅起来，忘却了尘世的烦恼与忧愁，感觉一下子就融入了大自然的怀抱。

来到第五泄，这里的瀑布更大，水流更急，气势更猛。一些游客在这里尽情地戏水，而另一些游客则坐在溪边静静地欣赏这壮观的瀑布。

在这山水画廊中走了一遭，仿佛走过了四季。在这里听鸟鸣、赏绿意、看山水、享受清闲、品味生活，别有一番滋味在心头。这里的美景令人流连忘返，在回家的路上，我似乎还能感受到那山清水秀的气息和恬静自然的生活氛围，我沉醉其中。因此撰写一首小诗做纪念——《诸暨五泄风景美》：“山青水碧云悠低，古刹林深心歇息。五级飞瀑千姿展，山水画卷挂眼前。”

此次五泄之行，让我感受到了大自然的神奇和美丽，它像是一个美丽的梦，让人流连忘返，也让人心旷神怡。在这里，我找到了一个属于自己的世外桃源；在这里，我找到了一个属于自己的天堂；在这里，我找到了一个属于自己的归宿；在这里，我找到了一个属于自己的宁静和快乐；在这里，我找到了一个属于自己的幸福和满足。我想我还会再来这里，去感受那份安逸与美好，去感受那种美丽与快乐。

朋友，如果你想远离城市的喧嚣和嘈杂，放松一下心情，那就来诸暨五泄走一遭吧，相信你一定会陶醉其中的！

2018年9月3日发表在“中国散文网”

# 再次瞻仰鲁迅故居

2018 年 5 月中旬，初夏的阳光铺洒在绍兴这片古老的土地上，温暖而明媚。我们一行人来到了这座闻名遐迩的城市，感受鲁迅先生留下的文化烙印。再次站在鲁迅故居前，仿佛可以听见这位伟大作家的灵魂在耳边低语，呼唤我们去探寻那段光辉的历史。

沿着石板路，踏进了鲁迅故居的大门。首先映入眼帘的是一座高大的门楼，上面悬挂着“鲁迅故居”的匾额。走进大门，便能看到一座青砖黛瓦的庭院，庭院内古树参天，绿叶掩映下显得格外宁静。

走过庭院，来到了鲁迅先生的书房。先生的雕像端坐在书桌前，目光坚定，神情专注。书桌上摆放着先生生前常用的文具。雕像的背景是一幅巨大的手迹，上面写着“横眉冷对千夫指，俯首甘为孺子牛”。这句话是鲁迅先生一生的写照，也是他的人格魅力之精华。在这个充满文化气息的空间里，仿佛可以听到他在那里奋笔疾书的声音。他以笔为剑，战斗一生，永远追求真理、正义与光明的普照。他的一生都在为民族精神的麻木、思想封闭而痛苦着，他希望用文字唤醒沉睡的雄狮，他希望用文字燃起人们心底的火焰。

书房的旁边是一间卧室，床铺、衣柜等家具一应俱全。走出卧室，来到鲁迅故居的后院。院子里有一座小亭子，亭子旁边有一棵古老的桂树。院中有一块地，就是鲁迅眼中的“百草园”，此时正值草木生机盎然、繁花盛开的季节，阵阵花香扑鼻而来，让人心旷神怡。站在亭子里，可以看到院落的全景，周围的建筑与庭院相互映衬，构成了一幅美丽的画卷。

走出鲁迅故居的大门，我深感时间匆匆流逝，而鲁迅先生留给我们的财富却永远不会消失。他那种敢于斗争、勇于创新、无私奉献的人格魅力和精神品质将会一直激励着后人。我们应该学习鲁迅先生的这种精神，为中华民族伟大复兴而贡献自己的力量。

回望故居，我想起了一句警言："文化是民族的灵魂，失去了文化，就失去了民族的根基。"这句话深深地印在了我的心中，让我更加深刻地理解了文化的重要性。而鲁迅先生的一生，就是一部关于文化、关于人民、关于爱与关怀的伟大史诗。

在这里，我再次感受到鲁迅先生对文化的执着追求和对人民的深深关怀。这种精神深深地打动了我，也让我更加深刻地理解了什么是真正的文化，什么是真正的爱。这是一种深深植根于人性中的爱，是一种对人民的关怀，是一种对文化的执着追求。这种精神不仅仅是鲁迅先生的精神，更是我们每一个人都应该追求的精神。

回到现实，我们每个人都有自己的使命和文化责任。我们要时刻保持对文化的热爱和追求，需要时刻关注人民的需求和利益。我们要将这种精神传承下去，让文化更加丰富、更加多彩、更加有生命力。

再次瞻仰鲁迅故居，让我再次感受到了文化的力量和魅力，让我更加坚定了自己的信仰和追求。这种力量和魅力不仅仅来自文学和艺术，更来自人的精神和人性。在未来的日子里，我将传承鲁迅先生的精神，不忘初心、牢记使命，为文化的发展和人民的幸福而砥砺前行！

最后，以自创的一首诗歌做纪念。《再游鲁迅故里感怀》："白墙青瓦大宅院，流连游客啧啧赞。读书三到必须早，百草园里青青草。家道因案后败落，学医改文为救国。文化斗士敢呐喊，民族脊梁万人传。"

2018年9月25日发表在"中国散文网"

# 悠悠丹霞十九峰

5月初，天高气爽，云淡风轻。在这样的季节里，我们一行人前往十九峰一游。十九峰位于山清水秀的绍兴新昌，被誉为江南十大风景区之一。这里青山叠翠、碧水潺潺，有着独具特色的丹霞地貌和优美的自然景观。此外，还拥有悠久的历史文化底蕴，是中国古代文化的瑰宝之一。

车子驶进新昌境内，满眼都是翠绿的山和清澈的水，还有那星罗棋布的村庄，真是一幅美丽的山水画。这里的山峰连绵不断，满山遍野郁郁葱葱，层层叠叠的茶树像一条条绿丝带，缠绕在大大小小的山头上。车子穿行在崇山峻岭之中，我们心中都充满了期待。

站在山脚，抬眼望去，我便被眼前的大自然所震撼。放眼望去，连绵起伏的山峦层层叠叠，如同绿色的海洋一般宽广无垠。在阳光的照耀下，山峦的轮廓显得更加清晰可见，宛如一幅天然的水墨画。沿途，我们欣赏到许多形态各异的瀑布和溪流，它们在山间穿行，发出潺潺的水声，为这片山林增添了更多的生机与活力。

我们一行人沿着山路拾级而上，只见山路两旁的树木枝繁叶茂、郁郁葱葱，阳光从树叶的缝隙照下，发出耀眼的光斑。一阵阵轻柔的风儿拂过面颊，感觉凉爽又惬意。偶尔抬头仰望，只见半山腰上云雾缭绕，把山装点得如诗如画。我们走得有些气喘吁吁，但兴致很高。大约半个小时就登上了第一座峰——石柱峰。站在石柱峰上向远处望去，只见连绵起伏的山峦一山青、一山黄，一山浓、一山淡，真是一幅天然的水墨画。不远处有一个形似月亮的湖泊，湖面静得像一面镜子，绿得像一块碧玉。几只水鸟从湖面掠过，激起了一圈圈涟漪。沿着山路往前走，我们又陆续参观了飞英寺、万福寺、新明洞府等寺庙和景点。每个景点都有许多形态各异、栩栩如生的佛像和精美的壁画，这些壁画的内容大多取材于《西游记》《封神演义》《水浒传》等古典名著。据导游介绍，这里的寺庙大多建于唐朝和宋朝时期，虽然历经沧桑，但香火依旧鼎盛。我们在游览中不仅欣赏了美丽的风景，还学到了许多历史文化知识。

接着，我们继续游览了十九峰景区内的其他几个景点——千丈岩、悬空栈道和悬空古寺等景点。这些景点都以险峻和壮观著称。其中最惊险刺激的要数千丈岩了。这是一块高达百米的巨石，经过亿万年的风雨剥蚀而形成了一道悬空的悬崖峭壁。站在千丈岩下仰望，让人不寒而栗，沿着栈道前行，脚下是万丈深渊。而悬空古寺则是一座建在悬崖峭壁上的古建筑群，令人惊叹不已。

随着脚步的迈进，我逐渐感受到十九峰的独特魅力。这里的丹霞地貌独具特色，奇峰怪石、悬崖峭壁、石洞幽深，让人惊叹不已。在山间行走，看到许多形态各异的岩石和石柱，它们在岁月的洗礼下变得更加沧桑和美丽。此外，十九峰还拥有许多古迹和传说，这些文化遗产为这片土地增添了更多的神秘色彩。在此，我撰写一首诗歌加以描述："山峰竞秀画眼前，连绵起伏剪不断。一峰穿空一线连，大禹凿洞系大船。神将筹粮济镜岭，望海峰下穿岩洞。千丈幽谷雅奇险，最是仙景唐诗路。"

在这里，远离了城市的喧嚣与繁忙，我与同事们一起欣赏风景、放松心情、交流情感。在这里，我放慢了脚步，感受大自然的恩赐，让心灵得到真正的放松与宁静。在这里，可以尽情地呼吸新鲜空气，聆听鸟儿的歌声，欣赏山间的美景，感受大自然的神秘与魅力。此时此刻，我忘记了一切烦恼与忧愁，只留下对大自然的敬畏与赞美。

用餐时，我们还品尝到十九峰当地的美食和特产。这些美食和特产都是当地的农民和手工艺人精心制作而成，口感鲜美、营养丰富，具有浓郁的地方特色和文化底蕴。其中最有名的一道菜就是当地的飞来石炖鸡。这道菜是用当地走地鸡和山上特有的石头食材经过小火慢炖而成。上桌后，鸡肉香醇鲜嫩，汤汁清甜爽口，非常好吃。据当地居民介绍，这里环境清幽、植被丰富、气候宜人，非常适合走地鸡的生长。这里的村民在饮食方面也特别讲究健康营养，平时喜欢食用本地的竹笋、蕨菜等绿色食材。在这里品尝美食的同时，还了解到当地的风土人情和文化传承，让我更加深入地了解这片土地的魅力。

在十九峰的山间行走时，我看到许多美丽的风景和动人的瞬间，这些瞬间将成为我人生中最珍贵的回忆之一。我在这里度过了一段愉快的时光，放慢了脚步、放松了身心，感受到了大自然的美丽与宁静，让心灵得到真正的放松与宁静，得以歇息！

2018年10月22日发表在“中国散文网”

# 游天姥山

那年5月初，我有幸与几个朋友一同去游天姥山。在此之前，我已读过李白的《梦游天姥吟留别》，因而对天姥山充满了无限的向往。古诗说得好："只在此山中，云深不知处。"我暗自揣测，天姥山定是如诗如画、美不胜收。

车子在蜿蜒曲折的山道中穿梭，我的心情也随着山间那飘起的雾霭而跌宕起伏。透过车窗，天姥山显得十分秀丽，静静地伫立在连绵起伏的山峦之中，仿佛是大自然鬼斧神工造就的杰作。天姥山的山脚盛开着五彩斑斓的野花，那一座座山岭，则仿佛是静静地屹立在那里的绅士，文质彬彬、风度翩翩。

车驶到半山腰，天姥山的景色完全变了样。随着雾霭的逐渐升起，天姥山就像一位蒙着面纱的仙女一样变得若隐若现。而雾像调皮的精灵一样，在山中尽兴地游玩，尽情地施展着她那千变万化的魔法。车子行驶在崎岖的山道上，窗外飘过阵阵若有若无的花香，随着这芳香我们来到了天姥山的腹地——天湖游览区。

湖畔四周群山环抱，树木葱郁。远处的山峰云雾缭绕，若隐若现。湖面上笼罩着一层薄薄的雾气，湖水很平静，宛如一面硕大的银镜，宛如一块碧绿的翡翠镶嵌在大地上。天空是蔚蓝的，洁白的云朵悠闲自在地飘浮着，我们仿佛置身于一幅山水画之中。在湖畔边走边听导游讲解："相传王母娘娘的瑶池飞瀑就流经此地呢！"望着那一片片的瀑布飞流直下，如此的美景不由得让人想起了李白那脍炙人口的诗句："飞流直下三千尺，疑是银河落九天。”

穿过一片幽静的竹林，一株株挺拔的竹子把浓郁的绿渲染得更加深沉。举目望去，那棵棵翠绿的竹子袅袅婷婷地沐浴在阳光下、微风中。在竹林深处，偶尔还能听到一声清脆的鸟鸣。那鸣声沁人心脾。沿着蜿蜒曲折的小路一直往上走，一路上，穿过了幽静的林间小道，翻过了无数座高山，越过了无数条溪流；一路上，迎着微风，听着鸟鸣，闻着花香；一路上，美丽的景色也常常让我们驻足欣赏。经过一番努力，我们终于爬上了山顶，微风拂面，让人感到心旷神怡。放眼眺望，整个天姥山区都弥漫在轻纱一样的云雾中，一片片青黛色的远山如亭台楼阁似的在烟雾缭绕中忽远忽近、若即若离。

休息片刻后，我们继续向下走去。不一会儿，就来到了山脚下的一片竹林。竹林里的竹子挺拔高大，让人有一种清幽而宁静的感觉。下山后，来到山脚下的一个村庄，品尝了一些当地的美食。这里的居民热情好客，给我们讲述了一些关于天姥山的传说和故事。

我们依依不舍地离开了天姥山。这次出游，不仅让我领略了大自然的神奇与壮丽，也让我感受到了人间的美好和温暖。我相信，这次经历将会成为我人生中一段美好的回忆。

2018年11月24日发表在“中国散文网”

## 第四辑

# 感悟沉思

# 军转干部如何融入新区建设

“上天为你关上了一扇门，它又将为你打开一扇窗。”脱下军装步入地方，意味着一个新征程的开始。那么，军转干部如何更好地融入地方并干好本职工作？

要尽快熟悉接收单位。分配到新单位后，如何避免“水土不服”，我认为应当做到“三个尽快熟悉”：尽快熟悉单位基本情况，对本单位的组织结构、人员构成、历史沿革、工作性质与特点等要尽快熟悉，避免上班时产生陌生感；尽快熟悉具体工作职责，对于所从事工作的业务流程、上级要求、业务规定和日常管理措施，以及日常办文、办事、办会的注意事项要尽快清楚，避免接手工作时产生无助感；尽快熟悉周围人员，避免人际交流中的隔阂感，要对他们的性格特点、工作特长等进行了解，尽快与大家打成一片，从而取得信任与帮助。

要抓紧学习，迅速进入角色。作为一名军转干部，无论职务高低，在别人眼中都是一名新兵，为此需要学习的知识很多。但是绝不能眉毛胡子一把抓，一定要突出重点，先急后缓。首先，要学习与自己工作相关的政策法规。从宏观上搞清楚应该怎么做、不应该怎么做，特别是在依法行政的今天，处理问题、作出决定都要有根有据，千万不能盲目蛮干。其次，要学习本职工作业务。按照职位岗位的要求，逐条逐句地对照学习，真正吃透其实质，熟记其内容，并且要边学边干，学用结合，边实践边总结，争取尽快成为本专业的行家里手。再次，要学习他人之长。“三人行必有我师”，千万不能因为职务高年龄大而端架子，一定要放下架子，不耻下问，虚心向单位同事学习。只有这样，才能尽快熟悉环境、熟悉业务，才能尽快进入角色，独当一面。最后，可能还要学习一些当地方言。例如我去金塘报到时，副书记曾问我会不会讲舟山话，告诉我在基层工作直接面对的是群众，如果方言说不好有时工作不好开展。所以，学习方言也成了大任务。我还学习了一些舟山的地理、历史及风土人情和新区发展的最新要求，为开展工作打下良好基础。

发挥优势，尽快展示自我。军转干部经过多年的部队实践锻炼，具有政治素质高、组织能力强、作风纪律严等很多长处，在地方上一定要继续发扬。但地方的工作与部队相比，又有许多不同之处，如果一味地沿用部队的工作方法，也是行不通的。必须根据地方的工作实际采取相应的工作方法。比如在乡镇工作，直接面对的是广大群众，要用现代教育手段做好农民的思想工作，实现思想政治工作的民主化，及时化解干群矛盾。要想群众之所想、急群众之所急、办群众之所需，坚持平等原则，充分尊重他们的人格尊严和合法权利，真正做到依法办事、和谐相处。只要坚持走群众路线，搞好调查研究，多做顺民意的实事，干群关系一定会融洽，工作也就好开展了。还要大胆工作，尽快充分展示自我，并用自己的真才实学来赢得领导和同志们的信任。

少说话多办事，开创工作新局面。初到地方工作，能否开好头起好步，关键是尽职尽责、埋头苦干。这里就有一个要放下架子、平衡心理的问题。军转干部在部队大多担任领导职务，是指挥员或技术干部，是有经验的老兵。到地方工作后，大家都成了“新兵”，要从头做起，埋头苦干，在心理上都会有一个适应过程。到一个新单位，说三道四、指手画脚容易引起领导和同事的反感，不越权、不越位，争取好的第一印象，是良好开端。埋头苦干有时可能不被人理解，甚至引起别人的嫉妒，这就需要有耐心和毅力，只要对事业有利的就坚持下去。少说多做，而且要做好，这里的关键是多看多悟。同时，注重团结，和同事搞好关系，处处体现出海纳百川、容人容事容言的胸襟和气度，以自己的真诚和热情打动人、团结人。要有主人翁意识，以强烈的事业心和高度的责任感从事新的工作，爱岗敬业、脚踏实地、多挑重担、多谋单位发展。只要拿出实干精神，俯下身子，老老实实做人、扎扎实实干事，努力创造出实实在在的成绩，“头三脚”也就踢开了，新局面随之也就打开了。

发表在2012年1月8日《舟山日报》

# 不惑之年仍追作家梦

国有振兴梦，地方有腾飞梦，老百姓有幸福梦。有梦想就会有希望，有梦想就会有追求，梦想就是人们心灵深处高高飞翔的雄鹰。岁月如流，生活如歌。人生如登泰山，辗转十八盘，蓦然回首，已步入中年。生活因有梦想而焕发激情，如今，不惑之年的我仍在追求着一个梦想——当一名作家，用手中的笔让心灵自由地飞翔。因为我在辛勤耕耘后体会到一种收获累累的满足感和成就感，那是一种无言的快乐。

有梦想就会有目标。我儿时的梦想是长大后当一名军人，这个愿望在18岁那年便梦想成真，而且在军营奋斗了近十九载，无怨无悔为祖国的国防事业奉献了青春岁月，生命因此而绚丽多彩。我在学生时代的梦想是能成为一名作家，这源于对文学的热爱，小学五年级曾参加县里的作文比赛并且拿到了三等奖，从此以后就喜欢上了写作。从军后坚持写作，多少次投稿都如泥牛入海，沉重的失落感折磨并考验着我，但我就像五公里越野一样始终咬紧牙关一路坚持下来。读军校第一年时，我写的稿子在校广播站播放，当时听着主持人念着那熟悉的字句时心里如喝蜜一样甜美。1997年、1998年当排长时写的诗歌《执着的心愿》《老兵的眼泪》，散文《海岛春早，练兵更勤》《夏夜无眠》《相爱有甜也有苦》，小小说《车站》《探家》《平常一段情》《少尉今年二十三》等被舟山广播电台采用。1999年写的通讯《爱是阳光》第一次被印成铅字，发表在《舟山日报》，并且当年荣获“创模杯”军民共建设征文鼓励奖，当时激动得一夜未眠。尝到了甜头，从此奋笔耕耘不止，收获也颇丰。在部队期间，先后在军内外报纸杂志上发表消息、散文、通讯、论文、杂文共60余篇，获内刊、军网、广播电台用稿150余篇。

梦想有多大，心就会有多远。“上天为你关上了一扇门，它又将为你打开一扇窗。”三年前我脱下军装转业地方工作，恰逢舟山群岛成为国家第四个新区，它的“三大定位”“五大发展目标”和“八大任务”无不在告诉我舟山的未来天地广阔、前景远大。东风来了好开船，我铆足了劲，抓住大好时机乘风破浪，昂扬精神状态，积极适应地方工作岗位，发挥自己的写作特长，为新区的全面建设添砖加瓦。在“勇担使命　四干兴舟”主题学习实践活动中，作为一名基层干部，我按照“四干建新区”要求，激发四干兴舟热情，用心血和汗水展示我的青春我的梦。三年来，我在舟山各类新闻媒体发表消息、通讯60篇，在报纸杂志和网络发表理论文章、散文、小小说36篇，在纪检、宣传、双拥共建等内刊发表信息60余篇。

播种了梦想就点燃了希望，有梦想就不怕路远。“并非每一条路都通向成功，但我相信成功的路上一定有过荆棘；并非每一条路都通向繁华，但我相信繁华的路上也曾有荒凉。”执着的追求能换来硕果，辛勤的汗水能浇开艳丽的花朵。路漫漫，我坚信终有一天我的作家梦会照进现实。

发表在舟山市定海区文联杂志《望潮》2014年第1期

## 凭借东风提升综合素质

这次为期三天的舟山市党校培训，我学习了舟山自贸港区常识、战略定位及其发展路径，重温了《中国共产党问责条例》内容，聆听了干部违纪违法案例剖析，接受了党史学习教育，参观普陀看守所并身临其境接受了心灵洗礼，学习了突发性群体性事件如何处理的方法。通过培训，我进一步丰富了理论知识，加深了对当前新区发展形势的认识，增强了统揽全局、干好各项工作的责任感和紧迫感。所以，我认为这次培训，是我们这批新提拔区管领导干部素质提高的“加油站”和能力提升的“加速器”。我的收获有三点。

理论政策和专业知识得到提高。领导干部开展工作应具备的六种能力：改革创新能力、语言表达能力、文字综合能力、组织协调能力、团结共事能力和领导全局能力。这就要求我们必须加强学习，掌握一定理论政策，努力提高业务水平和工作方法，才能为开展工作打下良好基础。这次培训虽然时间短，但感觉受益匪浅。

增强了法律意识、廉政意识和服务意识。在不断强化依法治国的今天，不懂法不守法是无法适应形势发展需要的，必须加强学习法律的自觉性和力度，做到真学、真懂、真用，依法办事。只有时刻把人民放在心上，才能真正做到为人民服务，才能更好密切党群干群关系。只有树立坚定的廉政意识，警钟长鸣，才能干净做事、清白做人、清廉做官。

树立了干事创业的信心。舟山地区喜事连连，舟山群岛新区成为我国首个海洋经济新区，它的“三大定位”“五大发展目标”和“八大任务”无不在告诉我们舟山的未来天地广阔、前景远大。2016 年 4 月 19 日，舟山江海联运服务中心获国务院正式批复设立，标志着宁波舟山港迎来深度发展新机遇，将更加紧密融入长江经济带建设，推进国际一流的现代化枢纽港建设，并将推动浙江成为“海陆双向、对外开放”门户和连通“一带一路”的桥头堡。2017 年 4 月 1 日，根据国务院批复，作为对接“一带一路”和长江经济带的重大战略，浙江自贸试验区正式挂牌成立。将在朱家尖岛布局并发展航空产业集群，还将推动大宗商品贸易自由化，为提升大宗商品全球配置能力进行探索。这三大战略告诉我们，舟山的明天会更美好！东风来了好开船，需要我们昂扬精神状态，抢抓机遇，乘风破浪，为新区建设、为“两美”定海现代化建设奉献聪明才智。

面对新形势新任务，深感责任重大，如何撸起袖子加油干？“打铁还须自身硬，绣花要得手绵巧。”由此可见，打铁，必须有一定硬度。这种硬度，是力气与技巧的完美融合，只有这样才能打出好铁。上山打虎要力量，下海擒蛟需技能。这就要求各级领导干部务必练就过硬的品质、过硬的作风、过硬的本领。我认为可以从四方面努力。

提高政治理论素养。不提高政治理论素养，就会失去政治方向，行动必然盲目，言行必然脱离社会大趋势的轨道。因此，必须加强党的理论、路线、方针、政策的学习。在学习过程中，一要注重激发学习热情，学习的热情来源于对知识的渴望，有了热情才能战胜各种艰难险阻；二要善于思考，在学习中提高思维，在工作中思考，在总结中反思，要站在全局高度思考问题，紧密结合工作实际研究问题，坚持与时俱进解决问题，在实践中提高素质和能力；三要注重实践，应该从大处着眼，从小事、具体事入手，善于抓住中心工作和重要任务的机会提升能力素质，把实践的过程作为积累经验、增长才干的过程。只有这样，才能找到解决问题的有效办法和最佳途径，提高分析问题、解决问题的实际能力。

严格遵守党章规定。牢固树立党章意识，坚定政治信仰。做到严明党的政治纪律、组织纪律、群众纪律、工作纪律、生活纪律、廉洁纪律，必须同党中央保持高度一致。真正做到在党言党、在党优党，不妄议大政，不信谣传谣，不违反政治纪律和政治规矩。服从组织安排，摆正个人与组织的关系，严格按照程序、按照规矩办事，不向组织讨价还价。守住做人、处事、用权、交友的底线，自重、自醒、自警，保持健康向上的生活情趣和高尚的精神追求。“一失足成千古恨，再回首已百年身。”要以如坐针毡、如临深渊、如履薄冰的姿态和责任感去廉洁勤政。

增强勤政为民意识。全面理解和牢记全心全意为人民服务的宗旨，自觉做到权为民所用、情为民所系、利为民所谋；始终把群众的安危冷暖真正挂在心上，到群众意见多的地方去，到工作推不开的地方去，真正体验群众的生活，体察群众的情绪，体味群众的甘苦，体会群众的忧乐，增强与群众之间的血肉联系。同时，大兴求真实务之风，为群众诚心诚意办实事，尽心竭力解难事，坚持不懈做好事，努力提高领导干部在人民群众中的公信力。

加强创新能力建设。创新是一个国家兴旺发达的动力，也是一名干部干事创业的推手，只有不断创新才能适应时代的发展。坚持解放思想、实事求是、与时俱进的思想路线，接受新事物、新观念，敢于突破老经验、老办法的束缚，提出新思路、新办法，不断提高解决新问题的能力。增强创新意识，用创新思维结合实际，研究探索出适合当地发展的路子，真正为群众谋福利。发挥引领带动作用，以身作则，为群众做出榜样。要勇于承担责任，增强风险意识、责任意识；不躲避困难，不回避矛盾，不推卸责任。面对复杂困难的局面，敢于身先士卒，深入一线了解情况，领着大家干，做给大家看。

写于2017年4月

# 逆境比顺境更有利于人成长

写着标题，我想到了民间这句俗话：“穷人的孩子早当家。”下面，我就谈谈个人理解和看法。

我们从电视、报纸等媒体上看到不少因家庭贫穷，十几岁的孩子便用稚嫩的双肩挑起生活的重担，最后磨炼成才的例子；同样，也看到不少报道，家庭优越的子弟二十几岁还一事无成，甚至30岁还在“啃老”。这是事实，但同时这也是对畸形的个人成长及家庭教育的一种辛辣的讽刺！

我国古代伟大的思想家孟子说过：“天将降大任于是人也，必先苦其心志，劳其筋骨，饿其体肤，空乏其身，行拂乱其所为，所以动心忍性，曾益其所不能。”看来，不经过风浪，就不能达到胜利的彼岸；不经历风雨，就不能看到彩虹；不经受磨难，就不能成大事。“苦难是所学校”，而学得好坏要看自己。屈原放逐，乃赋《离骚》；左丘失明，厥有《国语》；司马迁受宫刑，以成《史记》；孙子膑脚，以成兵法。著名作家高尔基从小就饱尝人间的辛酸，即使做活累得腰酸背痛，也不肯放弃一刻时间去看书，还常常在老板的皮鞭下偷学写作，终于成为著名的作家。美国的大发明家爱迪生小时候家里买不起书，买不起做实验用的器材，他就到处收集瓶罐。一次，他在火车上做实验不小心引起了爆炸，车长甩了他一记耳光，他的一只耳朵就这样被打聋了。生活上的困苦、身体上的缺陷并没有使他灰心，他更加勤奋地学习，终于成了一个举世闻名的科学家。

不难看出，环境对人的成长是有重要影响的。顺境中的人容易受迷惑，他们往往贪图享受、不知奋进，不知道苦难为何物，导致没有了志向，没有了进取心。逆境中的人则不同，他们饱受磨难，一次次与命运和困难做斗争，为走出逆境，大多树立了远大志向和坚定目标。逆境中的人更能正视自我，挖掘自己的勇气和巨大潜力，奋勇拼搏，而最终成才。人没有压力不抬头，没有动力不奋进，一旦二者兼备，就会发挥出令人吃惊的潜力。这正是顺境中的人一般不具备的。

一个国家也如此，苦难后才能辉煌。清初，大清子弟仅 12 万人对抗明朝的 300 多万人军队和各种武装，可谓逆境，他们却成功击败了明朝军队，还与吴三桂军队联手，打败了李自成的农民起义军。而一旦得到天下，清人立即进入顺境，自命不凡起来，失去原来的谦虚与自强精神。八旗子弟在安逸的生活中学会了做“寄生虫”，丧失了自强本色，最后灭亡，给我国留下了一百多年的屈辱史。再从中国共产党领导的中国革命史来看，中国革命也正是在历史的逆境中产生、成长的，那样的逆境可谓艰苦卓绝，长征和抗日期间许多艰苦磨难的场景是今天的人们难以想象的。但是，中国共产党领导中国人民经过 28 年奋战，成立了新中国。国防大学著名教授金一南将军的作品《苦难辉煌》，讲述了中华民族百年复兴这一历史命运的大落大起，指出了中国共产党人正是经历了如此的地狱之火，带领中华民族探测到了前所未有的历史深度和时代宽度，最终完成了中国历史上最富史诗意义的壮举，中国革命也由此成为一只火中凤凰，从苦难走向辉煌。

所以，如果你身处顺境，请走出温室，拿出勇气迎接困难的挑战；如果你身处逆境，也不要气馁，要勇敢地克服困难。

不管顺境还是逆境，都是外因，而事物的发展主要是靠内因来起作用的。不是所有身处顺境的人都不能成才，更不是所有逆境中的人都会成才。有时，环境太好并不利于人才的成长。宋朝神童方仲永，5 岁就能作诗，但 12 岁时就“泯然众人矣”，就是因为优裕的环境害了他。顺境中的人如果能不图安逸、立下壮志、奋力拼搏，又何愁不能成才？相反，逆境中的人如果经不起磨难，就会消沉下去乃至被吞噬。

总之，要心怀梦想，心存大志，并且不断为梦想而努力奋斗！尤其是对青年人来说，青春是用来奋斗的，不是用来挥霍的，不要“白了少年头，空悲切”！黎明前特别黑暗，成功前格外艰难。人在成长过程中，在危难时刻只要再坚持一下，挺过最难熬的一段，迎接你的将是一个艳阳天！

写于2018年3月

# 我眼中的改革开放

1974 年 3 月，我出生在河南南阳城北的一个农村，沐浴着改革开放的春风长大，经历过贫困和彷徨，做过美梦，有过失望，感受过温饱，目前正和大多数人一样基本过上了小康生活。40 年来，我感到祖国科技进步很快，社会变化很大，人们的生活方式变化显著。小时候穷得初冬还穿一条单裤子的我，实在没想到现在不仅衣食住行无忧，还能坐上地铁、高铁和飞机，能用上电脑和手机，享受网络时代带来的美好生活，生活品质超越了此前无数代，堪比历代帝王。我 18 岁之前在农村生活，18 岁至 37 岁参军服役，之后转业在舟山地方工作。往事历历在目，老家农村生活、部队官兵吃穿和舟山发展都发生了翻天覆地的变化。

我经历过人民公社和生产队时期，听着《东方红》《社会主义好》等歌曲，吃着窝窝头红薯干喝着玉米糊慢慢长大。在那个物资匮乏的年代，农村人逢年过节才能吃到白馍和猪肉。那时村民的梦想是：楼上楼下，电灯电话，洋犁子洋耙，洗脸盆（扬声器、广播）会说话。村民普遍家贫如洗，四五个孩子的家庭只有一两套好衣服，谁出门办事谁穿，平时只能穿破旧的。我 6 岁那年，外公患糖尿病卧床休养，一次病号饭做好后，3 岁的妹妹争着去送，从灶火（厨房）到主房的路上，她用手撕掉一点白馍放在嘴里吃完，然后又用手把那个白馍拉长。那个动作曾经撕碎了外婆的心，撕出了全家人的眼泪。

1983 年，农村联产承包责任制在我家乡开始实施，极大地调动了农民生产的积极性，村民们起早贪黑、披星戴月地在田间劳作。当年粮食大丰收，我家脱粒好的小麦整整堆了一间房子，爹妈激动得哭了，因为全家人可以全年吃上白馍了。温饱问题解决了，但农民普遍缺钱用，后来村委鼓励农民种植部分经济作物，爹妈连续种了两年西瓜和蔬菜，用换来的钱推倒了一处土墙瓦房，1985 年盖起了三间红砖水泥平房。1989 年 9 月，我考上了高中，因为家里学生多，经济紧张，当时我一个学期要交 95 元学费，家里只能拿出 65 元，后来我到一个堂舅家借了 30 元。上高中第一年，当时学校食堂出售的蔬菜一角钱一份，带点肉的荤菜两角钱一份，为了省钱，我一星期只敢吃一两次荤菜，甚至早上还吃自带的外婆腌制的萝卜条或豆瓣酱。1990 年下半年，父亲做起了建材小生意，家中经济状况才逐步好起来，一年后家中又新建了两间平房；2000 年又建了三间平房，这才成了北方标准的四合院。眼下，当年村民的梦想早已实现，庄稼播种收割全部机械化，普遍住上了两三层的楼房，家家有手机，网络几乎全覆盖，村道水泥硬化，村南还有阳光花园——孤寡老人和孤儿照养中心。

1992 年 12 月，高考落榜的我应征入伍。当时部队上伙食标准是每人每天 3.6 元，早餐吃馒头或米饭，一个星期能吃一次油条或包子，菜一般是豆腐乳、什锦菜或榨菜；中餐主食是米饭，三菜一汤，一荤两素；晚餐主食也是米饭，两菜一汤，一荤一素。以后每年伙食费标准都会提高。1996 年我读军校时，全军又一次提高伙食标准，要求早餐给每名官兵增加一个鸡蛋。2000 年我在舟山警备区服役，当时每名官兵早餐有一袋牛奶、一个白煮鸡蛋。按灶类区分，2005 年伙食费标准增加到最低每人每天 10 元。2008 年年初，我在陆军船艇中队当教导员，吃的是水兵灶，每人每天 29 元，每餐八菜一汤，还有水果，当时其他营队陆勤灶 18.5 元。后来参加演习还能吃到 09 式单兵自热食品。不难看出，随着国家经济实力不断提升，部队的保障能力也越来越强，伙食也由温饱型向营养型发展。

在部队服役近 19 年，我穿过 87 式和 07 式两种军装，衣服质量、样式和配发的标准区别很大。87 式战士军装，春秋装、夏装、夏季作训服材质是的确良，冬装、冬季作训服是涤卡。87 式军装是有礼服的，可是直到换装前，基层官兵也没看到过礼服。战士的军装中间还过渡了个 99 式，衣服的材质有所提升，还配发了常服皮鞋。从 2007 年 8 月 1 日起，开始换 07 式军装，那时我已是团机关的干部股长，全体机关干部穿上新式春秋常服时精神焕发，兴高采烈地在机关办公楼前拍了合影照。07 式军装系列更加完整、配套，如全军官兵统一配发作战靴，军官配发礼服、毛料常服大衣，士兵配发作训大衣，并增配了与礼服、常服配套的内穿衬衣，军官还增发了内衣裤、袜子、常服皮手套、围巾等。另外，颜色的整体风格更加和谐、典雅，胸标、姓名牌、级别资历章、国防服役章、臂章等标志性服饰的增加，使样式更具时代特色，实现了正规化，用料质量明显提高，号型设置更加舒适合体，如军官的春秋、冬季常服都是厂家上门定做的。

1997 年 7 月 6 日，我从军校毕业被分配到舟山，晚饭后从东门里招待所出去散步，发现现在定海洞桥村委东边全是稻田地，感觉定海城市很小。如今，舟山已发展成一个格局明显、经济繁荣、环境幽雅、中心带面的带状城市。最大的感受是基础设施投入较大，修好了许多道路和隧道，交通便利了许多。1997 年 8 月，普陀山机场开始通航运营，天地间的距离一下子缩短了。1999 年 5 月，华东地区第一座特大型跨海大桥——朱家尖海峡大桥竣工通车，第一次实现了两个岛屿之间的快速连接。仅过了 10 年，2009 年 12 月 25 日，舟山跨海大桥正式通车，舟山全面进入大桥时代，更紧密地融入长三角经济圈。经过几年持续不断的发展，绿色石化项目进驻岱山鱼山岛，工程进度比较顺利，未来石油储备能力和油品贸易前景可观。2018 年 9 月，根据中国铁路总公司牵头召开的甬舟铁路方案审查会，基本明确了甬舟铁路北仑接轨方案，这意味着舟山人未来可以坐高铁出岛了。

作为一名新舟山人，当前工作生活使我满腔热情，展望未来信心百倍。我会昂扬精神状态，练就一名干部必备的过硬品质、作风和本领，撸起袖子加油干，为舟山建设奉献聪明才智，不辜负这美好的新时代。

2018年12月12日发表在“中国散文网”

发表在舟山市定海区文联杂志《望潮》2019年第2期

# 制度决定国家的前途命运

——制度自信的理解

党的十九届四中全会审议通过了《中共中央关于坚持和完善中国特色社会主义制度、推进国家治理体系和治理能力现代化若干重大问题的决定》，有着重大现实意义和深远历史意义，也必将进一步推动中国特色社会主义制度更加成熟更加定型，为人类探索建设更好的社会制度贡献中国智慧和中国方案。

夯实“中国之治”新基础。“经国序民，正其制度。”党的十九届四中全会强调，坚持和完善中国特色社会主义制度、推进国家治理体系和治理能力现代化是全党的一项重大战略任务。

中国共产党自成立之日起，就致力于建设人民当家作主的新社会，并在新中国成立后，创造性地运用马克思主义国家学说，为建设社会主义国家制度不懈努力，逐步确立并巩固了我们国家的国体、政体、根本政治制度、基本经济制度和各方面的重要制度。新中国成立70多年来，我们党领导人民创造的经济快速发展奇迹和社会长期稳定奇迹充分证明，中国特色社会主义制度是一套行得通、真管用、有效率的制度体系，是当代中国发展进步的根本制度保障。

开辟“中国之治”新境界。“履不必同，期于适足；治不必同，期于利民。”党的十八大以来，党中央统筹推进“五位一体”总体布局、协调推进“四个全面”战略布局，中国特色社会主义制度更加完善，国家治理体系和治理能力现代化水平明显提高，为推动党和国家事业取得历史性成就、发生历史性变革发挥了重大作用。

只有扎根本国土壤、汲取充沛养分的制度，才最可靠，也最管用。当今世界正经历百年未有之大变局，国与国的竞争日益激烈，归根结底是国家制度的竞争。与民粹主义泛滥、恐怖主义猖獗、逆经济全球化暗流涌动等西方乱象相比，我国发展呈现出“风景这边独好”的局面，其中很重要的原因就是我国国家制度和国家治理体系具有显著优越性和强大生命力。开辟“中国之治”新境界，只有建立起系统完备、科学规范、运行有效的制度体系，才能让“中国之治”成为14亿人民最大的福音、福祉。

迈出“中国之治”新步伐。“小智治事，大智治制。”“中国之治”体现中国共产党人对解决人类发展问题的中国智慧，更具有中国气派、中国特色、中国风格。面对新形势新任务，让制度更加成熟定型，让发展更有质量，让治理更有水平，让人民更有获得感！中国特色社会主义制度发展到今天，已经成为有显著优势和治理效能的好制度。但仍需要不断完善和发展，国家治理体系和治理能力建设还有待进一步加强。只有这样才能充分发挥我们的制度优越性，真正体现和释放出“中国之治”的综合效能，为实现中华民族伟大复兴的中国梦提供坚强制度保障。

走过千山万水，仍需跋山涉水。我们已经走在了建设中国特色社会主义制度的成功之路上，只要我们进一步坚定道路自信、理论自信、制度自信、文化自信，继续沿着党和人民开辟的正确道路前进，迈出“中国之治”新步伐，不忘初心、牢记使命，我们的制度必将更加成熟更加定型，我们的道路也将越走越宽广！

写于2020年8月

# 培训是提升综合素质的“加油站”

为期4天的军转科级干部综合素质提升培训结束了，回顾几天来的培训生活，我感到收获颇丰。这次培训有最新政治理论学习，又一次重温了习近平新时代中国特色社会主义思想理论特色和实践意义；有形势政策介绍，学习了开放的理念及如何加快舟山的开放型发展；有形势任务的解读，了解了定海花园式国际人文港城建设的规划及现状；有心理心态调适，掌握了人际交往与沟通技巧，学会了如何认识人生压力；有新理论的实践，了解了定海区军民融合发展相关情况；有经验分享，聆听了两名优秀军转干部人员的工作经验介绍。总之，这次培训是我们能力素质提升的“加油站”，是适应形势、调整心态的站台，是广交朋友、沟通感情的平台，既为我们传道授业解惑，又教我们如何做人、做事、做官。具体来谈，有以下收获和体会。

收获有三：一是充分理解了习近平新时代中国特色社会主义理论的发展脉络，它的逻辑起点、精髓要义、历史地位和实践要求更加坚定了入党的初衷，更加拥护并坚持党的领导，相信在这一特色理论的指导下，我国的中国梦一定能实现，我国百年复兴的奋斗目标一定能实现；二是通过对开放、发展的学习理解，通过对舟山市大宗商品交易中心和规划馆的参观，坚定了改革开放的信心，通过加快建设“开放舟山”，一定能带动未来舟山的大发展，当然这需要实现“五大转变”，即强调争取优惠政策，强调实现产业集聚，强调扩大招商引资，强调利用区位优势，强调经济发展；三是事业心责任感进一步得到增强，听取了专家教授的讲课，对未来舟山、定海发展前景有了充分的再认识，特别是聆听了两名优秀转业干部的经验介绍，看到他们转业到地方工作后虚心学习、刻苦钻研、淡泊名利，兢兢业业地做出了突出的成绩，受到干部群众的好评等事迹，极大增强了我做好工作的信心。转业到地方上不能混日子，不能安等退休，而是要发挥才智，创业建功，投身地方经济建设与发展，力求以后做出应有的贡献。

心得有三：一是始终摆正心态。无论在什么工作岗位和工作环境中，最重要的是调整心态。投身基层，与群众打成一片。始终保持谦虚谨慎的心态。二是注意总结经验。一个工作阶段结束或一项任务完成后，及时对其中的利弊得失进行分析研究、总结经验、吸取教训、摸索规律，为今后的工作不断进行铺垫，从而起到“事半功倍”的作用。三是有所作为。本职工作的完成情况是检验转业干部能力的一块试金石。因此，必须在本职岗位上竭尽全力，有所作为，从而赢得干部职工对自己的信任，促进各项工作的健康、快速发展。

写于2018年4月

# 不忘初心，积极作为

2019年是中华人民共和国成立70周年，全党开展“不忘初心、牢记使命”主题教育，是党中央统揽伟大斗争、伟大工程、伟大事业、伟大梦想做出的重大部署，对实现“两个一百年”奋斗目标、实现中华民族伟大复兴的中国梦具有十分重大的意义。那么，党员干部如何不忘初心、立足本职，增强使命担当？我结合学习、感悟、思想和工作实际，重点谈谈担当作为方面的收获与体会，希望能与大家共勉。

担当，顾名思义就是要接受并负起责任。简而言之，担当就是承担责任。进而言之，担当是一种态度，一种接受与责任的彰显；担当是一种勇气，一种无畏与慷慨的豪迈；担当是一种人格，一种精神与思想的跨越；担当是一种境界，一种应对危机与困境的从容。人为什么需要担当？人的社会属性决定了每一个人都要敢于担当。一个具有担当精神的人，上一定会对国家、社会尽责；中一定会对团队、集体尽责；下一定会对亲人、自己尽责。勇于担当者也必定会为国家、为集体、为工作、为他人无私奉献。

上古的大禹治水是担当，战国秦的蜀郡守李冰父子修都江堰是担当，20世纪60年代河南林县人民修“人工天河”——红旗渠更是一种担当。以毛泽东同志为代表的中国共产党人艰苦奋斗28年，成立新中国——让中国人民站起来，是担当；以邓小平同志为代表的中国共产党人开创了改革开放道路，搞活了中国特色社会主义经济，让中国富起来，是担当；习近平总书记以“我将无我，不负人民”的赤子情怀，应时代之变迁、立时代之潮头、发时代之先声，以抓铁有痕的韧劲，以“千磨万击还坚劲，任尔东西南北风”的清醒坚定，全面从严治党，大手笔反腐败，强力推进全面改革，让中国强起来，更是一种强烈的使命担当。

“为人民谋幸福、为民族谋复兴、为世界谋大同”，这是新时代中国共产党人的使命担当。中国共产党人的初心是为实现“两个一百年”奋斗目标、实现中华民族伟大复兴的中国梦，为实现党的执政使命、实现人民对美好生活的向往而不懈奋斗。

我们参加主题教育，就是要结合本地实际形势、工作任务，立足本职岗位，应对化解各种风险挑战，及时解决矛盾问题，从而推动工作，促进发展。就是把主题教育同推动本单位的中心工作和本职工作结合起来，防止“两张皮”。当前，“四个舟山”建设紧锣密鼓，“五大会战”正在打响；定海也不忘初心，全面建设花园式国际人文港城；随着南洞艺谷的美丽乡村旅游尤其是红色旅游的深入拓展，国家远洋基地和远洋渔业特色小镇的火热建设，小城镇环境综合整治的成效也基本呈现，“全景干览”建设迎来了难得的发展机遇。对此，作为一名党员干部，不忘初心就是需要立足本职，切实增强使命担当。

要坚持以人民为中心，把群众观点和群众路线深深植根于思想中，具体落实到行动上，不断巩固党执政的阶级基础和群众基础。平时办事，下村服务，在同群众接触时，及时宣传党的惠民政策。对我来说，就是在卫生健康管理、残疾人服务方面做到及时、周到；大力抓好食品安全，确保不出食品安全事故，维护群众的健康需要；征兵工作上，用活现有政策，做好细节性工作尤其是思想政治工作，保质保量完成政治任务。

要抓好自身的教育，做出表率。立足本职，勇担职责使命，焕发干事创业的精气神，把各项任务落实到位。叫破嗓子不如做出样子，我始终如一做到先干一步。2017 年我担任小城镇环境综合整治的副组长，配合书记镇长认真抓好该项中心工作，尤其是做好了相关工作的宣传报道、撰写总结汇报材料和应对各级工作组的检查督查工作。当年第四季度，在敬老院工程验收上，由于综合原因，验收缓慢，在女儿出生、岳母生病、家务繁忙的情况下，坚持自己跑窗口、搞协调，踩实每个环节，自己整理验收材料，最终如期合格验收。

要坚持事业为上，不怕困难，勇于担当、善于作为。今年上半年，人民武装部原副部长夏继东被抽到东升征地拆迁组任组长，开展民兵整组、组织军事训练和迎接上级考核检查，大部分是我自己负责完成的。我始终认为，自行克服困难，高标准耕耘好责任田，就是一种担当。对于工作中遇到的难题，要知难而进、积极面对，拿出逢山开路、遇河架桥的勇气，积极寻找解决问题的办法，千方百计地化解矛盾。

要立足本职，努力学习，狠抓工作落实。坚持把完成好每一项任务当作提升担当能力的阶梯和展示担当能力的平台，锤炼担当意识，提高担当能力。通过不断加强科学文化、业务知识和法律法规的学习，提升履职能力，提高为人民服务的本领。做有担当的党员干部，得心应手地胜任本职工作，需要多读书，钻研各方面的知识，特别是要读与本行业相关的书籍，增强狠抓工作落实的本领。不断提升履职能力，成为业务工作的行家里手。

写于2019年10月

# 党的光辉历史是我们前进道路上的明灯

——《中国共产党简史》学习心得

理论学习中心组学习、自学书本、参观宁波四明山革命根据地、党课教育、支部民主生活会、知识竞赛……这次的党史学习教育内容丰富、形式多样，让我感慨良多，受益匪浅。

穿行在中国共产党成立一百年的历史长河里，点点滴滴都闪烁着耀眼的光辉。作为一名党员，一名军转干部，我就是这长河中的一滴水，无所畏惧、坚定不移！

中国共产党在民不聊生、破败不堪的旧中国诞生，就像太阳一样照耀在世界东方。她领导亿万中国人民建立起富强民主的新中国，有了今天建设和发展特色社会主义的大好局面。一百年风雨历程充溢艰辛与坎坷。党历经战火洗礼和历史考验，其历史凝聚着无数革命党人的智慧和力量。

照亮现实，也照亮未来。历史是一面镜子。学习党的历史，了解过去才能看清前进的方向。如何学好党史、用好党史我觉得应该做到两个“牢记”和两个“必须”。

牢记党的理想信念。始终不忘党的最终目标。理想信念简单地说就是人们对未来的向往和追求。对于共产党人，为建设有中国特色的社会主义而奋斗，为将来最终实现共产主义而奋斗，这就是理想信念。失去了这一理想信念就不是一名真正的共产党员。理想信念是共产党人的精神动力和理想源泉。党之所以有着如此丰厚的历史底蕴，正是因为每一名共产党人都牢记党的理想信念，不畏流血、不畏牺牲、前赴后继。

牢记党的历史经验。历史是一本严肃的教科书，是一部描述中华民族走出劫难、挺起脊梁的鲜活教材。党史记录着新中国从无到有、从小到大、从弱到强、从一个胜利走向另一个胜利的过程。中国共产党带领人民创造了一个又一个辉煌、一个又一个奇迹，其中的经验和智慧无不凝结于党的历史。

必须深刻领会内涵。用心思考，不仅要入眼入耳，更要入脑入心。党的历史目前虽然只有一百年，但党的每一次进步都来之不易，每一个决定都经过深思熟虑、冷静权衡。如果只学其法、不究其义，一味效仿而失去了自己的思考和判断就很容易陷入迷惑疑惑的境地，寻求出路、解决问题就更无从谈起。

必须理论联系实际。学以致用、以学促用。理论联系实际是党留下的宝贵经验。今天，学习党的历史就是为了吸取胜利的经验，总结失败的教训。充分借鉴历史，解决好工作中的新问题、新矛盾。

学好党的历史，历史是过去传到将来的回声。了解过去才能掌握今天，掌握今天才能展望明天。从革命前辈的手里接过历史的接力棒，我们要做好承上启下的历史任务，坚持和发扬党的优良传统，团结奋斗，争取更大的胜利。

写于2021年7月

# 坚定信念，踔厉奋发，干好本职

## ——学习党的二十大会议精神心得体会

党的第二十次代表大会是一次重大政治宣言和科学行动指南，反映了亿万国人的共同心声。报告全面回顾了过去 5 年的工作和新时代 10 年的伟大变革，总结了重大理论创新成果，提出了使命任务，吹响了冲锋号角。下面，我谈谈个人的学习体会和打算。

工作成就灿烂辉煌，伟大变革振奋人心。过去的 5 年，是极不平凡的 5 年，是成绩斐然的 5 年。经济方面，特别是在全球疫情冲击、经济形势面临较大下行压力的形势下，我国经济发展速度和总量仍然保持全球前列，从 2020 年成为全球率先实现经济正增长的主要经济体，到 2022 年经济顶住压力走出一条修复曲线，充分彰显了中国共产党领导和我国社会主义制度的显著优势。生态方面，现在天更蓝、山更绿、水更清，让记忆增添了更多乡愁。民生方面，牢牢守住了耕地红线，让中国人的饭碗牢牢端在自己手中，广大群众幼有所育、学有所教、劳有所得、病有所医、老有所养、住有所居、弱有所扶。国防方面，第三艘航母福建舰下水，055 型万吨大驱完成首航并入列，海军三型主战舰艇——长征 18 号艇、大连舰、海南舰在海南三亚某军港集中交接入列。运 -20、歼 -20 大量列装部队。国产乘波体高超声速飞行器试飞成功。全军高原部队制供氧建设逐步实现便携化单兵化，我军为高原边防官兵研发一批新型防寒被装。回顾近 10 年取得的伟业是最具效力的强心针，更加坚定了我们的发展信心，鼓舞了我们的斗志。特别是实现了小康这个中华民族的千年梦想，打赢了人类历史上规模最大的脱贫攻坚战，历史性地解决了绝对贫困问题，为全球减贫事业作出了重大贡献。

新时代新理论，必须真信笃行。回顾历史，在各个阶段，我们之所以欣欣向荣、经久不衰，正是由于有先进科学的理论作为指导，形成了与中国实际相结合的指导思想。所以，我们要认真学习贯彻创新理论，要投入真感情去学、付诸实际行动去干，切实深刻理解把握其世界观和方法论，坚持好运用好贯穿其中的立场观点方法。我将把学习宣传贯彻党的二十大精神作为当前和今后一个时期的重大任务，坚持原原本本学、融会贯通学、联系实际学，学出“拼”的精神、“闯”的劲头、“创”的勇气，不断重塑思想、深化认识、坚定信心、埋头苦干，切实内化为强大的精神动力，不断武装头脑、指导实践、推动工作。

使命光荣艰巨，必须踔厉奋发。面对新的机遇、任务、阶段、要求、环境，党的中心任务就是团结带领全国各族人民全面建成社会主义现代化强国、实现第二个百年奋斗目标，以中国式现代化全面推进中华民族伟大复兴。新时代新征程使命任务已经明确，我们要有重任在肩、不辱使命的危机感；要有强烈的忧患意识，居安思危、未雨绸缪；要经得起风高浪急甚至惊涛骇浪的重大考验。蓝图已绘就，行动正当时。牢记“空谈误国、实干兴邦”，立即行动起来，感恩奋进，立足岗位实际撸起袖子加油干，不断提高判断力、领悟力、执行力，笃行不怠、勇毅前行。

坚持责任意识，必须守正创新、敢于担当。汲取盛会营养，提升能力素质，做好本职工作。近几年，武装工作基层规范化建设如火如荼，要“严格管理，严格纪律”，爱岗敬业，乐于奉献。牢固树立对党的事业负责、对国家安危负责、对国防后备力量长远建设负责的意识，正确对待个人荣誉升迁，职级待遇。树立起良好的工作作风，坚持求真务实，深入实践，掌握真实情况，积极解决难题。配齐建强民兵队伍，不折不扣完成民兵整组、教育、训练、战备执勤等任务，完成征兵任务，使武装工作全面建设再上一个新台阶。

写于2023年1月

# 那气吞山河的悲壮，那血染战旗的风采

——献给《长津湖》

新中国成立72周年的这个国庆节，电影《长津湖》火了。我这个有19年军龄的退役军人当然知道战争是残酷的，也从各种资料上了解到长津湖战役的胜利对于整个抗美援朝战争的重要作用。但是长于和平年代的我，体会不到战争年代在战场上与敌人交锋的残酷，但电影《长津湖》却改变了我的认知。

三个小时，我的情感一直紧随着故事情节发展，承受着视觉和心灵上的强大震撼，多次潸然泪下。大银幕再现了波澜壮阔的战场，一幅幅高清画面，把那个最寒冷的冬天的惨烈的战役带到我们面前。把这种残酷和悲壮书写到极致的，是让大败退的美军陆战第一师惊呆并敬仰的“冰雕连”；让美军闻风丧胆的，是志愿军九兵团夜间吹响的冲锋号，是官兵们灵活的战术，是27军成建制消灭北极熊团（31团），让这个建军100多年的团队撤销番号。如今敌人的团旗永存中国人民革命军事博物馆，背后是他们永远理解不了的谜一样的“东方精神”——不怕牺牲，排除万难，争取胜利！

“打得一拳开，免得百拳来。”“这场仗我们不打，就是我们的下一代打。”在那场不得不打的立国之战中，我志愿军以伤亡40余万人的沉痛代价，打服了以美国为首的“联合国军”，打出了国威军威，打出了新中国成立70多年的相对和平安定。血肉长城撑起中华民族的脊梁，铮铮铁骨筑成不朽的精神丰碑！

战争，何其残酷，美军飞机霸占天空，凝固汽油弹瞬间烧毁一切，炮火轰鸣，子弹横飞，村庄里已没有村民，只剩下一头被炸烂的耕牛……我志愿军把热血和生命留在异国他乡的土地上，还有更多人带回的是伤痕累累的残破身躯。然而再残酷的战争也掩盖不了人性的光辉：毛岸英申请加入志愿军，毛主席只有一句“让他去吧”，便送儿出征；七连连长伍千里探亲离家时，父母在小船上默默注视流泪；指导员梅生怀中始终揣着女儿的照片，在战斗间隙还不忘再看一眼……小家与大家、亲情与国情、祥和与战争，都被描绘得淋漓尽致，也让人加倍渴望和平与安宁。

长津湖不仅有 -40℃刺骨的寒冷，更有燃烧的热血和舍生取义的壮举！在坚守 1071.1 高地东南侧小高岭战斗中，危急关头，连长杨根思毅然抱起炸药包冲向敌群，用他的“三个不相信”（不相信有完不成的任务，不相信有克服不了的困难，不相信有战胜不了的敌人）的英雄气概谱写了一曲气吞山河的壮歌，感动并激励着无数中华儿女前赴后继。英雄宣言血脉相传，成为激励部队官兵奋发有为的强大动力。

电影画面切换，清晰地展现出当时敌我双方的武器装备和后勤保障的差异。美军拥有完全的制空权，拥有坦克、大炮和大量的装甲汽车，而志愿军绝大多数是小米加步枪，只有少量火箭筒和迫击炮。美军有保暖衣物和肉菜供应，而我军官兵只有单薄的棉衣和冻硬的土豆。唯其艰难，方显勇毅，真正不可战胜的永远都是精神。“冰雪啊，我决不屈服于你，哪怕是冻死，我也要高傲地耸立在我的阵地上。”这位战士留下的遗书让多少人落泪，也让多少人为之热血沸腾！见证长津湖战役的幸存者——成都肢体残缺老兵周全弟，因为当时四肢严重冻伤，当冲锋号响起时没能和战友们一起冲向敌人，也成了他终生的遗憾。志愿军将士正是用这种敢于亮剑的勇气和敢于征服一切困难的无畏牺牲精神，换来中国军人的荣誉和祖国的尊严！英国蒙哥马利元帅在 20 世纪 60 年代访问我国后，说过一段很有名的话：“中国军队从士兵到将军都是最优秀的，我要告诫世界军队，不要与中国军队在地面上交手。这要成为军事家的一条禁忌！”这段评价，我认为就是中国军队至高无上的荣耀！

“不要把我一个人留在这里。”如今，“雷公”的遗愿实现了，截至 2021 年 9 月 2 日，我国派专机共接回 825 具志愿军烈士遗骸，祖国正用崇高的礼遇兑现了那些为后世太平而捐躯的最可爱的人的承诺。如今繁华盛世如他们所愿，祖国河山无恙！他们看到了运 -20、歼 -20 列装部队，看到了航母编队巡航南海、东海和北海，看到了 055 型导弹驱逐舰劈波斩浪，更看到了东风 -41 傲视一切敌人……

“落后就要挨打”“人不犯我，我不犯人”，这是从尸山血海里爬过来的中华民族得出的深刻总结。不忘那些为民续命的人，致敬那些为国捐躯的人！愿以吾辈之青春与热血，捍卫这盛世之中华！珍惜当下，团结奋进，为中国梦而砥砺前行。

2021年11月10日发表在《舟山日报》
荣获首届舟山影视“金水仙奖”入围作品奖

第五辑

# 岁月拾零

# 震撼心灵的乡村干部

——电影《这方水土》和《被告山杠爷》观后感

电影《这方水土》的主人公罗书记是一个乡镇干部，朴实可亲，更让人感动的是他有颗金子般的心。“孩子，不是我不愿意调到县里，说句良心话，我是离不开父老乡亲，离不开这方水土。”这句话深刻地印证了农民对土地的眷恋和对父老乡亲的热爱。

那是一个山区的农村，为了脱贫致富，罗书记号召并带领广大村民修路。资金紧缺，他为筹备资金费尽心血，甚至拿出自家的木材做抵押。他向在县银行当信贷主任的儿子贷款，儿子劝他不要管那么多闲事，弄个县干部当当过几年好日子。他骂儿子不懂，骂儿子怕贷款收不回，嫌乡政府穷，所以没答应。罗书记一气之下回去了。后来，他得了肺癌，可他全然不知，儿子同事骗他住了院。当他知道自己患了不治之症便毅然离院回乡，他要把最后一滴血洒在这方水土上。最后他穿着布鞋走在山路上，望着修好的公路欣慰地笑了……

一个乡镇干部，几十年如一日地扎根基层，为使全乡人民摆脱贫困，呕心沥血，两袖清风！为人民操劳过度身患绝症，却能欣然处之。他讲话和处事有时让人觉得心酸，重要的是让人悟出一种浩然正气来。他的言行得到大家一致的敬佩。

电影《被告山杠爷》中的赵山杠也如此，身处环境特殊的农村，处处想着上级交给的任务，想着自己是个党员，不图私利，一心为全村人着想，若他懂一点法律的话完全可以避免一次违法事件的发生而成为“焦裕禄”式的好干部。总之，他是一个好干部，在观众的眼里他永远值得赞颂！

现实生活中的个别腐败分子，贪污、受贿、以权谋私，侵蚀着党和国家的肌体，报纸上曾刊载，某某领导贪污公款、吃喝玩乐、灯红酒绿，听起来是多么可怕！这两部影片的优秀之处是成功地塑造了人们心中的干部形象，它代表群众的心声，代表一个有良知的中国人的愿望。

写于1998年12月18日

# 由小孩子想做东北虎谈人生的压力

对于偶遇一事，我心中十分感慨，说出来给大家听听。闲聊时，一位领导讲了女儿想做东北虎的事。他打电话关心女儿的学习情况，不料，9岁的女儿却对他说：“爸爸，我想成为一只东北虎！”问其原因，答曰：“东北虎不用做作业，它是百兽之王，可以威风凛凛地在森林里自由自在地走动，它又是国家一级保护动物，没人敢伤害它。而我每天要做很多的作业，我现在想睡觉，可作业还没做完。”听来让人心酸，更让人吃惊，小小年纪竟有如此大的学习压力！

小学生学习压力大。他们背着沉重的书包，做着没完没了的作业。星期六上午学跳舞，下午学英语，晚上学画画，星期天照样被安排得满满的。他们基本上没有属于自己的时间，他们的兴趣爱好都被抹杀了，只能听从老师和家长的安排。

人们就业压力大。孩子不用功学习，家长就给施压力；公司员工不太听话，老板警告他；教师教学成绩平平，校长教育他；杂货店的伙计有点懒惰，老板发了火，等等。

人们住房压力大。买房子是中国人的头等大事，有个房子就是有个实实在在的家。许多人辛辛苦苦一辈子，除了抚养后代外，就为了一幢好房子。买不起房子，只好租房子。等单位分房子，可惜住房改革了。等有点钱了，可房价涨了。

婚姻家庭压力大。谈恋爱时，因为没房子，学历低，工作单位效益不好，和对象没见面几次，对象便和你吹灯或干脆免谈；因为你胖瘦不均、身高不够、长相一般，嘴巴不甜也不幽默风趣，对方很难再看你一眼。结婚后也有压力，老婆时常吹“枕边风”：“看看人家老张，每月收入几千，你那千余元叫我喝西北风啊！”儿子说：“我要吃肯德基，还要玩游戏机。”父母生病住院，花去大半积蓄。对此，你常恨为什么没有台印钞机。

面对压力而逃，是生活的弱者，只有在人们的嘲笑中找到归宿；面对压力奋勇而上，是生活的勇士，才能在人们的赞许声中露出胜利的微笑。

2003年7月7日发表在《舟山日报》

# 谈改善干群关系和做好农民思想工作

掌握思想教育是团结全党进行伟大政治斗争的中心环节。如果这个任务不完成好，党的一切政治任务是不能完成的。随着时代的进步，改革的深入发展，农民群众的认识能力、思维方式和民主意识都发生了较大的变化，因此不能用一成不变的眼光看问题，更不能用简单粗暴的方法去做工作。在新形势下，改善干群关系，做好农民群众的思想教育，我认为，应该从以下三方面去努力。

充分利用现代教育手段做好农民的思想工作，确保及时有效。我们应该看到，如今的科学技术发展日新月异，充分利用电视、广播、电台、宣传栏等各种传媒进行政策宣传和教育是必不可少的，不能完全停留在“手工业状态”中，仅仅靠开个群众会等老办法做思想政治工作是不充分的，更不能什么工作也不做。只有将老办法和现代化宣传手段相结合，思想工作做到及时、到位、效果明显，思想政治工作才能显示出新的生命力，农民的各种思想问题也就迎刃而解了。

实现思想政治工作的民主化，及时化解干群之间的矛盾。在做农民群众工作、处理农民群众问题时，要在尊重人关心人的基础上，坚持平等的原则，努力提倡并实现群众的自我教育和觉悟；尊重农民的人格、权利、尊严，真正做到依法办事；在做农民工作时要给予热情和温暖，帮助他们解决生活中的实际困难和问题；对于干群之间存在的矛盾，要及时采用较好的方法化解，从而建立一种融洽的干群关系，以便更好地开展工作。

基层干部要改变工作作风，密切联系群众，坚持执政为民，以实际行动实践“三个代表”重要思想。坚持走群众路线，搞好调查研究，多做一些顺民意的事实，确实做到“为官一任，造福一方”。例如去修修农田水利设施，确保旱涝保收；去修修坑坑洼洼的道路，确保车辆安全通行；去乡村蹲蹲点，听听农民的呼声等。要坚持依法治理，坚持以德执政，要以人民公仆郑培明为榜样，扎实工作，让农民群众切实能够感受到“三个代表”重要思想的温暖。

发表在《研究与实践》2003年第2期

# 有感于“做人不要缺德”

“做人什么都可以缺，但不能缺德；什么事都可以做，但不能犯法。”这是舟山警备区蓝荣崇政委教育部队官兵时常说的一句话。细细品味，如丝丝清泉注入心田，又有几许感慨。孝慈、礼让、诚信、知耻、明智、勤劳、正义等一直是中华民族的传统道德，也是历史上文人骚客笔下追求的文化精髓，更有许多歌颂美德的故事流芳百世。在新时期下，继承和弘扬传统道德，对于优化社会道德风尚，对于民族团结、和谐与发展，同样起着非常重要的作用。当然，当今的道德建设又被赋予了新的内容，尤其是要重视社会公德、伦理道德和职业道德，大力提倡道德修养和教化德治。但是，让人痛心的是，目前社会上发生的丑恶现象无不说明出现了道德弱化和道德滑坡现象。

经济社会发展的今天，道路更宽了，车子更多了，人们住房更大了，穿着更时髦了，饮食更丰富了，钱袋更鼓了……然而，前些时候社会上发生的一些事却令人心寒：山西发生震惊中央的矿难刚不久，云南曲靖市富源县昌源煤矿又发生了瓦斯爆炸；刚刚查出红心鸭蛋中有“苏丹红”，又传出某品牌啤酒中含磷过量；在四川绵阳，出现上千吨的工业盐充当食盐在市场上销售；在北京市场羊肉原产地检疫现状调查中发现，在山西省朔州市怀仁市小寨村，屠宰工向血豆腐里添加工业盐；在山西省牧业大县的屠宰场，没有发现任何卫生设施；市场上出售的部分床上用品中甲醛和偶氮超标，对人体危害极大；跪在街头行乞的病残儿童可怜地向行人伸手，他们却是幕后操纵者的赚钱工具。呜呼！这些人到底怎么了！他们为追求“黑心钱”，敢于无视党中央的三令五申而草菅人命，敢于昧着良心而弄虚作假，敢于胡作非为而不知羞耻，他们丧失了人“善”的本性，丧失了道德和良知，成为赤裸裸的金钱奴隶，为世人所不齿。贪婪是人性的悲哀，却不幸在建设文明和谐社会的今天重演了。贪婪让他们的人性在不知不觉中被泯灭，道德沦丧，更重要的是这类人给社会的辐射作用太坏了。以至于人们购物时对一些食（物）品望而却步，办事时对一些社会管理部门失去了信心，对一些人产生不信任，对一些事情嗤之以鼻。长此以往，确实可怕。

社会不要丑恶，人们呼唤道德和良知！构建社会主义和谐社会，要求社会主义现代化建设总体布局合理，各行各业均衡、秩序发展，要求人们诚实守信，处事公心，和谐相处，发展并完善自我，旨在建立民主法治、公平正义、诚信友爱、充满活力、安定有序、人与自然和谐相处的社会。构建和谐社会、建立安定有序的社会关系务必消除社会丑恶现象，方法举措很多，一方面，大力加强法治建设、依法处置；另一方面，继续加强道德建设，尤其是要加强道德教育和引导人们注重德教修身。只有坚持走“依法治国”和“以德治国”并进的路子，才能不断净化社会环境，建立一个风正气顺、诚实守信、尊老爱幼、遵规守法的更加文明和谐的社会主义祖国。

“人生有三样东西是重要的：第一是善良，第二是善良，第三还是善良。”

最后借用名句送给大家，愿共勉：勿以善小而不为，勿以恶小而为之。

2007年3月10日发表在《舟山日报》

# 雨后长岗山的早晨

淅淅沥沥的梅雨连绵十余天了。6 月 28 日早晨，东边天空逐渐放亮。正是难得的登山好时机，我一大早便起床，和妻儿一起去登定海的长岗山。

山边的空气清新得令人心醉，被雨水冲洗过的小草和树叶青翠欲滴，我们大口呼吸着新鲜空气。长岗山公园门口，几个遛鸟人把十几笼鸟挂在树上，他们悠闲地聊着天，小鸟叽叽喳喳欢叫不停。山边的球场上，五六对人在打羽毛球，几个老人在散步。健身路径上虽然湿漉漉的，但还是有几个人在忙着锻炼身体。广场上热闹非凡，一大群中老年妇女在广场中央随着音乐的节奏正在跳健身舞，边上有几个老人在一招一式地打太极拳，还有人在练习扇子舞……

登山的人三三两两沿着石阶往上走，6 岁的儿子一路小跑冲在前，面前不时有人背着一桶山泉水走下来和我们擦肩而过。我们走到半山腰，看到山涧溪水欢腾而下，耳边萦绕着潺潺的水声和鸟儿的鸣叫声。这时，太阳仿佛刚好睁开了顽皮的双眼，一缕缕久违的阳光透过枝叶的缝隙照射到台阶上、身上，那情境如诗如画，感觉人在画中游一般，只可惜几分钟后，太阳就像和人捉迷藏似的躲进了云层，再也不轻易露脸了。站在山顶的亭子放眼望去，定海城尽收眼底，雨后的城市显得异常干净，有一片薄雾像一条轻纱缠绕在长岗山的半山腰，更增添了一种梦幻般迷人的景象。

我们返回广场，其他人也正三五成群地慢慢离去。不远处的文化长廊中，有一些人边看紫竹社区的宣传橱窗，边谈笑风生。这个长岗山的早晨，有动感的美，还有静态的美，是那样的美丽与祥和！

发表在舟山市定海区文联《望潮》杂志2014年第3期

# 岁月拾零

羊随新风辞旧岁，猴节正气报新春。人添岁月山增辉，万家灯火喜团圆。春节将至，心潮澎湃，奋笔疾书以抒发情怀。

少时家贫如洗，悲凉之境况中，读书好学上进，岁岁榜上有名。及至初中依旧，及至高中，家境好转，虽用心求学，但终名落孙山之外。痛定思痛，携笔从戎，一为谋得一种活着的方式，二为了却一个心愿。军营十九载，吃大苦耐大劳，劳其筋骨，锻炼思维，日间训练、工作，夜间与书、台灯为伴。收获之际，上天也没亏待一个苦心之人。当班长、入党、考军校，从当排长到营教导员，荣获三等功两次、先进个人及嘉奖 16 次。

转业地方近五载，唱地方歌，干本职事，吃自己饭。社会要适应，角色要扮好，自我要展示。勇担使命扬风帆，四千兴舟谱新篇。努力宣讲新区梦，展示我的梦。放下架子才能平衡心理，谦虚谨慎才能学会本领，扑下身子才能干好工作，尽职尽责才能撑起岗位。话要少说，事要多做，不越权、不越位。位卑而不自卑，乐观而不盲目，有才而不恃能。爱岗敬业，勇挑工作重担，分管工作连年考核名列前三名。发挥写作特长，立足岗位常总结，奋笔耕耘结硕果，工作信息和各类文章发表 220 余篇。

热爱写作尤爱文学。文学对我来说，少年时只是喜欢，20 岁之前算是梦想，30 岁之前是执着，40 岁左右是信念，之后就是融入生命中的一份情怀。在文学的天地里，我少时播下爱好的种子，经过浇水发出了稚嫩的幼芽，经过施肥、阳光照射慢慢变得粗壮高大，接下来抽出了叶子，开出了花朵。辛勤的汗水能浇开艳丽的花朵，执着的追求能换来硕果！在文学这块土地上，我辛勤耕耘了20年，收获不大但足以慰藉心灵。立春已过，万物复苏，又是一个生机勃勃的春天！在定海区作协2016年迎新年会上认识了许多作家，经过交流，信心倍增，文学创作之路会越来越宽广，盼望早日迎来人生文学上的秋天！

四十大二，功不成不敢到处张扬，愿未现不能停滞不前。身在外，不能常尽儿女之孝；力不足，不能不顾手足之情；立长志，不能惧怕道路之远。趁青春还在，多学有益。夹着尾巴做事，老老实实为人。不为名，不求利，只为无悔，做到其心昭昭，上可对天，下可对地！用手中之笔续写人生篇章，严格、求实、创新，向着心中理想的明灯不断前进！

2016年12月5日发表在“中国散文网”

# 全景干览魅力四射

初夏，阳光柔和，凉风轻拂。5 月的干览，满山青翠，百船归港，工厂竞产，交通有序，市场规范，像刚铺就的一幅蒸蒸日上的生产生活画卷。三年多来，舟山市定海区干览镇以“塑造古风乡韵魅力全景干览”为目标，倡导“全民参与、全域治理”，全面推进环境综合整治，创建省级卫生镇，积极参加全国文明城市创建，挖掘历史文化，大力改造基础设施，乡容镇貌如蚕茧抽丝，发生了美丽蝶变，宛如一名娟秀靓丽、楚楚动人的少女。

## 一、青山栖艺谷，传说更迷人

不觉间，来到干览镇南部的新建生态村休闲区块。天籁路通往白泉岭方向的公路左边是花海苗木基地。寂寞红花示人的是一片低调的暗红，紫色的绣球花、白的红的粉的玫瑰花和草菊争奇斗艳，笑盈盈迎接着过往行人。

大脚山、白泉岭和凤凰山环抱下的南洞艺谷，以名人传说、五雷山神话故事和秀美的风光吸引着八方来客。谷内路面洁净、山鸟争鸣、果树飘香，若是春天来还能看到漫山遍野的映山红。路边社会主义核心价值观和“创城”公益广告随处可见，民房墙上那大大的五颜六色的戏曲、渔民墙体画更是闪亮了你的双眼。顺着开往新时代的“功勋号”火车，远眺巍巍五雷山，主峰下的倒龙坑在眼前浮现，传说中的雷公雷母及他们的儿女雷云雷雨雷风，还有青蛇拜雷公为师修炼成青龙的神话故事在脑海中如影片一一播放……环顾全岙，看着脚下的小桥流水，想起了古桥传说。

相传东晋陶渊明带家眷来宁波镇海，乘上一艘帆船，渡海去蓬莱。帆船乘风破浪驶入长白海峡，因突遇风浪，顺流靠在干览的西溪头。当时陶公和夫人上岸，询问当地老翁得知此地是翁州（舟山）橄榄岙。因见岙中森林茂密、绿林成荫、溪水潺潺，闻花香阵阵，知了鸣叫，猿猴哀啼，便觉进入世外桃源。第二天，陶公便告别船老大，和妻子来到了这个小山坳，过起了田园生活，并把这个小山坳叫作陶家场，即今天的陶家洋。陶公很快融入父老乡亲之中，并为岙中四座桥分别取名凤鸣桥、南珍桥、永安桥和桃源桥，四座古桥的名字被一直叫到如今。

## 二、老街觅古韵，村容换新颜

整洁的柏油路贯穿村庄，民居和商品楼底色亮丽，公路和街道两侧绿化带花木葱茏，主干道旁的LED路灯和交通标牌高高竖起……走进龙潭村，犹如置身美丽的画卷之中。经过小城镇环境综合整治和全国文明城市创建，短短三年，龙潭村经历了由脏乱到清美的蝶变。

龙潭村的南入口是一个由绿化、景观石和停车场构成的三角地带，煞是养眼。沿着天籁路向北，公路两侧的民居外立面统一粉饰成白墙青瓦。卫生院左边是两年前新建的镇党群服务中心和小镇书吧，靠公路一侧是一个展示才艺的百姓小舞台，对面是龙潭村新建的文化礼堂。

漫步在大街小巷，城管队员检查执法的身影和环卫工人清扫垃圾、养护花草的身影，不时映入眼帘。“绿水青山就是金山银山”“垃圾分类从娃娃做起”“传承文脉　明德知礼”……富有生态特色和文明元素的标语、墙绘随处可见。

龙潭街变成了小城镇的新客厅。三年前的龙潭街底色灰暗，沿街民居破旧，店铺招牌各式各样，农贸市场秩序混杂、卫生脏乱，主干道天籁路破旧、坑洼。如今，站在龙潭村委门口放眼望去，崭新的天籁路伸向南北，斑马线、道路标识清晰，一辆洒水车随着音乐正在喷水。

左侧改造好的邻里广场绿树成荫，大型盆栽内蝴蝶花盛开，分类垃圾桶有序摆放，替代了豁口式露天垃圾池。街面整洁有序，沿街立面广告牌焕然一新，店面的墙面统一粉刷美化过，卷帘门也更换成款式相同的白色。经过三线落地，街面上空的“蜘蛛网”不见了，背街小巷的线路也统一进行过规整。来到干览农贸市场，外面非机动车停放整齐，场内秩序规范，地面洁净，各种公益广告和市场行规张贴到位，场长戴着红袖套，正在进行公共场所禁烟宣传。镇政府先后花费资金 90 余万元，对市场外立面进行过改造，完善了内部设施，并聘请专业公司人员来经营并管理市场，效果天翻地覆，群众一提起就啧啧称赞。

龙潭老街曾是定海四大古街之一，成名于明万历年间，街市主要形成于清末和民国年间。宋代，龙潭街附近的区域被称为大芦岙，已形成聚落和渡口。“竿缆渡”是当时舟山群岛的三大航线之一，是从舟山岛通往岱山、秀山等地的水路要道。如今修缮一新的龙潭老街在川流不息的人群里，继续笃守着悠然从容的节奏，静静述说着一份清闲与宁静。

站在龙潭老街的主入口，一个标志性牌坊映入眼帘，上书金字“龙潭街”，下挂两只大红灯笼。左边一家老宅院白墙青瓦，安装了门楼和仿古大门，右边是龙潭街简介牌、景观石和绿化带。沿着石板铺装的步行道走进老街，浓厚的历史文化底蕴渐渐凸显。两边的闲置民居被整饬成传统建筑风格，头顶挂满了彩色气球、倒挂的花伞和红灯笼。刘记酒、糖画、李记糕团等仿古布招牌在店前飘摆，老李家书店、邵家棉花铺、老街照相馆、手工海鲜产品等商铺让你目不暇接。

装饰一新的龙潭池边有村民在洗衣服，一股清泉吱吱外冒，好像向人诉说着它神秘的传说。42 号的庄家老宅曾经有特殊的“身份”，国民党军队溃逃台湾前，这里曾是浙江、江苏、上海、安徽四省国民政府办公所在地，形成一院四省府的奇观。如今这里变成了游客休闲弄笔墨、喝茶聊天的地方。

走进干览供销社，仿佛走进了童年时代，让你找到旧时的回忆，留下乡愁。一辆二八自行车静静地停放在左墙边，这是 20 世纪七八十年代多少人梦寐以求的物件！站在柜台前，盯着货架上的军绿挂包、铝饭盒、搪瓷缸、铁壳水瓶、小人书等呆呆入神，不禁感慨万千：那是一个时代的记忆，时光不会倒流……柜台背后展览着手拉风箱、手工纺线车、带玻璃罩的煤油灯、14 寸黑白电视机、电唱机等，挂在墙上的马灯更是渲染了怀旧的氛围。

东方红桥头的候车亭处，以前是一处杂草丛生的杂石地，三年前改建成港湾式候车亭，有七八个乘客在等车。旁边是休闲小公园，一排竹子亭亭玉立、花草茂盛，一个老人带着孩子在转悠，给人一种莫名的温暖与感动。东面不远处的停车场里，机动车整齐地停放着。正对面北边是打造好的东华线浙派民居，小桥流水、白墙黛瓦、绿树成荫。夕阳的余晖斜铺过来，别有一番意境，仿佛来到欧洲的风情小镇。

## 三、渔港揽风情，街头展风采

西码头产业区块立足远洋渔业和渔文化产业特色，推动文化、旅游、电子商务等新兴产业发展，培育拓展健康产业，构建形成多链条、高融合的新型产业生态圈，被誉为“中国远洋渔业特色小镇”。舟山国家远洋渔业基地商务中心 19 层大楼在阳光下高高耸立，后面是浙江国际农产品（水产品）贸易中心。小镇于 2018 年 7 月开街，风情街上有青田侨乡进口商品城，有雪原情牛杂店、小媳妇老火锅、鱿鱼餐厅和远洋海鲜餐厅等风味店。还有瀛洲老作坊，它是舟山的非遗项目——舟山系列海鲜传统加工技艺（舟山老下饭）展示地，游客可以现场观看海鲜加工流程。一到晚上，“远洋之约”彩灯齐亮。渔港风情吸引了许多旅游团来小镇码头观光，到商务中心二楼的小镇客厅观看“海洋世界”——电子墙，还可戴上 VR 体验镜，体验 3D 技术，让你置身于大海中的捕鱼船上，看着渔民捕鱼，看着海鱼在眼前跳跃。

澜港大道上，一台清扫车正在清扫地面。三年前，干览镇敢于吃“第一个螃蟹”，率先在全市农村镇以政府购买服务形式引入专业保洁公司，实现环卫一体化管理，以“机械 + 人工”的清扫模式代替传统的人工作业，大大提高了清扫质量。同时转变垃圾运送模式，由垃圾运送车直接进入企业装运垃圾，实现垃圾日产日清，减少垃圾源头的二次污染，较大程度改善了辖区环卫现状。

借助创城，揽洲路（镇政府至大转盘段）、振兴路、金龙路和金港路 4 条主干道得到了改造。2019 年中国渔民丰收节前期，全面改造澜港大道，完善交通设施，栽种绿化。镇政府机关大楼和澜港大道两侧所有民房、工厂和商铺外立面进行粉刷美化，所有空调外机均用外罩包装。西码头农贸市场以崭新的门头、半玻璃窗围墙吸引着行人，群众和商户对场内改造和布局更是交口称赞。

时代开启新的征程，历史赋予新的使命。干览这个远洋渔都、文旅小镇正昂首挺胸，迈步走在打造美丽乡村、全景干览的征途上。

2020年7月10日发表在“中国散文网”
2024年1月27日发表在“半朵中文网”

# 他的东港，他的公司，他的奋斗

高架桥通向大海，莲花洋碧波荡漾；远处，高楼林立，海光山色；近处，商圈点点，路上车水马龙……望着东港眼前的美景与繁华，舟山东大置业发展有限公司总经理刘凯常有一种飞翔的眩晕。

东港集团，三十而立。刘凯，四十而不惑。不惑之年的他，在东港生活了 16 年，在东港集团旗下的房地产公司工作了 16 年。

16 年，对一个人来说，不长也不短。这 16 年，对刘凯来说，显得尤其重要。这是他奋斗的 16 年，是他事业发展的 16 年，是他所在房地产公司乃至东港集团公司由小到大、由弱到强的 16 年，更是东港飞速发展成为普陀海上花园新城的 16 年！刘凯用 16 年的光阴见证了东港由“丑小鸭”到“白天鹅”的美丽蝶变。他和工友们设计了一个个温馨的港湾，开发建设了一处处楼盘，描绘了一幅幅美丽的画卷。

是什么让他像铆钉一样紧紧钉在一个单位 16 年？刘凯说：“主要是大家团结协作，公司的氛围好；另外，公司的发展前景好，目前正在转型升级。16 年来，公司发展壮大了，个人也在这个舞台上发挥了自己的特长，得到了成长进步，由一个工程管理技术员一步步成长为工程部的副经理、经理，再到总经理助理、副总经理，最后当上了东大置业发展有限公司的总经理。还有，收入比较稳定。来到公司，常有一种回家的归属感。”

对于东港集团公司团队精神“团结、奉献、开拓、求实”，刘凯有他自己深刻的理解。他认为，在一个单位，大家只要抱成一团，精诚合作，没有做不好的事情。单位氛围好了，员工才能心无旁骛地去做事，去奉献血汗和青春。做事和创业都要务实，还要具有开拓精神，不能守旧，要不断创新。他说自己其实一直是这么做的。他微笑着谈起自己的奋斗历程，如数家珍。

2005 年 8 月，通过招聘，24 岁的刘凯进入舟山东港开发有限公司房产分公司，任工程部管理技术员。回到家乡发展，科班建筑专业也有了用武之地，那时刘凯的心里像喝了蜜一样甜。他清楚地记得，当年的东港北部还是一片滩涂，只有围垦的挖掘机、翻斗车在那里不停地忙碌；南边有七八个居民小区，街道也就四五条，有两所学校，街边有十余家排档，甚至像样的酒店也寥若晨星。当时东港集团下属只有三家单位：房产公司、物业公司和建材公司。他走在街上，看着眼前的景象，慢慢攥紧了拳头，决心干出一番事业。

上班伊始，正赶上“祥云山庄”项目开发（2005 年 4 月开工）建设，项目体量不大，总共只有 3 幢房子 90 套，其中包括 13 套安置房。8 月中旬，刘凯和公司另外四人都扑在工地上，监督工程进程，验收基建。在工人扎好钢筋、浇筑混凝土之前，他们到工地用卷尺量标高，检查钢筋数量。他几乎天天都泡在工地上，同班组长、木工、水电工打成一片，学到不少相关知识，人也晒黑了。同时，他自愿当资料员，一边检查一边整理各种台账资料，以备工程竣工时验收报备用。还兼做营销现场陪同人员，热情地向客户推介房产项目。“执着的追求能换来丰硕的果实，辛勤的汗水能浇开艳丽的花朵。”经过公司员工的共同努力，项目于 2006 年 7 月顺利竣工。这是刘凯加入东港集团后参与的第一个项目，那些日子对他来说刻骨铭心。现在只要一闭上眼睛，他脑海中便浮现那些拼搏的日日夜夜。

2006 年，“山水人家”三期开发，这是房产公司第一个有规模的项目，共有 22 幢 374 套，其中高层有 4 幢 238 套，体量约占总数 55%。当时东港还没有高层楼盘，这是首次开发，作为工程管理技术员的刘凯为此精神振奋。项目于 2006 年 7 月 18 日开工。开挖地基的过程中，在小区中间发现了一条带状的非岩基地形，勘察单位和设计院都怀疑是地震带，后来邀请地震局的有关专家来现场确定。专家带来了测听设备，刘凯主动陪同专家在沈家门滨港路海边测听了一个晚上。两天后得出结论，该处的非岩基地形是死的地震带，可以继续施工。听到这个消息，刘凯激动地说，一个晚上没白熬，再辛苦也值。在做墙体时，根据《建筑节能施工质量验收规范》，当时要求做外墙保温材料，又是首次，大家心里都没底。以前，公司在业务技术上曾多次向邦泰和绿城集团学习。可舟山当时没有一家房地产公司懂这项技术。为此，公司派他和另外两人到上海曹扬和宁波荣山保温材料厂考察学习，短短五天内，他们看材料、学技术、做比较。返回公司，考虑到曹扬厂家比荣山的价格稍贵，刘凯大胆提出不同厂家的材料各用两幢，看最终效果的建议。在施工过程中，贴完保温材料后再贴外墙砖，效果很好。邦泰房地产工作人员专门过来向他们学习。刘凯一提起此事就眉飞色舞，自豪之情写满全脸。

让刘凯记忆犹新的还有普陀保障房四期（瑞欣家园）建设，它不但是民生工程，而且2012年8月中央住建部要来调研检查，必须按期开工。“不为困难找理由，只为成功想办法。”他受领任务后，马上加班加点研究制定方案，组织现场外部环境勘察，跑规划和国土部门办理手续，项目很快就立项了，于2012年8月19日顺利开工。在地下工程施工时，又遇到了新问题，当时出让的土地内还有一户钉子户。为了不影响进度，只能边施工边谈判，从钉子户的周边开始挖地下室。功夫不负有心人，最终钉子户的“堡垒”被攻破，地下室连成一片。建设后期，刘凯带团队在外立面上大胆创新，色彩上大胆采用青灰冷色调，区别于以往安置房的老格调，得到了大家的好评。项目于2016年10月26日竣工。通过竣工验收后，他积极配合区房管局完成物管企业招标、移交工作，扎实推进项目结算相关工作，做好项目经济适用房销售价核算工作。同时，持续做好房屋维修保养工作，确保该民生项目正常交付使用。

2017年以来，房地产形势发生变化，外地知名房企纷纷进驻舟山，它们高周转、低成本、全装修，冲击了舟山市场。企业要绝处逢生，就要创新。一方面，东大置业与外地房地产采用股份形式合作开发，这也体现了国企与民营企业的优势互补，如东梁府项目。另一方面，要寻找商机，刘凯及他的团队把目光瞄向了“康养+”。根据《浙江舟山群岛新区国家健康旅游示范基地建设方案》，普陀区“幸福普陀”建设和集团公司休闲健康风景线的“健康产业集聚地、坡地开发示范地、休闲康养生态园”定位，东大置业着力打造“东大台”休闲康养基地。该项目立足国内日趋增长的度假养生产业市场需求，以及舟山得天独厚生态人文养生度假资源，以“养生文化园”为总体定位，突出“健康养生与度假养生”特色。

东大台项目列入浙江省“六个千亿”产业投资工程2020年实施计划，也是市重点项目。项目融合自然景观，依山势而建，定位打造普陀区高端健康养生产业，这不仅契合普陀区发展大健康等新兴支柱产业的政策导向，也将有效提升东港旅游产业的配套服务能力。2021 年 4 月 14 日，东大置业公司与悦榕酒店管理公司签订合作协议，双方共同打造其旗下悦椿品牌温泉养生酒店，主打温泉、水疗、睡眠疗、饮食疗、SPA 等养生产品，努力打造舟山健康养生新标杆。该项目弥补了舟山市养生酒店市场空白，品牌和健康养生理念均走在全市的前沿。因该项目为山坡项目，地理位置比较独特，高差大，工程施工难度较大。刘凯带领团队考察调研，确定项目东塘线沿线段的边坡采用先进的钻孔灌注桩结合锚索的施工工艺，确保边坡长久稳定安全。

人生处处是征程，一路征尘一路歌。十余年来，刘凯收获累累。他荣获东港集团公司“2010 年度先进个人”“2012 年度先进工作者”称号，2013 年、2014 年和 2016 年三年被东港集团公司评为“优秀共产党员”，荣获普陀区“2017 年度优秀共产党员”称号。他所在的置业公司也获得过十二项荣誉，比较突出的有：2013 年 8 月 21 日，被浙江省住房委评为“2012 年度浙江省保障性安居工程建设成绩突出集体”；2015 年 2 月 27 日，被浙江省城乡住房协调委员会评为“2014 年度浙江省城镇保障性安居工程突出集体”；2016 年 5 月 24 日，开发建设的东方铭苑楼盘被省住建厅授予“2015 年度全省物业管理示范住宅小区”荣誉称号；2016 年 8 月 8 日，开发建设的东方铭苑小区获评 2016 年度浙江省“优秀园林工程”银奖；2017 年 6 月，代建的普陀区第四期保障性住房项目景观绿化工程获评舟山市“园林绿化优质工程”奖，同年 8 月又获评浙江省“优秀园林工程”奖银奖；2017 年 7 月 14 日，集团阳光 365 商城项目获评 2017 年度浙江省建设工程钱江杯奖（优秀勘察设计）综合工程三等奖。

初夏的一天，风和日丽。刘凯站在东港集团公司十三楼的观景台上眺望远方，手指落处，他圈点着公司开发好的房产及未来规划。过去硕果累累，他满脸喜色。未来征途漫漫，他目光深邃、信心百倍！

刊登在《潮涌东港》（东港集团建司三十周年作家作品集）

## 贫穷

儿时家贫如洗，家境如同深秋的黄树叶在瑟瑟寒风中摇曳。贫穷如一根无形的锁链，套在了我童年的脖子上，压得我喘不过气来。我出生在农村，父母都是面朝黄土背朝天的农民。家中兄弟姐妹四人，爹妈为了生计整日在田地里忙碌，盼着多挣工分换口粮，好养活一家老小。爹妈无暇多照顾我们，在外婆无微不至地照料下，我们从小就学会了自立。

大概我 6 岁时，爹妈为救治生糖尿病的外公，花光了家中积蓄，这对贫困的家境来说如同雪上加霜。刚上小学的时候，我总是羡慕那些穿着漂亮衣服的同学，他们不仅衣服好看，而且还有钱买零食吃。而我身上穿的衣服破旧，口袋里没有一分钱。我总是自卑地低着头走路，害怕被那些同学嘲笑。我之所以儿时期盼过年，是因为过年时能穿上新衣服新鞋子。过春节时，无论再穷，爹妈总会想方设法给我们买上新衣服。

我一直铭记那段艰苦的岁月。上小学一、二年级时，家里买不起更多的雨伞，所以下小雨时我只能在雨中奔跑，下大雨时用一个旧化肥袋子披在身上遮雨。上三年级时，开始有早自习，没有电筒照明，我就用罐头瓶、小铁皮和棉线自制煤油灯，早上用小木棍挑着去学校，晚上停电时，我就趴在煤油灯下看书、做作业，天上的星星和月亮都能证明我的艰辛。记得那年冬天，在一个下着大雪的早上，我穿着旧棉靴去早读，到学校时右脚的棉靴因破洞而湿透了，脚冻得直咬牙，便把脚压在大腿下一边暖热，一边背课文。回家后，外婆流着眼泪很快把棉靴的破洞缝补好。

贫穷曾使我的天空下起了雨，但我在这泥泞的路上依旧踏歌而行。我知道贫瘠的土地下面依然有蛰伏的种子，风雨后的小树苗定会顶天立地，然后满枝的花儿灼热地绽放，变成熊熊燃烧的篝火。儿时的苦难只不过是一株矮草，苦涩了嘴角的那一块泥土。风吹草动，坚韧的小草仍旧茁壮成长，芳香漫溢着心灵的深处。儿时的贫瘠不过是昨夜的梦魇，不经意间撩拨起成长的心绪。如今我早已经脱离了梦境，逆流成河，练就了源远流长的坚强，终归从狭窄到宽广，由污浊至清逸。那些岁月已成为永远也寻找不回的美好。然而，正是这贫穷给了我一笔丰厚的财富。贫穷，它不是耻辱，它是一种财富，是一种催人奋进的力量。现在回想起来，我非常感激那一段贫穷的时光。

那时贫穷并没有击垮我，反而激励着我奋发向前。我明白只有通过自己的努力才能改变现状，于是我下定决心要努力学习。在学校里，我刻苦学习，成绩优秀。每当遇到困难时，我都会想起儿时家庭的艰辛和父母的期盼，这让我更加坚定要改变命运。每次考试，我都会非常认真地答题，不浪费一分一秒。功夫不负有心人，在考试成绩出来的时候，我也会为自己的成绩感到骄傲和自豪。小学和初中，我的成绩一直在班上前三名，有时甚至是年级段前几名，年年有奖状。贫穷的经历让我明白了努力拼搏的重要性，也让我明白了坚持到底的必要性。只有通过不懈的努力才能改变自己的命运，才能够获得更好的生活。因此无论面对多大的困难和挫折，我都不会轻易放弃自己的梦想和追求。

“不经一番骨彻寒，怎得梅花扑鼻香。”艰苦的岁月让我学会了勤俭节约，也让我学会心疼爹妈及家人。放学后，只要稍有空闲，我就会抢着帮父母做一些力所能及的家务活，如去拾柴、割草和放牛等。我从小就养成了不随便浪费粮食、不浪费玩具和文具的好习惯，饭吃得一点不剩，铅笔一直用到捏不住了才丢掉，作业本正面用完了就用反面；看到同学丢在地上的纸张、橡皮、小刀等文具，我会捡起来，只要能用就接着用。

高考落榜后，18 岁的我参军入伍。在部队中，我刻苦训练，严格要求自己。军队的生活虽然艰苦，但我从未抱怨过。因为我知道这是为了磨炼自己的意志和体魄，为的是将来能够更好地为国家效力。入伍第三年我当了班长，并在当年 7 月考上了长沙炮兵学院。当军官后，生活条件好了很多，但我从不乱花钱。贫穷经历培养了我勇敢坚强、吃苦耐劳、遇事沉着、作风扎实的优秀品格，使我度过了人生的一道道坎坷，在艰苦岁月中不断战胜自我，直到长成一棵枝繁叶茂、傲然挺立的大树。

当我渐渐长大成人之后，我才意识到贫穷带来的并非只有艰辛和无奈。在成长的路上，贫穷是一笔巨大的财富，它磨炼了我的意志品质和性格特质。让我在困难和挑战中学会了坚韧不拔，在压力和竞争中学会了适应并超越自我。正是这些宝贵的品质和精神力量让我在生活中拥有了更好的未来。我还发现，在困境中能发挥自己无限的潜力，赢得更多的机会和挑战的勇气。正是“天生我材必有用”的精神动力激励着我不断前行。正如一首诗中所言：“贫瘠的土地孕育出坚韧的灵魂，苍茫的人生路上铸就无数辉煌。”在这个繁华的世界里，我们应该珍惜贫穷带来的财富，将它们化作力量支撑着我们前行。只有这样，我们才能真正地成长为一个顶天立地的人。

贫穷是一笔丰厚的财富。它让我学会珍惜每一分钱，坚持节俭和节约；它让我学会勇于面对生活的艰辛，坚持自己的梦想；它让我学会如何励志，如何从失败中站起来；它还让我学会如何珍视幸福，认清团结和互助的重要性。这些都是我在贫穷中获得的无形财富，是我人生道路上最宝贵的财富之一。

“天将降大任于是人也，必先苦其心志，劳其筋骨。”贫穷并不可怕，它是一种财富和磨炼。只要我们能够坚持不懈地努力奋斗，不断超越自我，珍惜自己所拥有的一切，保持乐观向上的心态，那么我们一定能够战胜困难和挑战，赢得美好的未来！

写于2024年2月

# 天命之年的畅想

再过一个月，我就要步入天命之年了。这是一个奇妙的年龄，是人生的秋天，是收获的季节，也是生命最稳定和成熟的时期。回想起少时贫穷却能吃苦耐劳，学生时代认真求学高考却名落孙山，从军19年后转业地方努力工作，成功与失败都成过眼烟云，欢乐与忧愁都谱成了一首歌曲，生活被时间酿成了一杯浓酒，爱好写作成了生命中的挚爱……凡此种种经历，思来真是百感交集。

我出生在农村，童年是一本书，家贫如洗是书中的墨黑背景，我是爬行在书上的一只蜗牛。家里兄弟姐妹多，父母都是老实巴交的农民，整天面朝黄土背朝天，辛勤劳作也只能勉强维持一家人的生计。父母面对困难的坚强意志和吃苦耐劳的精神一直影响着我，我们姐弟四人也在艰难的环境中学会自立自强、努力拼搏。目前我在地方政府工作，姐姐和妹妹都是教师，弟弟虽生活在农村但也是做工程的小包工头，日子过得都算不错。回想起那段艰苦的岁月，我内心充满感激和敬意。它教会了我如何在逆境中奋发向前、坚持不懈，如何把贫穷视为一种鞭策和动力、不断前行；它也教会了我如何在困难面前保持冷静、从容应对；更教会了我如何在社会的大舞台上发光发热，成就自己的梦想和事业。

50年来，尽管生活坎坷，经历了不少曲折，但一直以来，我都觉得自己还算是个幸福的人，因为有坚忍和拼搏，有大喜大悲，也有大彻大悟。学生时代的我，认真求学，努力读书，渴望通过知识改变命运，通过考大学跳出农门。然而，高考名落孙山，曾经让我倍感失落和无助。但是，我没有放弃，痛定思痛后携笔从戎。在军营里，我刻苦训练，磨炼意志，第三年当上班长，认真复习功课，终于成功考上了长沙炮兵学院。军校毕业后，从当排长到营教导员，都离不开个人勤奋努力，靠的是自己有担当有责任感，还有领导和战友们的厚爱和关心。转业地方后，我继续努力工作，不断进取。在工作中，经历了许多成功与失败，学会了从失败中汲取经验教训，不断成长，职务也得到了提升。

我从小喜欢文学，从军后爱好看书和写作，至今仍然坚持笔耕不辍，可以说文学是我的精神家园，也是我的终身朋友。写作让我找到了内心的平静和愉悦，也让我结识了许多志同道合的文友。如今，我已经发表散文、随笔、小小说、诗词和杂文等文学作品300余篇，新闻、通讯和消息150余篇，另外还有各种内刊工作信息300余篇，我虽然不是大红大紫，但也算小有成就。这些作品是我20多年来的心血和情感的寄托，也是我对生活的感悟和思考的结晶。

然而，当岁月的车轮无情地在脸上刻下皱纹时，我开始思考生活的得失了。人到知天命，上有老下有小，生活的重担压在肩上，我时常问自己：这是我想要的生活吗？但我必须坚强地面对，努力工作，赡养好康健的父亲，抚养好儿女，经营好家庭。

一直以来，我都在追求着成功，追求着幸福，可是成功和幸福到底是什么？每个人的内心深处都渴望成功，然而每个人的境遇不同、性格各异，所以对成功的理解也不一样。我认为，成功就是小学和初中时考试成绩经常位于班级前三名；就是作文比赛取得全县第三名；就是如愿参军入伍、当上班长和考上军校；就是从排长逐步晋升为营教导员并立功受奖18次；就是转业后认真工作，完成各种任务，撰写的各种工作信息被录用约200篇；就是被晋升为区管领导干部；就是高标准完成好各项武装工作；就是尽心尽力抓好镇敬老院工程建设；就是协助书记、镇长成功抓好工作建设……每个人都渴望幸福，对幸福的感觉也有所不同。我认为，幸福就是儿时无忧无虑地在田野里疯跑，是感受到外婆和父母无微不至的关怀，是从军期间立功受奖时的心情，是住在城市里且能吃上自己种的蔬菜，还是饥渴难耐时吃上饱饭、喝上甜水，更是遇到一个贤惠的妻子、组建一个和睦的家庭、养育一双聪慧的儿女……

人到知天命之年，我似乎已经在幸福的门槛里了，然而这似乎还不够。

人的一生都是在追求中度过，如果说人生是一段追求的历程，那么这段历程将会是漫长而艰辛的。我常常想，如果有一天我老了，不再追求了，那会是一种什么样的生活呢？那时的我，也许已经拥有了我想要的一切吧。

人到知天命之年，我开始思考生命的价值。以前总觉得只要自己努力了，就一定会有回报。然而现在我明白，生命是无常的，没有人可以预知未来。我唯一能做的就是珍惜现在所拥有的一切，珍惜每一个瞬间。我经历了许多事情，也收获了许多东西。这些经历和收获让我更加成熟和坚强。我知道自己还有很多不足之处，还有很多需要学习和提高的地方，但是我不会害怕和逃避。因为我知道生命是一个过程，是一个不断成长和进步的过程。

在未来的岁月里，我将继续努力追求自己的梦想和目标。我相信只要坚持不懈地努力，就可能实现自己新的梦想，也相信自己的能力和潜力。人生是充满无限可能和机遇的，我会用自己的实际行动去创造属于自己的人生价值和意义。生命的河流有时候平静如镜，有时候汹涌澎湃。无论面对什么样的挑战和困境，我都会保持内心的平静和平衡。我相信这是人生中最重要的一种能力，也是最难培养的一种能力。保持内心的平静和平衡，可以帮助我更好地面对生活的起伏和变化。

我也会继续关注自己的身心健康。健康是人生的第一财富。只有身体健康了，才有能力去追求自己的梦想和目标。我会注重饮食健康、适量运动、保持良好的作息习惯等。这些看似简单的事情，却需要持之以恒地去做。

在未来的岁月里，我也会更加关注家庭和亲情。家庭是我们最温暖的港湾和最坚实的后盾。我会努力营造一个和谐、温馨、幸福的家庭氛围，让家人感受到关爱和温暖。我也会更加珍惜和家人在一起的时光，共同经历生命中的每一个重要时刻。

天命之年是一个特殊的时期。这是一个收获的季节，也是一个新的起点。在这个时期，我们需要思考生命的得失、价值、意义等重要问题。我们需要保持内心的平静和平衡、关注身心健康、注重家庭亲情等。我相信，只要用心去经营生活，珍惜每一个瞬间，坚持不懈地继续努力追求自己的梦想和目标，一定能够拥有一个充实而美好的人生！

写于2024年2月

后记

# 文学创作使我快乐，让我圆梦

在这个充满诗意的春季，我带着一份对过去的怀念、对未来的憧憬，将我多年来的散文作品结集成册。这本散文集分5辑，分别是：《亲情乡恋》《回味军旅》《行走笔记》《感悟沉思》《岁月拾零》。此刻，我站在时间的交汇点上，回首过去，展望未来，心中充满了感激和敬意。

梦想是人生最宝贵的财富，是人们心灵深处高高飞翔的雄鹰。我学生时代就梦想能成为一名作家，这源于对文学的热爱，小学五年级曾参加过县里的作文比赛并且拿到了三等奖，从此就喜欢上了写作。从军后，我坚持看书写作，坚信终有一天作家梦会在现实中实现。文学创作对我来说，少年时只是喜欢，20岁之前算是梦想，30岁之前是执着，40岁左右是信念，之后就是融入生命中的一份情怀。在文学的天地里，我少时播下爱好的种子，经过浇水发出了稚嫩的幼芽，经过施肥、阳光照射慢慢变得粗壮高大，接下来抽出了叶子，开出了花朵。

文学创作让我快乐，也别有一番滋味。酝酿文章时像女人受孕前，期盼受孕成功；写作、成稿及投稿阶段，像正受孕且怀上的过程，欣喜且充满希望；发表时就像分娩，痛苦之后有惊喜，因为你苦苦等盼的又一个孩子问世了。

20多年来，我发表文学作品300余篇，数量不多，但获奖十多次且有作品被收录各种选本。散文《父子情》荣获2000年舟山市“父亲的生日”主题征文一等奖。散文《我的村庄，我的爹娘》荣获第三届中外诗歌散文邀请赛一等奖，被收录在《2016年中外诗歌散文精品集》。散文《那气吞山河的悲壮，那血染战旗的风采》荣获首届舟山影视“金水仙奖”入围作品奖。诗歌《母亲》荣获2018年舟山市定海区“感恩母亲”主题征文优秀奖。诗歌《千岛湖之恋》被收录在《2017年精品诗歌选集》。诗词《浊世清流》《蝶恋花·弄瓦之喜》被收录在《中国当代诗歌典籍》。诗词《哀思》《蝶恋花·哀悼母亲》《卜算子·哀悼母亲》荣获第二届“晋唐杯”全国诗书画家创新赛一等奖，并入选《晋唐全国诗书画家作品选集》。小小说《让》荣获第六届定海区文艺成果政府奖优秀奖。小小说《农民水阿忠的水情结》获得舟山市2015年“保护水资源　改善水环境”主题征文活动优秀奖。小小说《阿飘的靶位》荣获2023年“书香工汇·读具匠心”舟山市职工文学作品创作比赛小小说类三等奖。散文《麦子黄时过端阳》荣获第三届“三亚杯”全国文学大赛金奖，入选《2023年度全国文学精品选》。

我在这本散文集中，记录了我生活中的点点滴滴，也倾注了我对故乡和亲情的眷恋，对军旅生活的怀念，对旅行世界的热爱，对岁月流转的思考，对理想信念的追求。每一个字、每一篇文章都是我对生活的诠释和理解。这本散文集不仅仅是文字的堆砌，更是情感的表达和心灵的映射。

第一辑《亲情乡恋》，记录了我对故乡和亲情的深深眷恋。描绘了故乡的风景、风俗，以及与亲人相处的美好时光。这些文字让我重新回味了那些温暖的记忆，也让我更加珍惜现在与亲人相伴的时光。第二辑《回味军旅》则是我对军旅生活的回忆和感悟。描述了军旅生涯中的点点滴滴，包括训练、抗洪抢险、机关工作、连队生活和战友情等，同时也表达了对军人和军队的敬意及赞美。这些文字让我重新审视了自己的成长历程，也让我更加坚定地面对未来。第三辑《行走笔记》，是我对祖国各地的游历和感悟。描绘了旅行所到地的风景、文化、风俗等，同时也表达了对生活的思考和对未来的期许。这些文字让我更加热爱这个世界，也让我更加期待未来的旅程。第四辑《感悟沉思》是对自我反思和成长的思考。反思了自己的梦想、信念和学习心得，表达了对未来的信心和期待。这些文字让我更加深入地了解自己，深刻理解国家大政方针和党的光辉历史，也让我更加坚定地爱国爱党和追求自己的梦想。第五辑《岁月拾零》是我对时光的回顾和思考。记录了自己的成长历程、经历的事情以及对人生的感悟。这些文字让我更加珍视过去的时光，也让我更加从容地面对未来。

在写作过程中，我深感写作的艰辛与快乐。每一次提笔都是一次新的挑战，但同时也让我更加深入地理解生活、感悟人生。在这个过程中，我学会了如何用文字表达自己的情感和思考，也思考着如何让读者在阅读过程中产生共鸣。同时，我也感受到了文学的力量，它能够跨越时空、超越人群，让人们感受到人类共同的情感和思考。

借此机会，我想感谢所有支持我、鼓励我、批评我、帮助我的师长和亲朋好友。感恩学生时代的刘瑞兰、焦丽德、傅忠民、李长香、曾照山、崔丽、周宏德和李贞仑等老师。感谢军旅路上关心我成长进步的刘维军、张亚强、聂德元、王志平、徐维春、张荣贵、张剑、耿青春、李广东、程春炎、汪成元、王建红、楼呈军、潘胜强等领导。感谢在文学道路上对我真诚指导帮助的白马、周波、毛波、张慧飞、缪佳祎、庄列毅、郑剑锋等老师。感谢在生活中对我指点迷津的陈德庆、吴向军、陈应勋、吴殿举、许正德、赵大庆、林通、王世宗等战友。是他们的支持和鼓励让我有勇气继续前行，是他们的批评和帮助让我不断进步。

今年是我的天命之年，这是一个收获的季节，也是一个新的起点。出版这本散文集，圆了自己的一个梦，也是献给自己50周岁的一份纪念礼。但这只是个开始，因为以后的路还更长，我以后可能还会出版小小说集和诗词集。我希望在未来的日子里，能继续用文字去感动更多的人，去传递更多的正能量。未来的路还很长，我会继续努力，让自己的文学之路越走越宽广。

最后我想说：文学创作是一条漫长而艰辛的道路，需要我们不断地去探索和追求。在这个过程中，我们需要保持一颗谦虚的心，不断地去学习、去思考、去创新。愿我们都能在文学的海洋中畅游，用文字去记录下生命中最美好的时光。

在此感谢所有支持和关注这本书的朋友！愿你们的生活充满阳光与温暖！愿每一个热爱生活的人都能在文字中找到属于自己的幸福！

是以为后记！

范永海

2024年3月26日